Imane Robelin

Qui a tué Essabâr ?

Prix Lorientales 2020

La Vie, comme elle va
Éditions Henry

couverture : Isabelle Clement

La Vie, comme elle va
Editions Henry
Parc d'activités de Campigneulles F 62180 Montreuil-sur-Mer
ISBN 978-2-36469-207-7 ISSN 1968-5874
Dépôt légal : octobre 2019
www.editionshenry.com

Qui a tué Essabâr ?

Essabâr *Samedi 15 juillet 2017*

Entre nos têtes et les étoiles, il n'y a que les relents humides de l'océan. Et pourtant, la terrasse sur le toit grouille de monde. Tout le voisinage s'est précipité pour voir à quoi ressemble ce médecin qui épouse l'idiote du quartier. À regarder les mariés sur leur trône improvisé, on se croirait dans un cirque à curiosités. Lui, petit, gringalet, noiraud et elle, grande, blonde, imposante. Elle est emprisonnée dans sa robe de noces, dégoulinante de dorures et de paillettes, la tête enserrée dans une couronne aussi élevée qu'un mur d'enceinte.

Pourquoi ai-je été invité à ce mariage ? Tout le monde sait que je n'aspire qu'à la paix de Sidi Rabbi, mon Seigneur. Mes journées de travail sont interminables. Depuis l'aurore jusqu'au crépuscule, je ne fais que monter et descendre les escaliers de ce maudit bâtiment qui date de l'ancêtre des fourmis. Sa peinture est tellement écaillée qu'elle tombe comme des épluchures de pomme de terre. Toutes les minutes, quelqu'un me sollicite : Essabâr, tu peux monter mes courses, que Dieu rallonge tes jours ? Essabâr, tu peux garer ma mobylette, que Dieu veille sur tes aïeux ? Essabâr, tu peux laver les vitres, que Dieu te préserve ? Alors là, pour ce qui est des prières, elles pleuvent. Si Dieu les écoute, je devrais vivre une éternité.

L'orchestre gnawa fait un fracas de tous les diables. Les musiciens, vêtus de longues tuniques rouges, font claquer leurs *qraqebs* et tapent dans les tambours suspendus à leurs cous. Les joueurs de castagnettes sautent en faisant tourbillonner les pompons accrochés à leurs *taguyas*. Les chants réveillent les esprits qui logent dans les murs et les canalisations.

Je fais signe à Ossmane qui se faufile entre les tables. Alors, il vient ce café, oui ! Il me lance un regard indifférent.

Une femme portant un caftan d'un rouge éblouissant frôle ma cuisse en passant. Ses fesses, aussi rebondies que deux pastèques, roulent sous le satin de sa tunique. Sans que je m'en aperçoive, mon *hem* s'est dressé. Cela fait dix ans que je m'abstiens, *Ya ibad Allah,* serviteurs de Dieu ! Dix ans ! Depuis la mort de ma femme, que Dieu ait pitié de son âme. A-t-on déjà vu un homme s'abstenir aussi longtemps ? Bientôt les graines dans mes testicules vont s'assécher et l'on ne pourra plus dire de moi que je suis un homme.

Je me tords le cou pour suivre la femme des yeux. À ce moment-là, Ossmane se plante devant moi comme le spectre d'*Azraïn*. Je siffle : Qu'est-ce que tu me veux ? Ton café, me dit-il, en le posant sur la table. Je secoue la main.

–Ce n'était pas trop tôt, allez, déguerpis maintenant.

Il s'en va sans se presser. Je bois une gorgée que je manque de recracher. Le café a un goût de goudron.

La silhouette de la belle en rouge apparaît et disparaît au milieu de la profusion de caftans qui constellent la piste de danse. J'ai beau me concentrer sur mon chapelet dont j'égrène les perles, je ne pense plus qu'à ses déhanchements. Les battements de mon cœur fusionnent avec le tintamarre des tambours. Je l'imagine soulevant les pans de son caftan en battant des pieds, révélant une cheville emprisonnée dans la lanière d'une sandale en cuir. Ses mollets sont ronds et dodus, frottés au gant de crin et massés à l'huile d'argan. La tête remplie de visions, le membre en fête, je porte la tasse de café à mes lèvres. Les sons tentaculaires qui émanent des instruments m'encerclent. Un enchevêtrement de battements, de claquements, de cordes, de vibrations, de litanies et de prières. Les *dikr* et autres chants mystiques se répètent, envoûtants. Les copeaux de Oud crachent leurs fumées tels des dragons piégés au fond des encensoirs. Leur parfum s'infiltre dans mes narines et obscurcit mon esprit.

Je rallume une Casa Sport pour me calmer. J'ai soif, alors, j'engloutis le reste de mon café. Une coulée de lave descend dans ma gorge. Que m'arrive-t-il ? Est-ce Dieu qui me punit pour m'être laissé envahir le cerveau par le *haram* ? Le péché. Mon cœur est comprimé, mon souffle entravé, mes boyaux, torturés. Et puis ce café, avec son goût acide qui me remonte dans le gosier !

Je tente un geste pour interpeller Ossmane. Vite, un verre d'eau ! Pitié ! Le feu s'empare de mes poumons. Il se propage et m'embrase. J'ouvre la bouche pour happer un filet d'oxygène mais toutes mes artères se bouchent. Mes rétines se remplissent de fumée. Les gens qui se précipitent pour me secourir ne sont que des ombres qui s'agitent. Mes oreilles me font parvenir le son lointain de mes propres râles. Mon cœur bat comme un forcené, de plus en plus frénétiquement, jusqu'à l'implosion, puis la délivrance, puis le néant.

Lundi 17 juillet 2017

Le commissaire Massoud longe le chemin qui mène chez lui, le dos arqué et l'esprit préoccupé. La moiteur de midi rend le port du costume insupportable. Par de telles températures, rien ne vaut une ample djellaba flottante. Mais la dernière fois qu'il a porté une djellaba, on l'a appelé Essi le Hadj, le pèlerin. On l'a pris pour un vieillard, alors qu'il n'a pas encore trente ans.

Toute la journée, il n'a traité qu'avec des petits voleurs de fruits, des vendeurs de haschisch ou de produits piratés. Il a harcelé des pauvres gens qui ne faisaient que solliciter Dieu pour leur pitance. Il ne se souvient pas de la dernière fois qu'il a arrêté un vrai criminel. Ah, oui ! L'homme qui a brûlé sa femme, car soi-disant, elle l'avait trompé. L'abruti a essayé de faire passer cet acte ignoble pour un lavage d'honneur. Il a même cité une phrase du Coran : Corrige ta femme si tu la soupçonnes... Le Coran a bon dos. Ensuite, il y a eu cet automobiliste enragé qui est sorti de son véhicule pour bastonner un type en mobylette. Il l'a tué d'un coup de cric. Mais, la vérité, la plupart des crimes restent impunis. Casa est un œil de cyclone, les gens commettent mille calamités, puis se volatilisent.

Le bruissement d'une foule lui fait lever la tête. Une procession d'hommes avance. Il s'écarte pour leur céder le passage. Au centre, quatre jeunes hommes portent sur leurs épaules une civière. Dessus, repose un cadavre recouvert d'un tissu en velours vert. Une prière s'élève de leurs lèvres qui remuent en chœur : « Il n'y a d'autre Dieu qu'Allah et Mohammed est son prophète. »

Il arrête un jeune homme qui suit le cortège :

–Que Dieu apporte la paix à tes aïeux, dis-moi : qui est mort ?

–Essabâr.

–Essabâr, le concierge de l'immeuble qui date de l'époque des Français ?

–Oui.

–Ah, *meskine*, le pauvre, dit le commissaire en se désolant. *Allah y rahmou.*

Il le connaissait vaguement. Il le croisait souvent devant son immeuble. Le commissaire et le gardien se saluaient d'un geste de la main ou partageaient un *Essalam Alaykoum*, mais ils n'avaient jamais vraiment bavardé. Essabâr s'esquivait à chaque fois qu'il le voyait ralentir le pas pour engager une conversation.

–*Allah y rahmou*, répète le jeune homme. Que Dieu ait son âme. C'était un fidèle. Jamais il n'a manqué un jour de prière à la mosquée.

–Et comment est-il mort ? demande le commissaire Massoud.

–Dans un mariage. Il a avalé son café de travers.

Massoud hausse un sourcil :

–Je n'ai jamais entendu parler d'une personne qui meurt en avalant son café de travers. Une arête de poisson, je veux bien, mais une boisson ?

– L'homme dont c'était le mariage a dit que c'était un empoisonnement, mais personne ne l'a cru. Qui aurait voulu empoisonner un homme qui ne s'est jamais préoccupé que de son propre souk ?

Tout en marchant à côté de la procession, Massoud se plonge dans une profonde méditation. Il relève la tête :

–Et c'est qui cet homme ? Le marié, je veux dire.

–C'est un médecin. Il a épousé une simplette, la fille de la sage-femme.

–Un médecin qui a épousé une simplette ? répète le commissaire, surpris.

–Oui, tout le monde trouve ça étrange.

–Il est dans la procession, ce médecin ? Tu peux me le montrer ?

–Tu ne peux pas le rater, il est noir.

Massoud promène son regard sur le cortège d'hommes qui serpente le long de la ruelle. Il reconnaît l'imam de la mosquée de quartier, des voisins, des marchands, des artisans, des gardiens et des chauffeurs. Le quartier de Hay El Hassani abrite des petites entreprises et des cabinets médicaux. Tout le monde est mélangé. Il ne voit que des hommes basanés. Dans cette lumière éblouissante, tout le monde lui paraît noir.

Il se détache du cortège et continue son chemin. Une mort, même si c'est celle d'une lointaine connaissance, pèse toujours sur l'âme de celui qui l'apprend. Tout de même, cette histoire d'empoisonnement…

Mains derrière le dos, il emprunte le chemin de sa maison. Il habite beaucoup plus haut, vers El Oulfa, mais il préfère marcher. Tous ces kilomètres, ça lui permet de s'imprégner de l'humeur des rues. L'épicerie où des gens se disputent en berbère, le cordonnier dont la radio diffuse un chant coranique, les maisons dont s'échappent les répliques des séries télévisées, les cris des enfants et les interjections des femmes.

Mardi 18 juillet 2017

L'hôpital de la rue Kergomar ressemble à un hôtel trois étoiles. L'eau de javel dispute l'air aux odeurs d'antiseptique, le sol reluit du passage de la serpillère et les plantes en plastique sont bien astiquées. Le commissaire Massoud s'approche du comptoir de la réception. Il dégaine sa carte professionnelle. La réceptionniste saisit son téléphone pour annoncer au médecin la visite « d'un monsieur de la police ».

–Il vous reçoit dès qu'il a fini sa consultation, dit-elle en cachant une minuscule mèche qui dépasse de son foulard.

Debout, un coude sur le comptoir, Massoud est conscient des regards inquiets que lui lancent les patients dans la salle d'attente.

Cette histoire d'empoisonnement l'a tracassé toute la nuit. Non seulement, il a dormi dans une chaleur de hammam, mais ses rêves étaient peuplés de cadavres qui se relevaient de leurs civières, de cobras qui croquaient dans les chairs, de tasses de café qui pullulaient de vers de terre. Ces images gluantes lui ont collé à la peau toute la matinée.

Le docteur Issam Sahraoui paraît devant lui, l'arrachant à ses pensées. Il est en effet un peu plus bronzé que la moyenne. Court de taille, plutôt mince et le visage avenant, il lui serre la main. Massoud apprécie qu'il soit venu l'accueillir en personne, plutôt que de le faire conduire par la réceptionniste. Le docteur l'invite à entrer dans une salle de consultation. Un bureau modeste, mais propre. Sur les murs sont accrochées quelques représentations de squelettes et d'organes constellés de légendes. Une radio de poumons est fixée sur un panneau lumineux. La table d'auscultation gît sur le côté, recouverte d'un long rouleau de papier. Le médecin lui indique la chaise en face de son bureau.

Massoud le félicite et lui souhaite que son mariage soit *mebrouk*, heureux. Le docteur répond avec politesse, puis en posant les deux mains jointes sur son bureau, il le coupe :

–Alors, dites-moi, monsieur le commissaire, qu'est-ce que je peux faire pour vous ?

–J'ai appris la tragédie qui est venue mettre fin à votre fête de mariage. Un homme est mort, n'est-ce pas ?

–Oui, que Dieu ait son âme !

–Quel dommage que votre mariage ait été gâché ainsi !

–Son heure était arrivée.

–Vous connaissiez Essabâr ?

–Euh, oui… un peu.

–C'est-à-dire ?

–Il gardait l'immeuble où habite ma belle-mère.

–C'était quel genre d'homme ?

–Il m'apparaissait comme quelqu'un de bien, de sérieux…

Le regard du médecin erre au loin.

–Oui ? encourage Massoud.

–Un peu curieux.

–Curieux ? Donnez-moi un exemple.

–Pendant les préparatifs du mariage, il m'a pris à part et il m'a dit, « explique-moi s'il te plaît, toi qui es médecin et savant, comment tu fais pour épouser une femme connue pour être sotte ! »

–Et… est-elle vraiment sotte ?

Il n'a pas pu retenir la question.

Le médecin l'observe, médusé.

Massoud a un peu honte de s'être laissé aller à la curiosité. Il décide de revenir à l'essentiel :

–À votre avis, de quoi est mort Essabâr ?

–Le médecin légiste, après un rapide examen, a décrété qu'il était mort d'une crise cardiaque.

–Vous dites qu'il a effectué un rapide examen ?

–On ne lui connaissait pas de parents, à part une fille qui n'était même pas présente. Alors, on a alerté le propriétaire de l'immeuble, un dénommé El Pacha. C'est lui qui s'est occupé de tout, constat de décès, enterrement, funérailles.

–Savez-vous s'il souffrait auparavant de problèmes de cœur ?

–Je ne le connaissais pas vraiment, vous savez. *Essalam alaykoum*, comment ça va, ça va, voilà à peu près l'étendue de nos conversations. Mais il me paraissait en bonne santé. La quarantaine à peine, pas ridé, ni grisonnant, pas même bedonnant.

–Selon votre avis de médecin, qu'est-ce qui a bien pu lui arriver ?

–Eh ! fit le médecin en haussant les épaules, comment voulez-vous que je le sache ?

–Vous avez l'habitude des malades. Apparemment, quand il est tombé, vous avez crié à l'assemblée que c'était un empoisonnement.

Le docteur marque un silence.

–Oui, c'est vrai, je l'ai dit, mais ce n'était qu'une hypothèse. Je ne suis pas médecin légiste.

– Qu'est-ce qui vous a fait dire ça ?

–Il affichait les symptômes classiques : rougeur intense, fièvre, apparition d'œdèmes, son visage et son cou se sont boursouflés, comme s'ils allaient éclater, il avait de sévères difficultés à respirer. Mais bon, voilà, ça peut être n'importe quoi.

Massoud n'aime pas ce n'importe quoi. Une conviction s'installe au fond de son cœur. Cette mort est trop suspecte pour être envoyée par Dieu. Elle est l'œuvre d'une chaîne d'événements. Il ne sait pas encore lesquels, mais il lui semble que s'il se donnait la peine de les remonter, au bout, il trouverait un sens. Peut-être même un sens à sa propre vie.

–Pourquoi n'avez-vous pas appelé la police ou demandé une autopsie ?

–Quand j'ai émis l'hypothèse, le médecin légiste a balayé ma suggestion d'un mouvement de la main. El Pacha a décrété qu'avec cette chaleur, il ne fallait pas traîner pour enterrer le corps. L'affaire a été pliée en quelques heures. Je n'avais rien à dire, après tout, je n'étais pas de la famille.

Massoud se lève et tend la main au médecin. Avant de franchir la porte, il se retourne :

–Pouvez-vous répondre à une dernière question ?

–Je vous en prie.

–Qui a fait la cuisine à votre mariage ?

–Lalla Zoubida, la cuisinière. Elle est aussi résidente de l'immeuble.

Le docteur Sahraoui.

Je dois avouer que j'ai été content de papoter cinq minutes avec le policier. Ça m'a libéré des patients. Un grand nombre d'entre eux vient consulter pour des broutilles. Une poussée d'acné, un rhume, un mal de dos. J'ai beau leur dire d'arrêter de passer leur vie penchés sur leurs téléphones, ils n'entendent rien. Je perds mon temps. Qui voudrait porter son téléphone en l'air pour qu'il soit à la hauteur de ses yeux ? Ils ont trop peur d'avoir l'air ridicule. Quant aux autres, les diabètes, les cholestérols, les cancers, je me tue à essayer de les convaincre : vous pouvez éviter tout ça ! Il vous suffit d'arrêter la fainéantise, les tajines, les cornes de gazelle, le pain, la cigarette et vous gagnerez dix ans ! Ils ne me croient pas. Ils mettent toute leur foi dans l'industrie pharmaceutique. Un jour, alors que je désespérais, l'un de mes confrères est venu me consoler. Qu'est-ce que ça peut te faire, qu'ils mangent ou qu'ils fument ? Au contraire, c'est une aubaine ! Tu es payé pour les soigner, donc tu as intérêt à ce qu'ils soient malades, non ?

Rien ne peut empêcher les gens de se détruire. Pas même le spectre d'Azraïn. Donc, ce petit intermède avec le commissaire m'a fait une récré. Et puis, je dois confesser que lorsqu'Essabâr est mort d'une façon théâtrale, j'ai été vexé que personne ne prenne au sérieux mon diagnostic. Comme si, du fait de ma couleur, je ne pouvais pas sérieusement me prétendre médecin. J'aurais été ambulancier ou brancardier, ça serait passé. Les gens seraient même venus me demander des conseils médicaux ou des ordonnances. Mais médecin, non. Ça ne cadre pas. Les pontes sont des grands types blancs, balaises, grisonnants, avec des voix tonitruantes, issus de familles aisées, ils ont fait leurs études à Paris. Alors que moi, je transpire la famine et le sable. Que je m'habille, me coiffe ou me parfume, je trimballe sur moi des relents de déserts lointains et de tentes qui claquent dans le vent. Je suis le plouc du fin fond du bled qui est parvenu par on ne sait quel miracle.

Lors de mon entretien avec le commissaire, j'étais content qu'il y ait au moins une personne au monde qui me croie sur parole, et même qui s'accroche à mon hypothèse. C'est pathétique, je sais, de s'abreuver comme un assoiffé de ce genre de reconnaissance.

Est-ce ma vanité trop flattée qui m'a poussé à parler sans mesurer mes mots ? Ma langue m'a rusé. Elle est allée plus vite que ma pensée. Je ne voudrais surtout pas que le policier aille suspecter des braves gens comme Lalla Zoubida. Je n'y avais pas pensé à ça, moi, qu'en parlant de poison, le commissaire allait songer à la cuisinière. Voilà que subitement, je me sentais coupable. Pourtant, je n'avais dit que la vérité. Encore aujourd'hui, je suis persuadé qu'Essabâr est mort d'un venin. Comme tout être humain, je peux parfois me tromper, mais quand il s'agit d'empoisonnement, je suis un expert. Quand on a grandi comme moi dans les masures gravées sur les flancs du désert, à prendre les reptiles pour des animaux domestiques, on sait ce que ça fait, une morsure de serpent ! Des attaques mortelles, j'en ai vu à profusion. Je pouvais les reconnaître avant même de savoir lire et écrire.

Le soir de mon mariage, lorsque j'ai vu Essabâr tomber, avec son visage tout bleu, j'ai tout de suite su. Connaissant les gestes par cœur, j'ai arraché les manches de ma chemise de noces pour lui faire des garrots. À ce stade d'agonie, il était urgent d'empêcher le venin de se propager. Mais c'était trop tard. Le mal avait atteint le cerveau. Quand j'ai crié : c'est un empoisonnement ! j'ai reçu des dizaines de regards outrés. C'était comme si j'avais lancé une accusation à l'ensemble des invités. Un empoisonnement ? Impossible ! Inimaginable ! Un homme aussi utile à sa communauté ! Qui aurait voulu se passer de lui ? J'étais un fou. Ils me prenaient tous pour un fou. De toutes les façons, qui, à part un fou, aurait voulu épouser l'idiote du quartier ?

Mercredi 19 juillet 2017

Des gens patientent sur le quai, des lycéens, des hommes en costume, des jeunes en survêtement, des femmes en foulard, en jean, en djellaba, en tailleur. Le commissaire Massoud s'installe sur le banc de la station de tramway. Le train arrive, ses portes s'ouvrent, aspirant la foule. Il laisse passer deux autres trains. Le grondement des rails annonce le prochain. Lalla Zoubida paraît. Elle marche d'un pas pressé, légèrement déséquilibrée par un grand sac qui pend à son épaule. Elle a des formes pleines qui arrondissent les contours de sa djellaba. Un foulard d'un vert lumineux repose sur ses épaules, découvrant des cheveux rouille, visiblement teints au henné. Tel un animal docile, la rame s'arrête à son niveau. Elle s'y engouffre, balaie les places assises des yeux, puis en découvre une à côté de la fenêtre. Par chance, le siège voisin est libre. Massoud s'y glisse.

Essalam Alaykoum, lui dit-il. Avant qu'elle ne puisse le soupçonner de harcèlement sexuel, il lui présente sa carte de policier. Lalla Zoubida fait voler une main pour la poser sur sa poitrine. Que Dieu nous préserve ! Que me voulez-vous ?

–Que du bien, ne vous inquiétez pas, Ah Lalla ! Je voudrais juste avoir une petite conversation avec vous, si cela sied à votre humeur.

–Quelle affaire peut-il y avoir entre un policier et moi ?

–C'est au sujet de la mort subite de votre gardien d'immeuble, Essabâr.

–Que son âme repose en paix. *Iwa*, qu'est-ce qu'elle a, sa mort ? C'est le commandement d'Allah qui s'est accompli ! Nous n'avons rien à dire !

–Bien sûr, Lalla, nous sommes tous à Dieu et c'est à Lui que nous revenons. Mais je ne vais prendre de votre temps que quelques minutes.

–Je ne veux pas qu'on me voie parler à un étranger.

–Pourquoi ? Où est le mal ?

–La dernière fois qu'on m'a vue, ça s'est mal passé avec mon mari. Vous connaissez les gens, ça jase et ça jacasse.

Il hoche la tête. C'est un mal du pays. Il le reconnaît. Son regard est happé par les paysages qui défilent. Une clinique de chirurgie esthétique dans laquelle s'engouffre une Casablancaise aux grosses lunettes noires. Des réfugiés syriens qui mendient entre les voitures en brandissant des pancartes. Des jeunes chômeurs qui descendent à la plage avec sous les bras des planches de surf en mousse.

Lalla Zoubida le fixe :

–Qu'est-ce que vous me voulez, au juste ?

Massoud reprend sur un ton posé :

–C'est bien vous qui avez fait la cuisine pendant ce fameux mariage ?

–Oui. Je l'ai fait pour rendre service à ma voisine, la sage-femme. Le mariage de sa fille est un miracle !

–Cuisinière, c'est votre métier, c'est ça ?

–Cuisinière, traiteur, pâtissière, tout ce que vous voulez, je suis la meilleure de Casa.

Massoud hoche la tête d'un air entendu.

–Et où travaillez-vous ?

–Au Jawahir Jawad, le café-pâtisserie qui se trouve au Morocco Mall. Nous faisons repas, snacks, café, thé, gâteaux. Nous avons également un service de restauration à domicile dont je suis responsable.

–Ah oui ! J'en ai entendu parler !

–Vous savez donc à quel point c'est renommé. Tous les riches de Casa s'arrachent nos *ch'hiwates*.

Le commissaire Massoud acquiesce d'un signe de tête. Lalla Zoubida le scrute.

–Alors, dites-moi, qu'est-ce que cela à voir avec la mort de notre concierge ?

– L'homme dont c'était les noces est médecin, n'est-ce pas ?

–Oui, et alors ?

–Et alors, il paraît que quand Essâbar est tombé, le médecin a crié à l'empoisonnement !

Lalla Zoubida porte les mains à ses joues et fait mine de se griffer.

–*Ah Ouili* ! Vous pensez que je l'ai empoisonné ? C'est pour ça toutes ces questions ! C'est tout ce qui me reste à faire ! Empoisonner les gens ! Mais c'est totalement stupide ! Et puis ce médecin, il zigzague dans la parole ! D'où il est médecin, lui ? Vous l'avez vu ? Il sort à peine de ses dunes et de ses dromadaires !

Le commissaire Massoud la rassure :

–Dieu m'est témoin, il n'était pas dans mon intention de vous accuser. Mais se pourrait-il que, parmi vos ingrédients, il y ait eu un produit un peu… toxique, ou plutôt, je veux dire… allergisant, par exemple vous savez, il y a des gens qui réagissent mal aux piments…

–Écoutez, il n'y a personne au monde qui sache sélectionner les produits mieux que moi ! Je n'utilise que la reine des épices et le seigneur des assaisonnements. Chaque bouchée que mes clients dégustent est un avant-goût du Paradis, alors, s'il vous plaît, cessez vos insinuations qui blessent.

–Excusez-moi, vous m'avez tout l'air d'une honorable dame. Mais rappelez-moi : vous avez un fils, n'est-ce pas ?

Lalla Zoubida redresse le cou comme si elle se préparait à une attaque.

–Oui, pourquoi ?

–Quel nom Dieu lui a donné ?

–Ossmane.

–Il a servi les cafés ?

–Oui, j'essaie de l'occuper comme je peux.

–C'est lui qui les a préparés ?

Lalla Zoubida marque une pause d'une seconde, puis crache :

–Non. Le buffet, le café, le thé, c'est moi qui ai tout préparé. Tout.

Lalla Zoubida

Ce maudit policier est apparu à côté de moi comme un djinn, avec son visage émacié, ses cernes bleus et son corps gringalet. Je m'attendais à tout, sauf à ce que la mort d'Essabâr nous fasse tomber dessus un commissaire ! On se croirait dans Colombo. Au début, il a fait le gentil *zâama*, il veut juste papoter, et à la fin il a commencé à me glisser des accusations à demi-mots. C'est qu'il ne me connaît pas, cet effronté ! Comment ose-t-il insinuer que ma cuisine est empoisonnée ou que mes ingrédients sont avariés !

Je choisis mes aliments avec le plus grand soin. En reniflant le safran, je peux tout de suite dire s'il est pur ou si on y a mélangé de la poussière de briques, s'il vient de Talouine ou de l'Ourika. Je me moque de savoir si le marchand est en retard pour sa prière ou pour sa sieste de l'après-midi. Je prends tout mon temps pour goûter les citrons confits et les olives marinées. Ce n'est pas moi qu'on va arnaquer sur la qualité des produits.

Grâce à mon vieil oncle versé dans la science des aliments, j'ai appris dès mon plus jeune âge à manier les plantes, les graines et les épices. Il m'a enseigné les remèdes à tous les maux qu'Allah inflige à ses créatures, la lavande pour le mal de tête, les peaux de banane pour les verrues, le soufre pour les piqûres de guêpe et l'urine pour les blessures. Si je n'avais pas quitté Marrakech pour la grande ville blanche, je serais devenue la maîtresse des guérisseuses. Des docteurs en médecine seraient venus me demander conseil. Mais mon destin a dérapé sur une autre voie, le jour où j'ai croisé le regard d'Essi Brahim. À cette époque-là, sa moustache peinait encore à pousser. Il n'avait pour lui que la jeunesse et ça compensait tout le reste. En visite chez un cousin à Marrakech, il traînait dans le souk, insouciant du monde et de ses tracas. Il me suivait dans les dédales du marché avec des mots qui sortaient de sa bouche comme des pétales de roses. À mon tour, je l'aguichais avec des regards en biais, puis le laissais cuire dans le feu de mon indifférence. Il m'a demandé en mariage avant que son séjour ne touche à sa fin.

Mon père a failli devenir fou. Il était persuadé qu'il pouvait me marier aux enchères. Me donner au plus offrant. Et il avait toutes les raisons d'avoir de telles ambitions. Autrefois, dans le souk, on m'appelait *Ezzine*, la beauté. Les marchands oubliaient leurs clients pour me suivre des yeux. J'aurais pu épouser le meilleur des hommes. Des riches commerçants faisaient la queue devant chez moi pour demander ma main. Mais moi, je levais le nez au ciel et refusais de les recevoir. Je les trouvais laids et bedonnants. J'avais trouvé l'amour et pour moi, cela valait toutes les malles à trésor.

Que serait devenue ma vie, si j'avais écouté mon père ? Quand il avait épuisé tous ses arguments, il me disait : ma fille, tu ne connais pas les *bidaoui* ! Les Casablancais sont mous comme des patates douces.

Comme il avait raison ! Or, dans la vanité de mes belles années, je tenais le monde dans le creux de ma main. Essi Brahim me parlait de ses rêves étourdissants. Son métier de facteur n'était qu'une étape. Il allait monter son affaire et se spécialiser dans la livraison de marchandises, acquérir des agréments et acheter des camions. En l'écoutant, mon esprit cavalait comme si j'allais moi-même parcourir le monde à ses côtés.

Je ne savais pas encore, à l'époque, que ses projets grandiloquents n'étaient que du vent. La réalité s'est révélée à l'opposé de tout ce que j'avais imaginé. Il m'a emmenée à Casa et il m'a logée dans cet immeuble croulant qui se souvient de l'ancêtre des fourmis. J'ai attendu, attendu, mais jusqu'à ce jour, je n'ai pas vu de camions ni de routes ni de tonneaux d'argent qui cascadent à nos pieds. Je n'ai eu droit qu'aux corvées de lessive, de ménage et de cuisine. Les naissances rapprochées de mes enfants ont menacé de m'enfermer pour toujours au fond d'un puits.

Mais en ce temps-là, j'avais au cœur la flamme que même un typhon n'aurait pu éteindre. J'ai confié les petits à la garde d'une nounou, enfilé des chaussures de marche et je suis allée taper aux portes. J'ai visité les *neggafat* qui habillent et maquillent les mariées, les orchestres populaires, les joueurs de tamtams et de trompettes, les tatoueuses de henné et les traiteurs renommés de la ville. À chacun de ces artisans, j'ai offert des bricks farcis de viande de pigeon, des cornes de gazelle ou des carrés de pastilla. Une fois qu'ils s'étaient bien régalés, je leur demandais de me recommander à leurs clients. Je n'avais pas de carte de visite ni de site internet ni aucune de ces calamités des temps modernes, mais je possédais un art qui se perdait au fil du temps. Grâce à tous ces écrans qui pullulent, je n'ai jamais craint la concurrence. Les filles en âge de travailler ne sont occupées qu'à faire des *selfies*.

Bientôt, les appels ont afflué. J'étais sollicitée pour les baptêmes, les circoncisions, les retours de la Mecque et même les enterrements. Essi Jawad, le plus grand traiteur de Casa, m'a repérée. Il m'a dit : tu es la perle rare que je recherchais. Il m'a convaincue de travailler pour lui. Depuis, je veille parfois jusque tard la nuit. Autant dire que j'illumine les soirées de Casa. Le savoir que j'ai appris de mon oncle, je l'ai appliqué dans ma cuisine. Quelques graines de chanvre ou une pincée de poudre de Gouza suffisent pour que chaque cérémonie se transforme en conte des mille et une nuits. Les timides dansent au rythme des *derbouqas*, les vieilles retrouvent l'énergie de leurs vingt ans et les maris retombent amoureux de leurs femmes aux ventres ramollis. Les youyous se répandent sous les cieux au point que même les étoiles vacillent. Je repars avec des pourboires qui sont parfois plus importants que mon salaire. Essi Brahim, mon mari, au lieu de s'en réjouir, me regarde de travers. Ce n'est pas pour autant qu'il refuse les restes que je rapporte à la maison dans des *tapperwares*.

Que voulez-vous ? Dieu a écrit dans mon destin que ma vie se ferait avec Essi Brahim, et que de notre union naîtraient deux enfants. Ossmane et Nabila. Deux bons à rien, comme leur père.

Jeudi 20 juillet 2017

El Ayachi est écroulé sur son vélomoteur. Fouad est assis sur un bloc de pierre, les coudes sur les genoux. Ossmane tient le mur d'une jambe repliée. Le commissaire Massoud ne leur a jamais parlé, mais il connaît leurs méfaits. Il les a tous à l'œil.

El Ayachi traficote un peu. Il revend des fausses Ray Ban et Rolex, car il a un cousin qui habite près du marché noir de Fnideq dans le nord, bourré de produits espagnols. Il sert aussi d'intermédiaire dans des ventes de voitures d'occasion entre les *immigris* qui viennent en vacances et les garagistes. Son *business* est illégal, mais la police a décidé de fermer les yeux. Ordre d'en haut. S'ils se mettaient à harceler tous les petits voyous qui vivotent, ils allaient provoquer une émeute. Fouad, lui, c'est celui qui fournit la *h'chicha*. Il régale ses potes *fabor*, gratuitement, à condition qu'ils en revendent pour lui. Il est petit et maladif, son teint est bleu, on dirait qu'il se nourrit exclusivement de tabac. Il se tient courbé dans l'attitude du type louche. Ses yeux agités vont et viennent comme des essuie-glaces. Bah ! Il laisse faire. Tant qu'il n'en refourgue pas aux enfants ! Franchement, ils ne sont pas bien méchants. Ce sont des gosses au chômage. Le temps, la jeunesse, c'est tout ce que Dieu leur a donné. Ils ne travaillent pas, mais au moins, ils rigolent. Massoud les observe pendant qu'ils suivent des yeux les femmes qui passent. À chacune ils réservent une petite plaisanterie acerbe. Eh, la décoiffée, t'as les cheveux en pétard ! On dirait que tu t'es électrocutée ! Eh, toi, la géante, t'as oublié de mettre un pantalon ou c'est ta robe qui est trop courte ? Eh, toi, la noiraude, dis-moi, c'est quoi la plage où tu vas bronzer, comme ça, j'évite d'y aller ! À chaque fléchette, les autres sont morts de rire.

Ossmane, quant à lui, se tient le menton relevé et le dos arqué. Il rentre la chemise dans le pantalon et toise le monde. Massoud n'a pas beaucoup d'informations sur lui. Il s'approche du groupe doucement pour ne pas les effaroucher. Les trois garçons le regardent venir d'un œil fixe, sauf le gars aux yeux gigoteurs. Il s'arrête bien droit à leur hauteur. Se présente : je veux parler à celui d'entre vous qui s'appelle Ossmane.

Fouad et El Ayachi déguerpissent, soulagés d'échapper à un contrôle. En réalité, Massoud sait très bien qui est Ossmane. Il l'a déjà repéré dans le groupe, même s'il ne lui connaît aucun commerce suspect. Ce n'est pas parce qu'il ne l'a jamais vu traficoter qu'il n'a pas un dossier caché.

Ossmane, toujours adossé au mur, affiche un air impassible comme si la présence d'un représentant de l'ordre ne l'inquiétait pas une seconde. Il inspecte le commissaire sans dire un mot. Massoud le salue :

–*Essalam Alaykoum.*

–*Wa alaykoum Essalam.*

Après les formules de salutations d'usage, un silence s'installe. Ossmane se donne l'air décontracté.

–Je m'excuse de vous interrompre, car je vois que vous passiez du bon temps avec vos amis…

–En quoi je peux vous aider ?

–Il y a eu un mariage, il n'y a pas longtemps, dans le quartier, n'est-ce pas ?

–Oui.

–J'ai entendu dire qu'un homme est mort pendant la fête, c'était votre gardien, c'est ça ?

–Oui, que Dieu ait son âme

–Et vous y étiez, à ce mariage, vous ?

–Oui, comme tout le monde ici.

–Et votre gardien, avait-il l'air malade en arrivant ?

–Je ne sais pas, je n'ai pas fait attention à lui.

–Quand vous lui avez servi son café par exemple, vous n'avez rien remarqué ?

–Non, il avait l'air *bikhir*, à l'aise. Il se rinçait l'œil devant les femmes qui dansaient.

–Ah bon ! Pourtant, on m'a parlé de lui comme quelqu'un de sérieux.

Ossmane étouffe un rire amer.

–Ce n'est pas le cas ? insiste Massoud.

–Qu'est-ce que j'en sais, moi ? C'est à Dieu de le juger.

Massoud acquiesce. Allah est un bon refuge. Mais il persévère.

–Était-il généralement apprécié par les habitants de l'immeuble ?

–Il était utile, car il était costaud et en bonne santé et il savait réparer plein de choses.

–Et quand il ne réparait pas, que faisait-il ?

Ossmane soupèse sa réponse :

–Il faisait comme tous les gardiens, il surveillait, savait qui rentrait, qui sortait, qui faisait quoi…

Ah ! pense le commissaire Massoud. Il connaissait donc les secrets de tout le monde. Quelqu'un a peut-être voulu le faire taire. Il sait très bien qu'Ossmane n'en dira pas plus à ce sujet, donc inutile de le braquer. Il change de tactique :

–Vous êtes un proche de la sage-femme et de sa fille ?

Ossmane se contente de tordre sa bouche, comme pour dire, pas vraiment.

–Pourtant, vous avez servi le café au mariage de Saïda.

–Oui, ce qui montre bien que dans mon âme, il n'y a aucune rancune.

Ossmane se détache du mur et sans plus rien ajouter, il s'éloigne.

Ossmane

Pourquoi ce type de la police est venu m'interroger comme si j'étais le dernier des malfrats ? *El hassil*, que dire, c'est *el hougra* qui fait ça. Le mépris des pauvres gens. C'est ce mépris-là qui m'embrase de l'intérieur depuis que je suis né. Ça me donne envie de tuer. Bon, d'accord, il ne m'a pas accusé directement, mais j'ai tout de suite pigé ses questions détournées. Il peut me cuisiner autant qu'il veut, il n'a rien à tirer de moi, à part remuer des souvenirs pénibles.

Oui, c'est vrai, pourquoi est-ce que j'ai accepté de servir le café au mariage de Saïda ? D'une part, parce que ma mère m'a obligé et puis, aussi, pour défier les rumeurs. Tirer un trait sur ce jour néfaste où ma réputation a été piétinée. Je voulais qu'Essabâr voie que malgré ses tentatives, il n'avait pas réussi à me déminer. Que ma présence lui crève les yeux !

Tout a commencé, il y a six mois à peu près, bien avant le mariage de Saïda et la mort d'Essabâr.

Je me souviens qu'on devait être au mois de janvier, c'était la fête El Mawlid qui commémore la naissance du Prophète. Ma mère est venue cogner à ma porte, alors que j'étais enroulé, bien au chaud, dans mes couvertures. Elle cherche toujours une corvée à me faire faire. Cette fois-ci, elle voulait que je descende un plateau de purée de fèves à la sage-femme comme offrande pour l'Aïd. J'étais logé, blanchi, nourri, donc je n'avais pas intérêt à refuser, sinon, elle allait se mettre à hurler : le jour où tu rapporteras ne serait-ce qu'une botte de menthe fraîche à la maison, tu te permettras de discuter.

Je suis donc descendu avec une assiette de *bissara* à l'étage du dessous. J'ai tapé de façon un peu bourrue, car, la vérité, j'étais *kafer*, bouillonnant de colère. Je détestais cette situation qui me forçait à faire le larbin. Ma mère me disait : t'as qu'à faire comme tout le monde, trouve-toi un poste de chauffeur dans une maison. Je lui répondais : tu as perdu la tête ou quoi ? Si un patron me parle mal, je vais l'étrangler et je vais aller en prison. Non, impossible, je ne pouvais pas faire un métier de pauvres, de ceux où l'on t'écrase. Si ma mère était contente de faire la boniche dans le café d'Essi Jawad, c'était son problème.

J'ai frappé un bon moment. La sage-femme était sûrement en train de faire sa tournée. Juste quand j'allais repartir avec mon assiette, Saïda a ouvert. C'était exactement la personne que je redoutais de voir. Elle avait beau être belle, elle n'en restait pas moins idiote, voire légèrement folle. Dès qu'elle m'a vu, elle s'est mise à jubiler. Elle m'a pris par la main et m'a entraîné à l'intérieur. Je dois avouer qu'elle m'effrayait. Quand elle sortait dans la rue, elle oubliait d'enfiler des chaussures ou de revêtir une djellaba. Donc, me retrouver en tête à tête avec une folle, ça ne me rassurait pas franchement.

Je me suis laissé guider à l'intérieur, luttant contre l'envie de fuir. Les vitres étaient brunies par la poussière, le tapis recouvert de miettes. Ça se voyait que la vieille accoucheuse était devenue depuis longtemps incapable de faire tourner le chiffon dans sa maison. À part faire joli, sa fille ne servait strictement à rien.

Saïda n'était pas intéressée par l'assiette de purée de fèves. Elle m'a poussé devant l'écran de télévision. L'image était parcourue de zigzags, les visages étaient distordus et les paroles, entrecoupées. J'ai regardé le téléviseur, puis j'ai regardé Saïda :

– Tu veux que je te répare la télé, c'est ça ?

Saïda a levé les bras, puis s'est mise à taper dans ses mains comme une danseuse de flamenco. Battant des pieds, elle s'est emparée de ses jupons pour les faire valser autour de ses cuisses.

Je l'ai observée, abasourdi. Je ne connaissais aucune femme normale qui se comportait avec une telle légèreté. Il n'y a vraiment que les filles de la haute qui se permettent de se balader les cuisses ou les bras dénudés. Il faut croire que les règles de la société ne s'appliquent pas à tout le monde. Mais Saïda se moquait de tout. Elle dansait et riait comme si le monde entier n'était qu'une vaste plaisanterie.

Je l'ai laissée à sa folie et me suis absorbé dans la tâche qui consistait à lui réparer la télé. En réalité, je voulais surtout m'extraire de cette situation bizarre.

J'ai actionné les boutons, trituré l'antenne, zappé les chaînes, éteint, puis rallumé. L'irritation m'a gagné. J'ai donné une grande claque à cette télé qui ressemblait à un scaphandre. À ma grande surprise, l'image s'est stabilisée et les bruits parasites ont cessé. Les acteurs ont retrouvé leurs belles silhouettes. Un homme tiré à quatre épingles essayait de contenir la fougue d'une femme rebelle aux lèvres siliconées. Subitement, d'un mouvement viril, il l'attira dans ses bras et lui colla un baiser. Aussitôt, la colère se mua en passion. Les amants se livrèrent à de savantes contorsions pour continuer à s'embrasser tout en se débarrassant de leurs vêtements.

J'ai été tiré de ma stupéfaction par les gémissements de Saïda. Se tenant légèrement derrière moi, elle regardait le couple à l'écran en se caressant l'intérieur des cuisses. J'ai écarquillé les yeux. Mon sang n'avait pas fini de tourner dans mes veines quand elle m'a sauté dessus.

Je suis tombé par terre à quatre pattes. Sans me donner le temps de réagir, elle a galopé sur mon dos comme si j'étais devenu un cheval. Avec une main, elle me donnait des tapes sur les fesses. L'humiliation m'a fait retrouver la raison. J'ai rugi : mais ça ne va pas, non ! En me relevant, je l'ai fait basculer. Allongée sur le tapis, elle se roulait et riait comme une hystérique. Sa robe lui glissait sur les jambes. Son comportement m'agaçait, certes, mais ce qui m'énervait le plus, c'était ma propre excitation. Comment pouvais-je me laisser émoustiller par une fille qui avait un oiseau en guise de cervelle ?

Je lui ai tourné le dos pour partir, mais elle s'est vite relevée. Elle m'a agrippé le poignet. Quand je me suis retourné, ce n'était pas une folle que j'avais en face de moi, mais une belle femme qui avait tout ce qu'il fallait là où il fallait. Elle me couvait de son regard suppliant. Ce regard m'a fait réaliser le gouffre qui était creusé en mon âme. Un puits où mes frustrations résonnaient sans fin. J'étais en situation de manque abyssal. Quand on est à ce point *mekbout*, le sourire d'une folle peut paraître comme l'oasis au milieu du désert. Je me détestais de faiblir autant, mais je me raisonnais : « Elle n'est pas si folle que ça. Elle ne ressemble en rien aux autres malades mentaux. Elle ne bave pas, ne se salit pas, ne se gratte pas la tête. Tu n'as qu'à regarder son visage. On dirait une *houria*. Une sirène de ces sirènes que promet le Paradis aux kamikazes. »

Son regard me tenait en laisse. Avec une lenteur étudiée, elle a remonté sa robe le long de ses cuisses.

Je ne suis qu'un *bnadem* après-tout, un descendant d'Adam, fait de chair et de sang. J'ai glissé ma main dans ses cheveux blonds, emprisonné sa taille dans mes bras, puis je l'ai étendue sur la banquette. Pendant qu'elle m'engloutissait dans ses baisers, je remontais le long de ses cuisses, jusqu'à ce que mes doigts rencontrent ses poils. Elle ne portait pas de culotte. La fièvre m'a emporté. Le fait de la savoir un peu dérangée et donc potentiellement dangereuse ne faisait que décupler mon ardeur. Au moment où je faisais glisser la fermeture éclair de mon pantalon, une clef s'est introduite dans la serrure de la porte d'entrée.

Vendredi 21 juillet 2017

Une vieille dame marche au loin, le dos arrondi et les épaules affaissées. Le poids de ses paniers manque à chaque pas de la renverser. Elle traverse le marché couvert de Hay El Hassani, au milieu des étals d'épices et des vendeurs de poules caquetantes. Les gens la bousculent de tous les côtés. Elle fend la foule sans lever la tête et sans dévier de sa trajectoire. Sortie à la lumière éblouissante, elle s'arrête pour reprendre son souffle. La circulation dense du midi tourbillonne devant ses yeux, les taxis, les gardiens de voitures, les vendeurs de films piratés et les femmes qui marchandent aux stands de lingerie bon marché. *El Hajja* Khaddouj s'éponge le front, puis se baisse pour reprendre ses paniers.

–Laissez, *Al Hajja,* dit le commissaire Massoud, je vais vous aider.

La sage-femme le scrute comme s'il était un spectre surgi de la nuée de poussière et de mazout. Il lui prend les paniers des mains et la rassure :

–Je suis le commissaire chargé d'enquêter sur la mort de votre gardien, je vais vous accompagner jusqu'à chez vous, ces paniers vont vous faire tomber les bras.

Trop soulagée de se débarrasser de son fardeau, elle le laisse porter ses provisions :

–Pourquoi enquêtez-vous sur la mort d'Essabâr, qu'est-ce qui ne va pas avec sa mort ?

–Elle va très bien, sa mort, répond Massoud, c'est une enquête de routine.

–Ah bon ? s'étonne mollement la vieille dame.

Massoud se met au milieu de la route pour arrêter les voitures. Lorsque la sage-femme traverse de sa démarche de tortue, il la rejoint sur le trottoir d'en face.

–Comment allez-vous, *Al Hajja* ?

–Je remercie Dieu pour chaque jour supplémentaire qu'Il m'accorde.

–C'est le lot de tous, que Dieu nous accorde seulement la santé.

–Eh oui, la santé est une couronne sur la tête du bien portant, ne la perçoit que le souffrant.

–En tout cas, félicitations. J'ai entendu dire que vous avez marié votre fille. Que ce mariage soit béni !

–Le mariage de ma fille était tellement miraculeux que tout le voisinage s'y est invité. Je ne m'attendais pas à ce qu'il y ait autant de monde et de *haylala*. J'en ai encore les oreilles qui sifflent.

–Surtout que d'après ce qu'Allah m'a soufflé, ça s'est terminé par un drame.

–Oui, c'est ça, l'histoire de ma vie.

–Avez-vous une idée de ce qui a pu se passer ?

– L'homme était assis à sa table, en forme, il avait bien mangé, il était repu, les femmes dansaient sur la piste en face de lui, il regardait le spectacle en buvant son café et puis, tout d'un coup, il est tombé de sa chaise, raide, comme ça, sans raison. La minute d'après, il était mort.

–Et vous ne trouvez pas ça bizarre ?

–C'était la volonté d'Allah.

–Est-il vrai que le marié a crié à l'empoisonnement !

–Oui, c'est ce qu'il a dit.

–Et qu'est-ce que vous en pensez ?

–C'est mon gendre, il est médecin, alors, je lui fais confiance.

–Donc vous pensez qu'Essabâr a été empoisonné ?

–Allah seul le sait.

Massoud commence à sentir le poids des provisions lui tirer sur les épaules. Ils traversent à présent les rues poussiéreuses qui s'enfoncent entre les bâtiments. Ils croisent peu d'activité. Un fils d'épicier qui livre une bombonne de gaz, quelques gamins qui jouent au foot au milieu de la chaussée. Ils arrivent devant l'immeuble du Pacha.

–Si ça se trouve, quelqu'un a voulu ruiner ce mariage, suggère Massoud.

–Si c'est le cas, que cette personne trouve sa punition devant Dieu le jour du Jugement Dernier.

– C'est Ossmane qui a servi le café au mariage de votre fille, n'est-ce pas ?

–Oui, en effet. Je lui avais pardonné.

–Pardonné ? Pourquoi ? Qu'est-ce qu'il avait fait ?

La sage-femme hausse les épaules :

–Franchement, il n'y a rien de réjouissant à raconter dans cette histoire.

–Mes oreilles en ont entendu de bien pires, j'en suis sûr.

Ils sont à présent devant la porte de l'immeuble. À l'entrée, une chaise vide. Probablement la chaise d'Essabâr. La vieille femme s'arrête et s'écroule dessus. Elle s'évente avec son mouchoir pendant un moment, puis se relève, requinquée, prête à gravir les marches qui mènent à son étage.

La porte d'entrée donne sur une pièce parcourue de banquettes usées. Au fond, dans un vestibule mal éclairé, une table ronde repose sur un tapis aux couleurs fanées. D'un côté du vestibule se trouvent deux chambres à coucher, et de l'autre, la cuisine.

Même dans sa propre maison, Massoud n'a jamais rangé les courses. Sa mère ne l'a jamais sollicité pour accomplir la moindre tâche. La seule chose qu'elle attend de lui, c'est qu'il ingurgite la quantité de nourriture qu'elle lui prépare matin et soir. Quand il était petit, elle l'emmenait chez les herboristes pour qu'ils lui concoctent des potions qui ouvrent l'appétit. Devant leur inefficacité, sa mère se griffait les joues et se donnait des claques. Il se souvient de sa stupéfaction d'enfant devant un tel spectacle. Pourquoi sa mère se mettait-elle dans tous ses états, juste parce qu'il refusait de finir son assiette ?

Tout en mettant les provisions dans le petit réfrigérateur qui grésille, il revient à sa question.

–Donc, Ossmane. Parlez-moi de lui.

–Je l'avais toujours considéré comme mon fils, jusqu'au jour où... Laisse à Dieu le soin d'en juger.

–Qu'est-ce qu'il a fait ?

–Il a abusé de Saïda, ma fille. Je suis rentrée un soir du travail et je l'ai trouvé allongé sur elle. Vous vous rendez compte ? Une fille handicapée !

Massoud cesse de s'activer. Il referme la porte du frigidaire et laisse la moitié des courses par terre. Il croise les bras et se tient face à la sage-femme.

–Vous dites que c'est de l'histoire ancienne. C'était il y a combien de temps ?

–Qu'en sais-je moi ! Je me souviens que c'était l'Aïd. Oui, c'est ça. Saïda s'habillait en *tchamir* léger, alors qu'il faisait un froid qui vous gelait jusqu'à l'os.

–L'Aïd El Mawlid ?

–Je crois, oui.

Massoud s'octroie le temps d'assimiler cette nouvelle donnée :

–Qu'avez-vous fait ? Vous avez averti la police ?

–Pour quoi faire ? Vous savez comment ça se passe ! C'est la fille qui porte le blâme. On aurait accusé ma fille de l'avoir aguiché.

–Qu'avez-vous fait, alors ?

–Je suis allée voir sa mère. Je lui ai simplement dit : Ossmane doit épouser Saïda.

Massoud se surprend à nourrir un intérêt pour cette histoire qui va au-delà de son désir d'arrêter le coupable.

–Que vous a répondu Lalla Zoubida ?

–Elle a promis d'étrangler son fils ! Mais à quoi me servirait Ossmane mort ? J'ai insisté. Il fallait qu'il restaure son honneur par le mariage.

–Ossmane a refusé, j'imagine.

La sage-femme attrape son menton et fait rouler sa tête :

–Pour ce qui est de jouer, les garçons sont champions, mais pour ce qui est d'assumer, ils détalent comme des rats.

–Que s'est-il passé ensuite ?

–J'ai demandé à Essabâr de veiller sur la porte de mon appartement afin d'empêcher Ossmane d'y remettre les pieds.

Massoud se détache du plan de travail de la cuisine contre lequel il était adossé. Le brouillard fait place à une image claire : Ossmane a peut-être tué le gardien pour l'avoir empêché d'accéder à Saïda. Il commence à prendre congé de la vieille dame et se dirige lentement vers la porte, le menton entre les épaules. À mi-chemin, ses pieds font demi-tour :

–*Al Hajja*, excusez-moi, je ne vais pas vous fatiguer plus longtemps, il y a juste une chose que je ne comprends pas. Elle a quel âge votre fille ?

–Vingt ans d'âge physique et douze ans d'âge mental.

–Mais alors… je ne veux pas vous manquer de respect… vous l'avez eue à soixante ans ?

–Je ne peux pas vous dire l'âge que j'avais, ni celui que j'ai aujourd'hui, je sais seulement que je suis née l'année de l'invasion des sauterelles. Par contre, oui, en effet, j'avais dépassé depuis longtemps l'âge de procréer lorsque j'ai eu Saïda.

La sage-femme

À cause de mon métier, je suis obligée d'effectuer des tournées quotidiennes qui m'épuisent. Dès les premières lueurs du jour, je me suis traînée jusqu'à la maison d'une voisine qui venait d'accoucher. Elle souffrait de terribles douleurs. Il faut dire qu'elle a donné naissance à un monstre, gloire à Allah, aussi gros qu'un veau.

Ensuite, je suis passée m'enquérir de la santé de multiples femmes aux ventres pleins, alors que leurs corps étaient encore meurtris par de récentes naissances. Chez chacune de ces mères j'ai ingurgité des litres de thé à la menthe et grignoté des biscuits secs. Comme il me fallait du temps pour mastiquer ces galettes, cela donnait aux mères l'occasion d'énumérer leurs peines. Les enfants qui ne travaillent pas à l'école, les adolescents qui se tournent vers la délinquance, les aînés qui ne trouvent pas de travail, les maris qui les délaissent, les belles-mères qui les tourmentent, les belles-sœurs qui les court-circuitent. Pour les consoler, je leur ai raconté les problèmes de leurs voisines qui sont encore plus affligeants. Avec tout ça, le temps m'a trahie et quand j'ai regardé l'heure, j'ai sursauté : j'avais tout juste le temps de faire les courses pour le repas de midi.

Après le départ du commissaire, une fatigue terrible s'est emparée de moi. À présent, la seule chose dont je me sens capable, c'est de m'allonger dans le silence. Ce silence de caveau qui m'engloutit. Dieu seul sait à quel point la voix de Saïda me manque. À défaut de parler, elle passait ses journées à chanter, et sa voix évoquait les anges qui voltigent entre les sept cieux. Ah, cet homme ! Avec ses questions, il a réveillé en moi des images qui poignardent. Où sont passées ces années entre le moment où mes yeux sont tombés sur son beau visage et maintenant qu'elle est partie rejoindre la maison de son mari ? Disparues, soufflées par le vent. Malgré son handicap, je l'ai aimée comme si elle était sortie de mon propre ventre, qu'on le croie ou non. Car je ne suis pas dupe. Je sais ce que pensent les gens. Comment ai-je fait pour adopter une fille sans cervelle ?

Les parents de Saïda étaient aussi bruns que le crépuscule. Pour gagner son pain, sa mère faisait le ménage dans un hôtel. Or, le jour où Saïda est née, elle a surpris le monde par sa blondeur. Son père est entré dans une grande fureur. Il a accusé sa femme de l'avoir trompé avec un étranger, probablement un Allemand ou un Suédois. Il a quitté le foyer, la laissant seule avec une marmaille à nourrir.

J'ai pris la pauvre répudiée en pitié. J'ai mouché ses enfants, changé leurs couches et traqué leurs poux, car leur mère, obligée de travailler comme une forcenée, rentrait à la maison vidée de toutes ses forces.

Un matin, je suis arrivée comme à mon habitude. La petite Saïda était inconsciente. Sa mère marmonnait telle une folle qu'elle n'avait pas fait exprès. Elle m'a expliqué dans une hystérie totale qu'elle avait eu le vertige, que le bébé lui avait échappé des mains, raflé par une force inconnue. En heurtant le carrelage, Saïda avait reçu un choc sur la tête.

Même maintenant, en y repensant, je ressens ce coup dans ma propre chair. J'aurais voulu être un voyageur du temps afin d'empêcher cet accident. Elle était tellement belle ! C'est le mauvais œil qui l'a frappée, je ne vois pas d'autre explication. La pauvre petite. Elle a grandi sans jamais articuler un mot. Sa mère la négligeait. Elle la tenait pour responsable de son malheur. Saïda avait cinq ans lorsque j'ai décidé de l'adopter. Je ne l'ai jamais regretté.

J'ai essayé d'élever Saïda comme si elle avait été une fille ordinaire. J'ai enduré ses exubérances, ses éclats de rire, ses chants aliénants. J'ai congédié les gens qui venaient médire, car ils la surprenaient à la fenêtre vêtue d'un léger *tchamir* ou la croisaient dans la rue les jambes nues. Même Essabâr, que Dieu lui pardonne, est venu un jour me sermonner sur la nécessité de lui apprendre la pudeur. Je lui ai dit : écoute-moi bien, que Dieu ait tes aïeuls en pitié, occupe-toi de ta propre fille qui, vêtue ou dévêtue, vit en recluse comme une souris dans son trou.

Ne croyez pas que j'aie pris pour excuse la folie de Saïda pour la laisser aller à la fantaisie de son esprit. Je l'ai forcée à porter des djellabas aux manches longues, mais j'avais l'impression de mettre un albatros dans une cage de moineau. Elle dépérissait au point qu'elle cessait de chanter. Je lui ai souvent parlé comme on parle à une jeune personne en possession de sa raison. Je lui disais : ma fille, maintenant que tu deviens femme, souviens-toi d'une chose, tu dois rester vierge jusqu'au jour de ton mariage. En guise de réponse, elle partait dans de grands éclats de rire. Je prenais cela pour un oui et je persévérais : Toutes les filles le savent, mais peu y parviennent. Les hommes sont des mangeurs de cerveau. Ils embobinent les filles, se jouent d'elles et les jettent quand leur désir est assouvi. Mais sache une chose. Si tu perds ta virginité, aucun homme ne voudra t'épouser. Tu seras abîmée et tu ne vaudras plus une boulette de goudron.

Et voilà qu'un beau jour, ce voyou d'Ossmane est venu détruire toutes ces années de prêche aussi facilement que l'on souffle sur une bougie.

Samedi 22 juillet 2017

Le soleil plonge derrière l'horizon en répandant sur la mer une traînée de lumière orange sanguine. Le commissaire Massoud a dû attendre toute la journée avant de pouvoir prendre le chemin du Morocco Mall. Dans son impatience, le trajet lui paraît interminable. Il accélère le pas sur le trottoir de la corniche, coincé entre l'humidité de l'océan et le crachat des tuyaux d'échappement. Il lui semble marcher à contre-courant des promeneurs qui viennent profiter de la fraîcheur du crépuscule. Des familles trottant derrière un enfant à tricycle, des amoureux qui se chuchotent des promesses, des Casablancaises grassouillettes qui s'épuisent à la marche rapide.

Massoud dépasse l'îlot de Sidi Abderrahmane, un amas de bâtisses blanches qui abrite un repaire de sorciers. Au loin, apparaît le Morocco Mall. Le centre commercial est posé sur le bord de mer comme une gigantesque chenille en métal chromé. Avec un peu de chance, Jawahir Jawad sera encore ouvert. Massoud s'approche de la porte d'entrée. Un agent de la sécurité lui ordonne de vider ses poches avant de passer à travers le détecteur de métal.

Des requins hébétés tournent en rond dans un aquarium géant en forme de tube. Massoud le contourne pour rejoindre l'escalier roulant. La musique assourdissante d'un mini parc d'attractions l'accueille à l'arrivée.

L'enseigne du café-traiteur s'étale dans une calligraphie orientale qui ondule. Les lettres sont dorées et pailletées. À la terrasse, les parents d'un bébé en poussette raclent le fond de leurs coupes de glace. Massoud pousse la porte. Malgré l'heure tardive, les gens font encore la queue pour se ravitailler. Il n'en revient pas de la quantité de sucre que les gens ingurgitent. *Fekkas* aux amandes, *Chebbakias* aux sésames, *makroute* roulé aux dattes, *briouates* aux cacahuètes et au miel. Il attend son tour, puis demande à une jeune fille qui aurait pu être une hôtesse de l'air : Est-ce que Lalla Zoubida est encore là ? La jeune fille lui demande de patienter. Elle disparaît deux minutes, puis revient suivie d'une femme qui lui est inconnue. Massoud met quelques secondes à réaliser qu'il s'agit bel et bien de Lalla Zoubida. La dernière fois qu'il l'avait vue, elle était vêtue en djellaba. Alors que là, il ne l'aurait pas distinguée de la femme d'un banquier. Elle porte une jupe de tailleur bleue, une chemise à pois et un foulard autour du cou porté à la façon d'une cravate. Ses cheveux roux ondulés reposent sur ses épaules, parfaitement coiffés. Elle a même pris soin de s'appliquer un trait de khôl aux yeux et un brillant cerise sur les lèvres. La seule chose qui trahit sa présence aux fourneaux, ce sont les gants en caoutchouc qu'elle porte. Il est incapable de refermer la bouche. Il n'en revient pas de la transformation. Elle non plus ne cache pas son étonnement. *Bismillah* ! Au nom de Dieu le Miséricordieux, s'exclame-t-elle, qu'est-ce qui vous amène encore ?

–Vous avez bientôt fini votre service ?

–Que voulez-vous que je vous dise de plus sur la mort d'Essabâr ? Il est mort alors, *safi*, ça suffit, il faut le laisser reposer en paix.

–Oui, oui, bien sûr, je ne cherche qu'à rétablir la justice. Vous pouvez m'aider, j'en suis sûr.

Lalla Zoubida jette un œil sur les clients qui, elle en est sûre, laissent traîner une oreille. Elle se penche par-dessus le comptoir et lui chuchote dans l'oreille sur un ton complice :

–Va chercher un chariot pour qu'on croie que tu es mon serviteur et je te retrouve après le dernier client.

Massoud obéit. Après avoir subtilisé un chariot au supermarché situé au rez-de-chaussée, il revient faire le guet à l'entrée du magasin. Après une attente interminable, Lalla Zoubida réapparaît enfin.

Tout en trottant à côté d'elle, il l'interroge :

–Est-il vrai que la sage-femme est venue se plaindre à vous, car Ossmane avait abusé de sa fille.

–Je n'aime pas du tout la façon dont vous reniflez autour de mon fils.

–Dites-moi ce qui s'est passé au juste.

–Il s'est passé qu'*El Hajja* Khaddouj n'avait qu'une obsession, c'était de marier sa fille. Alors, quand mon fils a eu une… une aventure avec cette sotte de Saïda, elle s'est dit : c'est bon, je vais pouvoir le piéger.

–Pour vous, Ossmane n'a pas abusé d'elle ?

–C'est elle qui a abusé de lui ! C'est que vous ne la connaissez pas ! Saïda est une jeune femme qui ne se soucie ni de pudeur ni de vertu. Les gens l'ont vue plus d'une fois relever les pans de ses jupons pour montrer son derrière et uriner en pleine rue. Si quelqu'un tente de lui rendre la raison, elle lui répond par des éclats de rire si puissants que leur écho s'entend jusqu'aux confins de la Médina. Parfois, elle fait peur aux gens, malgré sa beauté qui rend hommage à la gloire de Dieu ! Et mon fils, il a beau être bourru et bon à rien, il a quand même le cœur mou comme une pâte à pâtisserie. Elle a dû l'embobiner et l'entourlouper et lui, au lieu de se sauver, il a rapetissé son cerveau pour se mettre à son niveau.

–Vous êtes sûre qu'elle était consentante ?

–Demandez-moi si lui était consentant !

–Apparemment oui, puisque la sage-femme les a surpris…

–Écoutez, c'est un homme. Quel homme reste de marbre lorsqu'une femme lui montre sa barbe du diable ?

Massoud, tout en poussant le chariot vide entre les vitrines rutilantes de Chanel et de Christian Dior, se pose la question. Des femmes légèrement vêtues, on en voit partout, sur les devantures des magasins de lingerie ou à la télé. Avec la profusion de chaînes et de satellites, impossible d'échapper aux corps nus. Sur son mobile, il lui suffit de taper un mot de travers pour qu'on lui propose des poupées siliconées aux seins énormes. Est-ce que ça lui fait quelque chose ? Non, rien. En général, les femmes, il les trouve soit trop bien habillées, soit trop négligées, soit trop couvertes, soit trop dénudées. Leurs tenues vestimentaires sont devenues des bannières. Elles les rangent dans un éventail de petites cases allant de la plus chaste à la plus dévergondée. Aucune femme n'a encore réussi à le remuer. Tout au plus, une femme peut susciter sa sympathie. Lalla Zoubida, par exemple, l'amuse par ses réparties.

Les lumières du centre commercial se tamisent. Lalla Zoubida accélère le pas.

–La nuit va me surprendre, il faut vite que je rentre, sinon c'est un deuxième interrogatoire que je vais subir à la maison.

Massoud abandonne le chariot et court derrière elle :

–Une dernière chose. La sage-femme m'a dit qu'elle avait chargé Essabâr de surveiller la porte de son appartement.

–Oui, mais c'était inutile, car mon fils n'avait aucune intention d'y retourner. Essabâr, qui était tout fier de jouer le garde du corps, s'est vanté en racontant à qui voulait l'entendre qu'Ossmane était un violeur de handicapéés. Il lui a déchiqueté sa réputation dans toute la *houma* ! Les gens se sont mis à changer de trottoir quand ils croisaient mon fils dans la rue.

–Ossmane avait donc une bonne raison de lui en vouloir !

–Écoutez, si mon fils avait voulu tuer Essabâr, il l'aurait fait dans le temps. Maintenant, c'est une histoire qui appartient au passé. Comme vous le savez, ce qui est passé est mort ! La sage-femme a finalement réussi à marier sa fille, la paix est revenue dans le quartier et toute rancune a disparu.

À la sortie du Morocco Mall, Lalla Zoubida hèle un taxi. Les phares des véhicules apparaissent comme des pointillés rouges et jaunes qui se diluent dans la brume du soir. Un taxi déjà plein, s'arrête à sa hauteur. Lalla Zoubida se serre aux côtés des autres passagers. Massoud retient le taxi en gardant une main sur la portière :

–Il n'a pas une fille, Essabâr ?

Lalla Zoubida pointe un doigt dans sa direction :

–Je vous conseille vivement de laisser la pauvre petite tranquille. Sachez qu'elle est malade, et que maintenant, elle est aussi orpheline. Elle n'est absolument pas en état de subir vos interrogatoires.

–Il va bien falloir que je lui parle à un moment ou à un autre.

–Attendez au moins quarante jours. C'est le temps qu'il faut à l'âme de son père pour quitter ce monde.

Lalla Zoubida

Le commissaire m'a surprise dans l'une de mes tenues les plus élégantes. De celles que je mets pour servir les clients de la haute. Si les gens avaient envie de manger des mets traficotés par une boniche mal fagotée, ils seraient restés chez eux. Les clients de Essi Jawad veulent déguster de la nourriture classe, concoctée par une chef cuisinière, de celles qui parlent à la télévision et écrivent des livres et mettent des images de leurs recettes sur internet. Moi, je ne fais rien de tout cela, mais je possède un art qu'aucune de ces fanfaronnes n'a su égaler.

Quand le commissaire m'a vue apparaître au comptoir de Jawahir Jawad, j'ai cru qu'il allait tourner de l'œil. J'ai tout de suite vu que je lui faisais de l'effet. Je reconnais cette lueur dans le regard des hommes. Dans ma jeunesse, je ne compte pas le nombre de garçons qui se sont mangé un poteau à force de me reluquer. Aujourd'hui, j'ai pris de l'âge au point que je suis obligée de teindre mes cheveux au henné, mais, comme dit l'adage, quand la beauté s'en va, ses fondations demeurent.

En même temps, il faut que je me méfie. Je me demande s'il cherche vraiment un coupable ou s'il a juste envie de fouiner dans nos vies. Il fait son *derouiche,* le type serviable, mielleux et tout doux, mais au fond, il est rusé comme un chacal. Je l'ai disséqué bien comme il faut. Je vois très bien où il veut en venir avec ses questions. Il cherche à faire tomber sur Ossmane une accusation. Il croit qu'il a violé Saïda, qu'il est obsédé par Saïda, et qu'il a tué Essabâr parce qu'il l'a empêché d'accéder à Saïda. Le pauvre, il n'a rien compris. Les choses sont loin d'être aussi simples. Mon fils n'était pas du tout intéressé par la fille de la sage-femme.

Six mois avant la mort d'Essabâr, la sage-femme est venue chez moi un soir, sans prévenir et sans s'annoncer.

Naïvement, j'ai cru qu'elle venait me dire *mabrouk El ouacher*. Or, au lieu de me souhaiter les bonnes fêtes, elle s'est mise à accuser mon fils d'avoir abusé de sa fille. Elle voulait qu'Ossmane répare sa faute en l'épousant. Je ne vous cache pas qu'après son départ, je bouillonnais de rage. Je suis entrée dans la chambre d'Ossmane comme une furie et je l'ai arrosé de coups de babouches. Je fulminais : une handicapée : Es-tu devenu un monstre ? Il avait beau plaider : mère, c'est elle qui l'a voulu, je hurlais, elle est folle, elle ne sait pas ce qu'elle fait ! Quand je me suis enfin calmée, je lui ai asséné : maintenant tu vas l'épouser ! Il a bondi de son lit. L'épouser ! Impossible !

–Pourquoi pas ? Ton cerveau est de la taille du sien ! Tous les deux, vous pourriez poser tête contre tête et vous entendre comme deux tourterelles.

–Je suis amoureux d'une autre !

–Une autre ? Qui ça ?

–Une pharmacienne.

–Une pharmacienne ! C'est tout ce qui te reste ? Tu n'as ni travail ni occupation, tes poches sont tellement vides que le vent siffle dedans, et tu crois qu'une pharmacienne va s'intéresser à toi ?

Lundi 24 juillet 2017, le matin

Ce matin, le réveil le frappe de ses grandes ailes qui claquent. Le commissaire Massoud se dresse sur son lit, en sueur. Son cœur bat avec frénésie. Le rire de Lalla Zoubida résonne dans ses oreilles comme un croassement de corbeau. Pourquoi l'entend-il rire dans son sommeil ? Se moque-t-elle de lui ? Non, elle protège son fils. Cet Ossmane ne lui plaît pas du tout. Il fume du haschich, se vêt à la mode des richards, se pavane le nez en l'air, n'hésite pas à abuser d'une handicapée mentale, refuse ensuite de prendre ses responsabilités. C'est le portrait type de l'homme sans scrupules. Mais il lui glisse entre les mains. Il n'a rien contre lui à part un incident qui date d'il y a six mois et sur lequel tout le monde semble avoir passé l'éponge.

Le découragement referme sa grande cape noire sur ses épaules. Il doit l'avouer. Ces mobiles auxquels il s'accroche sont aussi minces que des fils d'araignée.

Son regard se fixe dans le vide. La pénombre est zébrée par la lumière qui pénètre par les fissures du store déglingué de sa chambre. L'idée de faire sa prière lui paraît aussi épuisante que s'il devait courir un marathon. La fatigue occupe chaque recoin de son corps. Sous la porte se glissent des effluves de crêpes au beurre et au miel. Tout ce sucre de bon matin, conjugué à son anxiété, lui serre l'estomac. Il se passe la main sur le visage, mobilise ses forces et s'arrache à son lit.

Sa mère est installée sur la banquette au tissu coloré, ses chairs débordant de tous les côtés. Elle tient sa théière comme un pistolet dégainé dans sa direction. Elle lui ordonne de s'attabler. Massoud prend place en face d'elle et accepte un verre de thé à la menthe même si, en réalité, il préfère le café.

–Mange, lui intime-t-elle, en glissant une assiette de crêpes juteuses sous son nez.

Il en prend une, la roule comme un cigare, croque dedans et la repose dans l'assiette. Cela devrait calmer sa mère. Celle-ci commence :

–Ton oncle Ammar m'a appelée.

–Oui et alors ?

–Sa belle-mère a une nièce…

–Mère !

–Une fille sérieuse, qui suit le droit chemin. Jamais elle ne lève les yeux ni prononce un mot plus haut que l'autre. Elle est obéissante et besogneuse et ne connaît aucune des malices des filles d'aujourd'hui…

–Eh bien, tant mieux pour elle…

–Je pourrais l'inviter avec sa mère pour que tu la rencontres …

–Je n'ai pas envie…

–Jusqu'à quand mon fils ? Tu as bientôt trente ans ! Tu ne vois pas que je vieillis ! Il est temps que tu épouses une fille de bonnes mœurs pour qu'elle s'occupe de moi dans mes vieux jours.

–Ma femme, je préfère la choisir moi-même !

–Pour que tu me ramènes une ensorceleuse ? Tu te souviens de notre ancienne voisine Lalla Aïcha ? Eh bien, sa belle-fille l'avait installée sur les toits ! La nuit, elle gelait et la journée, elle cuisait comme dans un four. Une nuit d'orage, la foudre l'a frappée et le lendemain, on a retrouvé son cadavre cramoisi comme un bout de bois.

–Mère, pourquoi me racontes-tu ces histoires d'horreur de bon matin ?

–C'est la réalité, mon fils. Donc, moi, ma belle-fille, je préfère la choisir selon mes goûts, car je n'ai aucune envie de finir dans le caniveau.

Oui, c'est vrai, qu'attend-il pour épouser la jeune femme docile qui déchargera sa mère de ses peines ? Qui lavera, repassera et cuisinera. Son devoir de bon fils est d'accepter la première ignorante du coin que sa mère choisit pour les unir dans un ménage à trois !

Il se pince l'arête du nez, puis se lève. Il préfère encore mener une enquête dans le noir, sous la chape du désespoir, plutôt que de subir ces paroles creuses.

–Je dois aller travailler.

Lundi 24 juillet 2017, l'après-midi

Dans le couloir de la préfecture de police, le commissaire Massoud fend son chemin parmi les plaignants qui font la queue pour accéder aux différents bureaux. Devant chaque porte il entend les sons de gong que les tampons provoquent en s'abattant sur les formulaires. Quelque part le cri strident d'une femme surgit. Elle hurle que son mari la tabasse soirs et matins. Massoud s'enferme dans son bureau. Un bureau sans tapis, ni rideaux, ni déco. Derrière sa chaise, deux fenêtres condamnées par des barreaux en fer blanc donnent sur une cour intérieure. Au-dessus de sa tête trône le portrait de Sa Majesté, le roi. Il pianote sur un vieil ordinateur : Ossmane Bensaleh. L'écran affiche : aucun résultat à votre recherche. Massoud se caresse le menton. Pourtant, il est sûr que ce garçon cache quelque chose.

Il quitte son bureau, se voit contraint de serrer les mains des collègues croisés sur son chemin, puis se lance dans la rue.

Au bout d'une marche de quelques minutes, il arrive dans les ruelles enchevêtrées de Hay El Hassani. En un coup d'œil, il détermine un rayon autour de l'immeuble que gardait Essabâr.

Des hommes en djellaba, assis sous les arcades d'un marché, cessent leur bavardage au moment où il s'approche d'eux. Il reconnaît l'épicier berbère à qui il achète du tabac au détail, le barbier, le boucher qui passe son temps à chasser les mouches et enfin, l'imam de la mosquée. Il n'est pas rare pour Massoud de croiser ce même rassemblement assis de l'autre côté de la route, face à l'immeuble, à chaque fois qu'il traverse le quartier. Lorsqu'Essabâr était en vie, il déménageait sa chaise pour s'asseoir en rond avec eux, un verre de café noir à ses pieds.

Arrivé à leur hauteur, Massoud murmure *Essalam Alaykoum*, et tous répondent en chœur : *Wa Alaykoum Essalam.*

–Me permettez-vous, messieurs, de me joindre à vous ?

–Soyez le bienvenu, disent-ils en l'invitant à prendre place.

Massoud tire vers lui un cageot en bois vide et s'assoit. Il joint les mains et les coince entre ses cuisses. Les hommes attendent dans l'appréhension. Tout le monde a quelque chose à se reprocher. Des impôts impayés, une marchandise non déclarée, un prêche un peu trop virulent. Massoud toussote enfin :

–Je suppose que vous connaissiez Essabâr, le concierge de l'immeuble qui date de l'époque des Français ?

Tous hochent la tête en priant pour son âme. Tour à tour, ils l'encensent :

–C'était un homme qui obéissait à Dieu.

–C'était un homme bon et généreux.

–Il a sacrifié sa vie et sa jeunesse pour s'occuper de son enfant.

–Il a arraché chaque bouchée de pain à la sueur de ses épaules.

Massoud, tête penchée, absorbe leurs paroles sans ciller, puis lorsqu'ils ont fini leurs éloges, il demande :

–Savez-vous s'il avait des ennemis parmi ses voisins ?

L'épicier chasse sa question d'un revers de la main :

–On a entendu les rumeurs, comme quoi il aurait été empoisonné, mais on n'y croit pas. Je ne connais aucun être au monde qui aurait voulu lui nuire.

–Il était aimé de tous, ajoute le boucher.

–Il veillait sur les habitants de l'immeuble comme s'ils avaient été ses propres enfants. Il les avertissait si un mal les guettait et gardait leurs portes contre les gens mal intentionnés.

–C'était un homme qui détestait la trahison, le dévergondage et le manque de pudeur. Seule la vérité sortait de sa bouche, déclare l'imam.

Massoud dévisage l'imam. Un homme au visage auréolé d'une barbe argentée, vêtu d'une djellaba blanche au pied de laquelle pointe une paire de babouches jaunes.

–Justement. Ne pensez-vous pas que les vérités proférées par Essabâr aient pu déplaire à quelqu'un ?

–L'honnêteté n'est pas toujours récompensée en ce monde, tranche l'imam en se levant. Vous m'excuserez, car je dois mener la prière du midi. Accompagnez-moi.

Massoud prend congé des marchands et cavale derrière l'imam qui a déjà commencé à atteindre le bout de la rue. Il le rejoint, essoufflé :

–Excusez-moi, Ah Essi l'imam, je sais qu'Essabâr fréquentait votre mosquée et peut-être même qu'il se confiait à vous.

–En effet.

–Il savait beaucoup de choses sur tout le monde et il n'était pas du genre à garder le secret sur les méfaits de ses semblables. Il y a forcément quelqu'un qui a dû en pâtir. Quelqu'un qui a dû chercher à prendre sa revanche.

L'imam s'arrête sur la route sans trottoir. Des voitures les rasent de près, manquant de leur arracher un pied ou un bras.

–Vous faites bien de me demander, dit-il en grattant sa barbe. Les habitants de ce quartier ne sont pas bavards. Ils se protègent les uns les autres. Alors, moi, je vais vous dire la vérité, car à part Dieu, je ne crains personne. Il y a quelque temps, Essabâr a été attaqué.

Massoud dresse l'oreille. Les battements de son cœur s'accélèrent.

–Attaqué par qui ?

–Par Ossmane.

–Ossmane ! Le fils de Lalla Zoubida, la cuisinière ?

–Lui-même.

–C'est arrivé quand ?

–Attendez, laissez-moi réfléchir…Je dirais, il y a cinq mois. Les fêtes du Mawlid étaient passées depuis quelque temps et le monde était retombé dans le calme plat. La grisaille commençait à peser sur nos cœurs.

L'imam marque une pause, le regard ailleurs, puis reprend :

–Je ne crains pas de dénoncer ce petit voyou, car il n'a jamais mis les pieds à la mosquée, pas même pour faire semblant.

–Mais savez-vous pourquoi il a attaqué Essabâr ?

–Je vois donc que vous n'êtes au courant de rien. Pourtant, l'affaire a fait grand bruit. Disons simplement qu'Essabâr a tenté de protéger une pauvre fille handicapée des assauts de ce pervers et qu'Ossmane, aveuglé par le diable, lui a mis son poing dans la figure.

Massoud hausse un sourcil. L'affaire a donc été plus loin qu'on a bien voulu lui faire croire. L'imam s'arrête subitement et lui fait face :

–À mon tour de vous poser une question.

–Je vous écoute.

–Avez-vous des nouvelles de Hanane ?

–Hanane ? répète Massoud.

–La fille d'Essabâr.

–Je savais qu'il avait une fille, mais je ne savais pas qu'elle s'appelait Hanane.

–Enfin, ce n'est pas vraiment sa fille, précise l'imam.

–Comment ça ?

–C'était la fille de sa défunte épouse. Vous ne le saviez pas ?

–Absolument pas.

L'imam reprend sa marche.

–Quand la femme d'Essabâr est morte, Hanane n'avait que huit ans. Le Pacha lui a organisé des funérailles de reine.

–Quelle générosité !

L'imam pouffe d'un rire qui semble lui avoir échappé.

Massoud est songeur. Il dit :

–Parlez-moi des relations du Pacha avec Essabâr.

L'imam s'arrête à nouveau. Il parle sur le ton de la confidence :

–Je ne connais pas du tout El Pacha, étant donné que la mosquée ne fait pas partie de ses lieux de prédilection. Ce que je sais de lui, je l'ai appris par les chauffeurs qui travaillent à son service. Je peux vous dire que cet homme-là ne fait rien pour la grâce de Dieu. Sa vie est plutôt guidée par la voix du diable. Partout où se trouvent des femmes de mauvaise vie, il les fait rapatrier à ses *layalis* et autres soirées de débauche. Et là, je ne vous parle pas de ses enfants. Ses garçons sniffent de la poudre et ses filles, elles se promènent avec des pantalons tellement bas qu'on voit la ficelle de leurs culottes qui dépasse. Je m'en remets à Dieu de Satan, le maudit. Et sa femme ! Vous verriez sa femme ! Elle se pompe tellement les seins qu'elle ne peut plus les contenir dans ses décolletés. Voilà la vie dépravée que mènent ces gens-là. Mais comme ils nagent dans la fortune, ils distribuent des faveurs et s'offrent les services des pauvres gens comme Essabâr.

Massoud écoute le portrait que dresse l'imam de la famille du Pacha avec attention, puis demande :

–Mais qu'est-ce qu'un pauvre gardien d'immeuble comme Essabâr pouvait bien apporter au Pacha pour justifier une telle générosité à son égard ?

–Personne ne sait vraiment pourquoi le Pacha a acheté cet immeuble délabré dans un quartier populaire, alors qu'il aurait pu se payer le Hayat Regency aussi facilement que s'il jouait au Monopoly. Je suppose qu'Essabâr permet à ce vieux bâtiment de tenir debout, car vous imaginez le scandale s'il devait s'écrouler sur ses habitants ? Il le tient au courant du va-et-vient, qui fait quoi, comme s'il craignait que l'immeuble n'attire l'attention.

–Attire l'attention de qui ?

L'imam hausse les épaules en tournant les paumes de ses mains vers le ciel. Allah seul le sait, annonce-t-il.

Quand ils parviennent à la mosquée, Massoud tend la main à l'imam pour lui dire au revoir. L'imam ne fait pas un geste pour lui retourner sa poigne. Il lui envoie un regard lourd de reproches :

–Vous arrivez jusque devant la demeure d'Allah et vous n'entrez même pas faire votre prière ! Honte sur vous. Entrez !

Comme un enfant, Massoud obéit. Afin de réconforter sa conscience, il tente de s'auto-persuader que la décision vient de lui. Cela ne lui ferait pas de mal de rendre des comptes à son Seigneur. Il doit l'avouer, il a souvent négocié quelques écarts avec sa foi. Il a mangé en cachette quelquefois pendant le Ramadan. Les journées que Dieu a conçues sont longues. La privation de café et de nicotine est une torture. Et puis la vérité doit être dite. Il lui arrive régulièrement de sauter sa prière. Qui a le temps de se prosterner cinq fois par jour ? L'être ne doit avoir aucune autre occupation. Et puis, il est toujours tombé malade pendant les fêtes de l'Aïd El Kebir, quand il faut égorger le mouton. La vue du sang et l'odeur des abats, ça lui fait tourner de l'œil. Sa mère lui dit, *Ah wouldi*, mon fils, comment peux-tu être commissaire et arrêter des malfaiteurs et mettre des gens en prison, alors que tu ne peux même pas supporter la vue d'un mouton qui se fait trancher la tête ?

La mosquée est logée dans une bâtisse blanche surplombée d'un minaret. Massoud ôte ses chaussures et suit les fidèles à l'intérieur. Des calligraphies sont gravées sur la surface des murs blancs. Son regard se perd dans leurs entrelacs alambiqués. Il prend place au milieu d'une rangée d'hommes, debout, les paumes levées au ciel. Il s'incline en rythme avec ses compagnons et murmure les sourates en comptant sur le chœur des voix pour combler ses trous de mémoire. À la fin de la prière, il se sent contraint de demeurer assis, les genoux pliés sous ses fesses pour écouter le prêche de l'imam. Celui-ci s'élève contre la construction d'une maison de retraite. Il accuse ses entrepreneurs de vouloir jeter leurs pères et leurs mères dans des mouroirs, comme s'ils n'étaient que des enveloppes de chairs froissées et usagées. Ils veulent inciter les gens à se débarrasser des êtres qui les ont élevés, nourris et vêtus…

L'esprit de Massoud vagabonde. Quels drôles de rapports entretiennent Essabâr et le Pacha ! Il note dans un coin de sa tête la nécessité d'aller interroger ce nabab.

Le prêche terminé, il peut enfin s'en aller sans se faire remarquer de l'imam. Pour l'instant, chaque chose en son temps. Il doit rester focalisé sur Ossmane.

Lundi 24 juillet 2017, le soir

Sur son bureau, une montagne de dossiers en retard semble avoir poussé en son absence. Les prostituées ramassées dans les cars destinées aux palais saoudiens, les voleurs de vieilles dames, les trafiquants de haschich, les receleurs de contrefaçons... Le commissaire Massoud est impatient que le soir tombe, car il sait où trouver les désœuvrés de Hay El Hassani.

À dix-huit heures, il quitte son bureau où une ampoule qui pend du plafond diffuse une lumière blafarde.

Cette fois-ci, au lieu de marcher, il prend un bus bondé. Les corps sont enchevêtrés et les passagers du fond sont plaqués contre les vitres comme des mouches écrasées. Il ne respire à nouveau que lorsqu'il s'éjecte sur le boulevard de la corniche. Il prend la direction de la plage puis marche longuement sur le sable trempé. Le bleu-gris du ciel est éclaboussé de tâches pourpre et or. À part une flopée de mouettes, la plage est déserte. La marée basse dénude les rochers aux pics tranchants. Des silhouettes s'agitent au loin. Il s'approche. Ossmane est bien là, comme il s'y attendait, jouant au foot avec une bande de garçons dont la plupart lui sont inconnus. Il attend.

Afin de tromper le temps, il consulte son portable. Dix appels de sa mère. Il ne lui a pas dit à quelle heure il rentrait. Elle doit s'inquiéter. Il s'en irrite, puis culpabilise. Elle est probablement en train de faire les cent pas devant la porte, guettant le moindre bruit, puis pianotant avec frénésie sur son portable, dans l'espoir qu'il réponde.

–C'est moi que tu attends.

Massoud lève les yeux. Ossmane se tient devant lui. Il s'essuie le front avec le bas de son maillot Lions de l'Atlas, ruisselant de sueur malgré la fraîcheur du soir. Derrière lui, ses copains continuent à jouer au foot.

–Je ne voulais pas interrompre ta partie, s'excuse le policier.

– Qu'est-ce que tu me veux encore ?

–Tu ne m'as pas tout dit.

– Qu'est-ce que tu veux que je te dise ?

–Tu as cassé la figure à Essabâr.

–Oui et alors ? Il l'a bien mérité.

–Parce qu'il t'a empêché de harceler Saïda ?

–Je n'ai jamais harcelé Saïda et je ne l'ai pas violée ! Elle m'a aguiché. Je lui ai donné ce qu'elle voulait. Vous imaginez sa peine, si je l'avais repoussée ?

Massoud n'imagine pas, non. Il aurait bien voulu être ce genre d'hommes sur lesquels les femmes se jettent, mais malheureusement, c'est loin d'être le cas. Aucune femme ne l'a jamais aguiché, il n'a jamais eu à repousser qui que ce soit.

–Alors pourquoi l'avoir battu ?

–Il a ouvert sa grande bouche.

–En ternissant ton image dans le voisinage ?

–Je me fiche de ce que pensent les voisins.

–Pourquoi alors ?

–À cause de lui, je suis passé à côté de la femme de ma vie.

–Saïda ?

–Mais non !

Ossmane

S'il y a six mois, j'ai échoué dans les bras de Saïda, la simplette, c'était simplement parce que mon cœur souffrait du vide que creuse un amour bafoué.

À l'époque, mon esprit était hanté par la pharmacienne de Biranzarane. Je rôdais souvent autour de sa boutique. Elle avait un visage au menton pointu, joliment encadré par un foulard au drapé élégant. Son regard souligné au pinceau noir s'étirait comme les ailes d'un corbeau. Le cliquetis de ses ongles roses sur le clavier sonnait, tel une joyeuse mélodie. Parfois, j'entrais d'un pas hésitant. Je me ruinais pour acheter du Doliprane, de l'Alka-Seltzer, du Gaviscon. Elle me servait sans me faire l'aumône d'un sourire. Cette indifférence qui luisait dans son regard comme la lame d'un rasoir me lacérait le cœur. Il fallait que j'agisse.

Après le scandale de mon aventure avec Saïda, j'ai supplié ma mère d'intercéder en ma faveur auprès d'Essi Jawad. Grâce à mon permis, je pouvais travailler en tant que livreur. Elle a fini par céder, mais elle m'a quand même prévenu : « Si jamais tu me fais la honte devant mon patron, je te jure que je t'étrangle de mes propres mains. »

J'ai dépensé mon premier salaire à réparer mon image. À noyer mon apparence de plouc pour faire émerger celle d'un *bnadem*, un être qui assure, un être qu'on remarque. Je me suis payé une imitation Levis 501 dans une friperie du Mâarif. Au souk, j'ai déniché un blouson en cuir, taillé comme un vrai Perfecto. Il puait la tannerie, mais il suffisait d'un bon parfum pour étouffer l'odeur de bouc. Je me suis ensuite rendu chez le barbier. Je lui ai confié ma tête pendant une bonne heure soporifique. Lorsqu'il a fini de me débroussailler, j'ai ouvert les yeux dans la vapeur pour admirer mon reflet. Rasé, parfumé, coiffé en brosse, *Ouallah*, je ressemblais au mannequin beau gosse sur la photo accrochée au mur. Je me suis levé, puis j'ai pivoté devant le miroir. Ce nouveau jean me sculptait le derrière. Il me donnait les fesses d'une statue grecque. Tous ces après-midis à jouer au foot sur la plage, ce n'était pas du temps perdu, après tout. J'ai ouvert le dernier bouton de ma chemise et me suis jaugé une dernière fois.

En quittant le salon de coiffure, je suis passé serrer la main à mon pote El Ayachi. Nous avons échangé quelques nouvelles du souk, mais comme il ne s'était rien passé depuis la veille, il n'y avait rien à raconter. Lorsque nous avons épuisé les banalités, il m'a tendu les clefs de la BMW accidentée qu'il était chargé de revendre en pièces détachées. Il m'a mis en garde, ne va pas trop loin, sinon, elle va te lâcher. Je l'ai rassuré. Cette voiture n'a qu'une mission : parader. Au volant de ma *tomobile* qui rutile, j'ai pris le chemin de la pharmacie de Biranzarane.

Je suis entré dans la boutique sans ôter mes fausses Ray Ban. Pourtant, c'était une journée grise du mois de février. Malgré le froid, je ne portais que mon perfecto en cuir du souk. Je me suis placé devant le comptoir. En patientant, j'ai fait tourner la clef de la voiture autour de mon index. La pharmacienne n'a pas mis longtemps à congédier son client pour virevolter dans ma direction. Elle s'est adressée à moi poliment. Elle m'a même souri. J'ai commandé un tas de médicaments dont je n'avais pas besoin. Elle s'est empressée de me servir, ondulant entre les tiroirs muraux, puis, de temps en temps, elle se tournait pour me couler un regard. Gloire à Dieu le tout puissant ! Je ne savais pas qu'une voiture pouvait transformer une femme à ce point ! De glaçon, elle est devenue volcan. Sur le billet de cent dirhams que je lui ai glissé, j'avais noté mon numéro de téléphone.

Elle m'a laissé mariner pendant quinze jours avant de m'appeler. Nous nous sommes donné rendez-vous à la corniche.

Je me suis gelé à la terrasse d'un café au bord de la mer pendant une bonne heure avant qu'elle n'arrive. Elle est apparue dans un faisceau de lumière qui transperçait les nuages. On aurait dit une vedette de théâtre. Elle était encore plus jolie que sous les néons incrustés dans le plafond de sa pharmacie. Sa peau brillait d'un éclat caramel. Les coutures de son *skinny* jean swinguaient au gré de ses déhanchements. La brise de l'océan faisait battre le foulard qui lui couvrait les cheveux. Ses lèvres scintillaient.

Lorsqu'elle est arrivée à ma hauteur, je me suis levé en faisant basculer ma chaise. J'ai approché ma joue pour lui faire la bise, mais elle m'a tendu la main. Après la gêne qui s'en est suivie, je lui ai laissé la place avec la plus belle vue, en face de l'océan. Je me suis installé dos au vent. Malgré le froid humide, j'avais chaud. J'ai enlevé ma veste et je l'ai posée sur le dossier de la chaise.

–Bon, alors, tu fais quoi dans la vie ? a-t-elle tout de suite attaqué.

Elle m'a pris de court. J'avais réfléchi à la question, mais là, en sa présence, j'avais tout oublié. Elle m'examinait pendant que je réfléchissais. J'ai été sauvé par le serveur qui est venu prendre la commande. Elle a demandé un Coca et moi, un café. Dès que le serveur est reparti, j'ai inventé :

–Je travaille dans les affaires.

–Ah ! Quelles affaires ?

–Import-export.

–Qu'importes-tu et qu'exportes-tu ?

–Un peu de pétrole, du gaz, de l'engrais, des choses comme ça…

L'inspiration m'est venue comme un murmure du ciel. Je me suis tissé une nouvelle vie. Mon père était un industriel qui dirigeait une usine de raffinerie à Mohammedia. Ma mère était libanaise, issue des fortunes exilées du Moyen-Orient.

–Tu parles libanais, alors ?

–Bien sûr.

–Alors, dis-moi quelque chose.

J'ai marmonné quelques mots glanés ici et là dans les séries de ArabSat

–Mais c'est de l'égyptien !

–Égyptien, libanais, c'est kif-kif !

–Et comment ça se fait que tu ne parles pas le français.

–Je le parle !

–Oui, mais tu ne le parles pas comme…

–Comme quelqu'un qui sort du lycée Lyautey ?

–Oui.

J'avais chaud et pourtant je grelottais. À mon horreur absolue, des auréoles de sueur se formaient sous mes bras. J'ai bafouillé une excuse et me suis précipité aux toilettes. Je me suis passé de l'eau sur le visage et me suis observé longuement, hébété dans le miroir. Recompose-toi, mon pote ! J'ai ôté ma chemise, me suis savonné sous les aisselles, séché avec du papier toilette, puis je suis revenu prendre place en face d'elle. Je me sentais un peu plus serein. Le serveur a surgi à notre table, posé le Coca et le café, ainsi que la note, puis s'est retiré.

J'ai avalé une gorgée afin de m'éclaircir la gorge puis improvisé : mon père vient d'une famille qui a combattu les Français à l'époque du Protectorat. C'est par pur principe qu'il m'a mis dans un lycée marocain.

–Tu habites où ? m'a-t-elle demandé subitement.

–Anfa, ai-je répondu automatiquement.

Oui, car où d'autre habiterait un fils de riches ?

Devant le silence de la pharmacienne, je rapetissais. J'entendais les rouages de son cerveau cliqueter. Soudain je me suis levé en raclant la chaise et j'ai glissé deux billets de vingt dirhams sous le cendrier : et si nous allions nous promener ?

Nous avons marché en silence. Puis à mon tour, je lui ai posé des questions :

–Comment es-tu devenue pharmacienne ?

–J'ai étudié la pharmacie en Tunisie.

–Et c'est là-bas que tu es entrée dans la confrérie des frères musulmans ?

–Je ne suis pas sœur musulmane !

–Tu portes le foulard…

–Oui et alors ?

–Je ne sais pas… ça envoie des signaux contradictoires.

–Je ne vois pas où est la contradiction.

–Le foulard, le jean…

–Il ne te plaît pas mon foulard ?

–Si…si… ça te va bien…

–Je m'y suis habituée. Je ne peux plus sortir sans.

–À quel moment as-tu décidé de le porter ?

–C'est mon ex-fiancé qui l'a exigé.

–Et tu n'es plus fiancée alors ?

–Non !

– Qu'est-ce qui s'est passé ?

–Pour lui, le fait même de vivre était péché. Il m'a interdit de parler français, de regarder la télé et de sortir. Il a également décrété *haram* le Coca Cola, parce que ça vient d'Amérique ! Alors que moi, j'adore le Coca. On peut tout m'enlever, sauf le Coca.

–Donc si tu as rompu tes fiançailles, ce n'est pas à cause du foulard, mais à cause du Coca !

Pour la première fois, elle a ri. Elle m'a trouvé drôle ! J'ai découvert que ma vraie richesse, ce n'était ni mes fausses Ray Ban ni ma prétendue BMW, mais mon sens de l'humour. Depuis ce rire, elle s'est détendue. Nous avons continué à parler de nos vies. Elle m'a interrogé sur le Liban, j'ai évoqué la guerre, le Hezbollah ainsi que d'autres clichés fournis par Aljazirah. À son tour, elle a parlé de la Tunisie et du printemps arabe.

Nos pas nous ont menés le long des dunes. Je lui ai suggéré de rejoindre la plage par l'esplanade du Kentucky Fried Chicken. Elle a dit : oui, bonne idée, sans hésiter. Ses talons se sont enfoncés dans le sable. Elle s'enlisait. Je lui ai pris la main. Nous avons marché longuement, main dans la main. Arrivés à l'ombre d'un buisson, nous nous sommes assis pour contempler la valse des vagues, l'éclat de la mousse blanche qui se déployait sur un ciel d'argent. J'ai approché mon visage du sien, doucement, avec prudence. Elle a tourné la tête et le plus naturellement du monde, nos lèvres se sont rencontrées.

Mardi 25 juillet 2017

La pharmacie de Biranzarane est située entre une banque et une galerie commerciale à l'angle du carrefour qui mène au stade Mohammed V. Le commissaire Massoud se souvient avoir vu Ossmane jouer au foot avec un maillot des Lions de l'Atlas. Il doit donc être un supporter de l'équipe nationale. Il n'est donc pas étonnant qu'il soit passé devant la pharmacie en se rendant aux matchs de foot. C'est grâce à El Ayachi que le commissaire Massoud a découvert son adresse. Bien sûr, au début le copain d'Ossmane n'a pas voulu parler, mais il a suffi au policier de lui agiter sous le nez quelques-uns de ses délits : trafic illégal de voitures étrangères, marché noir, contrefaçon, etc. pour que sa langue se délie.

Il se surprend à observer la jeune femme à travers la vitre de sa boutique. Élégante, maquillée jusqu'au bout des ongles, les mouvements gracieux. Elle semble porter son foulard plus par coquetterie que par bigoterie. C'est sûr, elle n'est pas vilaine. Massoud croise son regard, puis détourne la tête. Il ne faut pas qu'elle le prenne pour un pervers. Une dizaine de paires d'yeux est braquée sur lui. Les vigiles de la banque, les concierges, les gardiens de voitures.

Il s'éloigne un peu et attend patiemment qu'elle retourne l'écriteau Fermé contre la porte vitrée. Il entre. Au moment où elle allait le congédier, il brandit sa carte professionnelle. Elle ouvre de grands yeux surpris.

–Excusez-moi, mademoiselle, je ne veux pas vous effrayer.

–Qu'ai-je à faire avec la police ? J'ai une licence bien en règle.

–Je vous félicite, *Ouallah*, mademoiselle, c'est une belle boutique que vous avez là !

Au sourire surpris qui se dessine sur son visage, il voit qu'il a gagné sa sympathie. Un peu de flatterie, ça huile toujours les rapports.

–Alors qu'est-ce qui vous amène, commissaire ?

–Vous connaissez un certain Ossmane Bensaleh ?

Son sourire se rétracte. Malgré son masque de fond de teint, elle pâlit. La panique miroite dans ses pupilles noires. Elle balbutie :

–Euh… oui, pourquoi ?

–Pouvez-vous me dire comment vous l'avez rencontré ?

– Il est venu acheter des médicaments à ma pharmacie.

–Il y a combien de temps ?

–Il y a cinq mois, à peu près.

–Permettez-moi une question indiscrète. Avez-vous eu une relation avec lui ?

La pharmacienne baisse les yeux comme si elle souhaitait s'échapper par un trou dans le sol, puis elle avoue.

–Je suis sortie avec lui une fois. Je ne sais pas si on peut appeler ça une relation.

–Mais pourquoi ?

La pharmacienne le regarde sans comprendre.

–Pourquoi quoi ?

–Je veux dire… pourquoi une fille de votre… de votre classe… accepterait de sortir avec un garçon comme Ossmane ?

–Pourquoi pas ?

Il ne sait que répondre.

–Vous êtes donc sortie avec lui une fois. Est-ce que vous vous souvenez de la date ?

–Laissez-moi regarder dans mon agenda.

La pharmacienne sort son téléphone de la poche de sa blouse. Elle déroule l'écran d'un pouce jusqu'à ce qu'elle tombe sur la page de son calendrier où elle a dû marquer le rendez-vous. Elle affirme :

–C'était le samedi 18 février.

Massoud lève les yeux au ciel afin de situer cette date dans son agenda mental. Mi-janvier, donc, il y a six mois, Ossmane agresse Saïda, mi-février, il y a cinq mois, il sort avec la pharmacienne. De mieux en mieux.

–Il vous a fait quelle impression ?

La pharmacienne hésite :

–La première fois qu'il est venu à la pharmacie, il m'a paru tout à fait correct. Il était bien habillé, propre sur lui, rasé. Il a même acheté des médicaments de riches.

–Des médicaments de riches ?

–Les hommes d'affaires sont généralement friands de Doliprane, de Gaviscon et d'Alka-Seltzer.

Massoud demeure songeur.

–Donc, la consommation de vos clients en médicaments vous renseigne sur qui ils sont ?

– On devine leur style de vie en fonction de leurs maux.

Il est fasciné. Lui qui ne prend jamais de médicaments ! Est-ce que cela indique qu'il n'a pas de vie ?

–Vous avez donc conclu qu'il était riche, dit-il.

–Il avait une belle voiture. Une BMW grise. Je l'ai vue, car il l'avait garée juste là, devant la porte du magasin, ajoute la pharmacienne en pointant du menton vers la porte d'entrée, comme si le fantôme de la *tomobile* était toujours là.

–Si je comprends bien, tous ces signes extérieurs de richesse vous ont inspiré confiance ?

La pharmacienne baisse la tête, un peu honteuse.

–Et quand vous l'avez revu, comment ça s'est passé ?

Elle se donne le temps de rassembler les souvenirs :

–En réalité, ça s'est très bien passé. Il était charmant, beau parleur…

–Il a continué à se faire passer pour un riche ?

–Oui …

–Et vous ne l'avez pas démasqué ?

–Oui et non…Pour vous dire la vérité, il m'a totalement retourné la cervelle.

Une petite braise de jalousie grésille dans le cœur de Massoud. Il est le premier à en être surpris. Où est-ce qu'une canaille comme Ossmane a appris à parler aux femmes ? Alors que lui, homme de loi, sérieux et gradé, ne trouve absolument rien à leur dire, à moins qu'il ne doive les interroger dans le cadre d'une enquête, ce qui en général, les fait fuir.

Il repose ses yeux sur la pharmacienne.

–Vous l'avez revu, après ce premier rendez-vous ?

–Non.

–Pour quelle raison ?

La jeune femme s'assombrit.

La pharmacienne

Un grand nombre de clients défile dans ma pharmacie toute la journée. Je connais la plupart d'entre eux, car ils habitent dans le voisinage, aussi, quand une nouvelle tête apparaît, je ne manque pas de la remarquer. Lorsqu'Ossmane est entré dans ma boutique, il a tout de suite saisi mon regard. Il avançait vers mon comptoir avec l'allure d'un félin. Il paraissait à la fois sûr de lui et humble. Il souriait ! Ce qui est assez rare chez les hommes qui se prennent pour les maîtres du monde. C'est sûr, il était différent.

Il a passé sa commande et, pendant que je le servais, il ne m'a pas quittée des yeux. J'ai bien vu que je l'intéressais. En même temps, il n'avait rien d'un pervers. Son regard n'était pas celui d'un prédateur, mais plutôt d'un admirateur. Sur le billet qu'il m'a tendu pour payer ses médicaments, il avait marqué son numéro de téléphone. J'ai levé vers lui un regard surpris. Il a mimé avec ses lèvres les mots : appelez-moi.

Il m'a tourné le dos et il est parti. Je suis demeurée un long moment perplexe, avec le billet dans ma main, jusqu'à ce que mon client suivant se racle la gorge afin de me rappeler à l'ordre. Au lieu de ranger le billet dans le tiroir de la caisse, je l'ai glissé dans la poche de ma blouse.

Pendant les jours qui ont suivi, tous les soirs, je m'enfermais dans ma chambre. Cette chambre que j'occupe chez mes parents depuis le jour où je suis née. Je scrutais ce numéro de téléphone sur le billet et m'interrogeais. Ce garçon avait un beau visage, certes, il était bien bâti, bien habillé, la clef d'une BMW tournait autour de son index, mais malgré cela, quelque chose de vaguement faux irradiait de lui. C'était peut-être l'odeur de son blouson, la coupe de son jean, je ne pouvais pas vraiment dire…

En même temps, je suis l'aînée de trois filles et la seule à ne pas être mariée. Je suis aussi la seule à avoir étudié et travaillé, mais ça, ça ne compte pas. Je commençais déjà à me résoudre à une vie de célibat. Tous les garçons de bonne famille que j'avais fréquentés m'avaient quittée en me laissant humiliée. J'avais le sentiment qu'ils m'avaient jaugée, évaluée, notée, avant de décider que je n'étais pas assez bien pour eux. Le seul qui s'est empressé de demander ma main s'est révélé être un illuminé qui voulait m'enfermer dans une vie d'ascète. J'ai donc décidé de tenter ma chance avec Ossmane.

Nous nous sommes retrouvés dans un café sur la Corniche. Il était tout aussi séduisant que quand il est venu m'accoster à la pharmacie. Il m'a laissé la place avec la belle vue. J'ai apprécié la galanterie. Afin de démarrer une conversation, je l'ai interrogé sur ce qu'il faisait, il m'a dit qu'il était homme d'affaires. Plus je l'écoutais, plus je m'apercevais qu'il y avait quelque chose qui clochait. J'ai essayé de le décortiquer. Il avait une belle voiture, mais il n'était pas venu me chercher, il se disait homme d'affaires, mais il ne parlait pas français, il était issu d'une famille riche, mais il avait étudié dans une école marocaine, sa mère était libanaise, mais il parlait l'égyptien. Le doute s'est insinué en moi. Je me suis convaincue qu'il mentait lorsque j'ai vu des auréoles de sueur se former sous ses bras alors qu'il faisait un froid de Sibérie.

À un moment, il s'est levé brusquement pour aller aux toilettes. Il avait laissé sa veste sur le dossier de la chaise. J'ai mis mes scrupules de côté et j'ai fouillé dans ses poches. J'ai retiré son portefeuille. Dedans j'ai trouvé son permis de conduire, avec son adresse. Il vivait à Hay El Hassani ! Dans ma tête, un choc s'est produit. Un homme d'affaires et Hay El Hassani, c'était deux mondes aux antipodes. Un homme d'affaires n'habite pas à Hay El Hassani. Il habite à Anfa ou à

Californie. Alors, j'ai sorti mon téléphone et j'ai photographié la pièce d'identité. Lorsqu'il est revenu, je lui ai demandé où il habitait. Il m'a dit, comme une évidence : Anfa ! J'avais la preuve qu'il mentait.

Il a continué à bavarder comme si de rien n'était. Il semblait plus détendu. Plus je le regardais, plus il me semblait évident qu'il n'était pas le petit bourgeois qu'il prétendait être. Cependant, une partie de moi essayait de lui trouver des excuses. Peut-être que c'était un ancien permis, qu'il avait changé d'adresse, peut-être qu'il n'osait pas me dire d'où il venait, il avait sûrement peur que je le rejette. Je ne sais pas pourquoi je le trouvais touchant. Mon attirance pour lui dominait toutes mes craintes. Il me plaisait tellement que j'étais prête à l'aimer même s'il était pauvre. Mes pieds refusaient de prendre la fuite.

Nous avons marché le long de la côte. Il m'a posé des questions sur ma vie. Il m'a écoutée ! Combien d'hommes écoutent vraiment les femmes quand elles parlent de leur travail, de leur vie, de leurs déceptions ? Nous avons discuté pendant des heures. À aucun moment, le silence n'a menacé de s'installer. Il m'a fait rire. Nous nous sommes assis sur une dune en face de la mer. D'habitude, je ne laisse aucun garçon me toucher. Les hommes se hâtent toujours de juger une fille trop facile. Or, là, sans m'en apercevoir, je me suis retrouvée dans ses bras, à lui retourner son baiser. Absolument rien dans ce que je faisais n'obéissait à ma raison.

Je l'ai averti que je voulais une relation halal. Il m'a dit bien sûr, le baiser, c'est ton côté jean, mais le halal, c'est ton côté foulard. J'ai encore ri. Puis il m'a regardée dans les yeux : « Tu es la femme de ma vie, bien sûr que je vais t'épouser. »

Lorsque je suis rentrée chez moi, ce soir-là, j'étais transportée. Je me voyais déjà en somptueuse robe de mariée. Je me surprenais même à faire des projets dans ma tête sur la garde de mes futurs enfants. Cependant, le fait de savoir qu'il m'avait menti sur son adresse continuait à me perturber. Même si je réussissais à me persuader de l'existence d'une explication, cette anomalie m'agaçait comme le ver dans la pomme. Je suis une scientifique, j'ai l'esprit carré. Le doute m'a tiraillée et au bout de dix jours de combat, mon côté rationnel a fini par l'emporter. J'ai décidé d'en avoir le cœur net.

Je me suis rendue à l'adresse qui était indiquée sur son permis. J'ai découvert le quartier où il habitait. Hay El Hassani, c'est loin d'être Anfa. Mais ce n'est pas le pire.

Un concierge était assis sur une chaise devant la porte d'un vieil immeuble croulant. Je lui ai demandé si un certain Ossmane Bensaleh habitait là. L'homme m'a reluquée de la tête aux pieds. Je n'ai pas aimé son regard lubrique ni son demi sourire qui révélait une mauvaise hygiène dentaire. Il m'a dit d'une façon méprisante, d'où il t'a pêchée, toi ? Je me suis sentie insultée. Mais je ne lui en voulais pas. Une fille de bonne famille ne se déplace pas pour un garçon. Ça fait mauvais genre. Mais bon, j'ai pris sur moi. Il me fallait savoir. Je lui ai répondu que j'étais sa fiancée. Il a ricané et il m'a dit : tu es fiancée à ce voyou ? Alors que Dieu te vienne en aide ! Devant mon regard surpris, il a poursuivi, comme s'il me faisait une faveur : « Écoute-moi bien, fille de bonnes gens, si tu veux un conseil de ma part, sauve-toi au plus vite. Ce garçon est un chômeur et un criminel. Il a violé une fille handicapée qui habite dans l'immeuble. J'en sais quelque chose puisque depuis, je le surveille. »

Ossmane

Pendant les dix jours qui ont suivi notre rencontre, mes pieds n'ont pas touché terre. Je revivais dans ma tête chaque épisode de notre promenade au bord de la mer. La chaleur de sa main dans la mienne. Le goût de sa salive dans ma bouche. Je marchais sur un coussin d'air. J'agonisais du désir de la revoir.

Au café d'Essi Jawad, les serveuses étaient *khatar* ! De vrais petits canons. Le patron avait dû les recruter dans une agence ! Elles virevoltaient entre les tables comme des fées. Toutes menues, brunes, défrisées, maquillées. Leurs fesses roulées dans des petites robes noires, leurs tailles enserrées dans un tablier blanc. Il m'est arrivé, pendant que j'attendais la marchandise, de bavarder avec certaines d'entre elles. La plupart étaient diplômées de l'école d'hôtellerie de Tanger, elles parlaient le français et l'anglais. Les plus aventureuses avaient même voyagé. En d'autres circonstances, j'aurais été comme un *mahboul,* à ne pas savoir où donner de la tête. J'aurais baratiné et fanfaronné jusqu'à ce qu'elles s'étourdissent. Or là, il n'y avait pas un cil en moi qui remuait. Ma tête était toute entière occupée par la fille de la pharmacie. Mes yeux étaient remplis d'elle, même quand je parlais à une autre. Son visage se superposait à tout ce que je voyais. Tout en elle m'émouvait, sa voix, son odeur, ses traits, son maquillage, ses ongles, sa peau, son foulard et son jean.

La camionnette de livraison était comme un planeur entre mes mains. Aux feux, le rouge passait au vert sans que je m'en aperçoive. Je sursautais au son des klaxons qui faisaient autant de boucan qu'une armée de canards furieux. Je n'étais pas de ce monde. Les automobilistes empressés me rasaient de tous les côtés et je demeurais immobile, à rêvasser, tel un rocher contourné par les vagues.

Un soir, après une journée de travail qui s'était écoulée à la façon d'un songe, je rentrais à la maison. J'avais rendu la camionnette à la boutique et décidé de marcher. J'étais tellement égaré dans le cinéma de ma propre vie que je ne me suis pas vu approcher de mon quartier. Son délabrement contrastait avec les grands boulevards que je venais de quitter. Des épluchures de légumes, des chats cadavériques qui rôdaient autour des poubelles, des sacs en plastique soufflés par les voitures, la poussière qui recouvrait les façades, la rouille qui rongeait le fer des portails… Je suis arrivé devant mon immeuble.

Essabâr qui d'habitude était occupé à bricoler ou à laver une voiture sur le trottoir, était cette fois-ci, affalé sur sa chaise, l'air satisfait, comme s'il m'attendait. Je l'ai salué froidement et m'apprêtais à rentrer dans le hall. Il a dit au moment où je passais devant lui : tu as eu de la visite aujourd'hui. Mon cœur a cogné violemment. J'ai immédiatement su que c'était elle. J'ai attendu la suite, incapable de parler. Ma pomme d'Adam s'était transformée en caillou. Essabâr avait un sourire sadique. Il a poursuivi avec sa langue qui ressemblait à la fourche d'un serpent :

–Je ne savais pas que tu fréquentais de telles gazelles !

Elle avait découvert où j'habitais ! Comment a-t-elle fait ? Le ciel était en train de se craqueler, prêt à s'effondrer sur ma tête. J'étais toujours incapable d'articuler un mot, tant la peur me cisaillait l'estomac. Heureux de sa cruauté, Essabâr, a continué :

–Elle voulait savoir si tu habitais ici.

J'ai bégayé :

–Qu'est-ce que… tu lui as dit ?

–Que voulais-tu que je lui dise ? La vérité !

C'était fini. J'étais démasqué. Allait-elle toujours accepter de m'épouser, maintenant qu'elle savait que je n'étais pas le riche qu'elle croyait ? Une petite étincelle d'espoir grésillait dans mon cœur. J'allais trouver les mots pour justifier mon mensonge, la convaincre que je n'avais été guidé que par l'amour que j'avais pour elle et la crainte de la perdre. Lui promettre que mon infortune n'était que passagère. Après tout, je n'étais pas sans emploi. Bien sûr, livreur, ça n'a rien à voir avec homme d'affaires, mais ce n'était qu'une question de temps. Je n'avais fait qu'incarner mon futur moi, jouer le rôle du riche que j'allais devenir, sans le moindre doute possible. Le dos courbé, j'ai pris le chemin des escaliers en répétant ma plaidoirie dans ma tête.

Essabâr n'avait pas fini de m'achever. Il a lancé :

–Tu sais qu'il est péché de mentir à la face de Dieu.

Je me suis retourné. Il a continué :

–Il a été de mon devoir de l'informer de tes méfaits.

–Quels méfaits ?

–Saïda, la simplette.

–Qu'est-ce que tu lui as dit ? ai-je demandé en me retournant brutalement.

Je n'avais pas réalisé que j'avais le regard féroce. Essabâr a reculé sur sa chaise. Puis, ne pouvant résister au plaisir de m'asséner le coup de grâce, il a risqué :

–Tu as attaqué une femme handicapée, il faut bien que ta gazelle sache à quel genre d'homme elle a affaire. Je n'ai fait qu'accomplir mon devoir envers Dieu.

Mon cerveau a éclaté. Mes jambes se sont déconnectées de ma volonté. Je suis revenu vers Essabâr. Je l'ai attrapé par le col de sa chemise et je l'ai soulevé de sa chaise. Avant qu'il ne puisse réagir, je lui ai mis un coup de boule qui l'a étalé par terre. Je l'ai enfourché et lui ai écrasé mon poing sur la figure. J'aurais voulu continuer à le frapper jusqu'à ce que son visage soit complètement éclaté, jusqu'à ce que son crâne soit fracassé, jusqu'à ce que ses dents s'effondrent dans sa bouche. Mais les hommes du voisinage se sont réunis pour me faire basculer en arrière. J'aurais pu continuer à le cogner sur une joue, puis l'autre. Les djinns qui s'étaient emparés de moi me rendaient sourd à ses hurlements. Les commerçants, les voisins, les gardiens, les chauffeurs et même les passants se sont rassemblés autour de nous. Un groupe parmi les hommes tentait de me maîtriser tandis que je piétinais. Je n'avais pas fini de refroidir mes démons. Je voulais le finir, le tuer. Un autre groupe tentait de relever Essabâr, sans le lâcher, afin de l'empêcher de charger dans ma direction. Essabâr criait, m'insultait, me crachait des *dinnimock* : je vais démolir la baraque de ton père. Les hommes tentaient de nous calmer, en nous enjoignant de maudire le diable.

Pendant la semaine qui a suivi, je suis resté enfermé dans ma chambre, à fumer des joints à longueur de journée. Je me tapais la tête contre les murs et gémissais comme une bête blessée.

Mon agonie était rythmée par les ding, ding, ding, du WhatsApp. Le patron de ma mère s'impatientait. Si je ne rappliquais pas tout de suite, fils de Lalla Zoubida ou pas, *Ouallah*, il allait me virer. Ma mère a bien failli tenir sa promesse de m'étrangler.

La nuit, impossible de m'endormir et le matin, impossible de me réveiller, malgré le bruit de la circulation, des vendeurs ambulants et des klaxons. Impossible de me rendre au café et de voir tous ces gens heureux qui s'empiffrent de gâteaux. Impossible de rester là, à écouter leurs soupirs de contentement. Le sort m'avait vaincu.

Mercredi 26 juillet 2017

« À cause de lui, je suis passé à côté de la femme de ma vie. »

Le commissaire Massoud comprend à présent cette phrase énigmatique d'Ossmane. Il est vrai que cette femme dégage un charme ensorcelant. Elle est belle, sensible, intelligente. Il est surpris qu'elle désespère à ce point de se marier ! Adossé au mur de l'immeuble, il observe Ossmane apparaître au coin de la rue, puis marcher dans sa direction. Arrivé à sa hauteur, le jeune homme jette le mégot de sa cigarette au pied des marches, puis lève la tête : Encore toi !

Sans se décoller du mur, Massoud annonce :

–La pharmacienne n'aurait jamais été la femme de ta vie. Ce n'est pas à côté de la femme de ta vie que tu es passé, mais à côté de toi-même. Tu crois vraiment qu'elle ne se serait jamais aperçue que tu étais fauché comme un pet ? Finalement, dans cet immeuble, c'est à toi qu'il manque une cervelle.

–Comment veux-tu que je passe à côté de moi-même ?

–Tu passes à côté de l'homme que tu aurais pu être ! Un homme qui se lève le matin, qui travaille, qui pose le pain sur la table et nourrit les siens avec l'argent du halal.

–Quel travail ? Tu vois du travail par ici, toi ?

–Tu as le permis, non ? Tu es déjà mieux pourvu que d'autres. Tu pourrais être chauffeur…

– Qu'est-ce que vous avez tous à vouloir que je devienne chauffeur ! Vous ne comprenez donc pas ? Je ne pourrais jamais supporter d'entendre un patron m'appeler à tout bout de champ, recevoir des ordres comme un tir de mitraillette : fais ceci, fais cela, ni s'il te plaît ni merci, écouter leurs femmes et leurs filles, à l'arrière de la voiture, parler de leur épilation du maillot, comme si je n'étais pas un homme. Je ne pourrais pas supporter qu'on m'appelle de jour, de nuit, à l'aurore, quand ça leur chante, car seuls leurs désirs comptent. Un serviteur, ça n'a pas besoin de dormir ni de boire un café ni de donner un coup de pied dans le cul du monde. Un serviteur, on peut le gronder, le sermonner comme s'il n'était qu'un enfant qui va oublier en grandissant. On peut le malmener, tel un chien qui ne connaît ni orgueil ni ressentiment. Je n'ai pas cette patience d'attendre des heures devant une boîte de nuit, à subir le froid et l'ennui. À pisser contre un mur, car il n'y a nulle part où s'abriter. Me faire refiler un costume de plouc, car il ne faut pas qu'on confonde le chauffeur avec le maître de maison. Ne pas travailler, c'est tout ce qui me reste pour garder ma dignité.

Un silence retombe. Massoud fait mine de méditer ces paroles, puis décrète :

–En attendant, tu manges dans la main de tes parents. Je ne vois pas de dignité là-dedans.

Ossmane le scrute :

–Tu es venu m'accuser d'être chômeur ou tu es venu m'accuser de meurtre ?

–Je ne t'accuse de rien du tout pour l'instant.

–Pour l'instant ? Qu'attends-tu ?

–Une preuve.

–Quelle preuve ? Essabâr est mort, il a été enterré, les tasses et les verres ont été emballés et toute trace de ce mariage, effacée.

Lundi 31 juillet 2017

L'imposante villa d'El Pacha est située en plein milieu d'un parcours de golf dans la forêt de Bouskoura. Le commissaire Massoud sonne. Le portail s'ouvre tout seul sur un jardin semblable à un parc national. Une domestique qu'il n'avait pas vue arriver surgit devant lui. « Par ici, s'il vous plaît ». Elle lui fait traverser des dalles en pierre alignées le long d'une pelouse fraîchement tondue, si bien coupée que chaque tige d'herbe paraît aussi tranchante qu'une lame de rasoir. À sa droite, des voitures tout aussi luxueuses les unes que les autres sont stationnées sur une allée menant vers le garage. À sa gauche s'étend une grande piscine aux différents tons de bleu qui oscillent au gré de la lumière. Autour du bassin sont disposés des transats et des lits à baldaquin. Un siège gonflable en forme de cygne tangue sur les flots tranquilles. La domestique le fait entrer dans un vestibule qui aurait pu appartenir à un hôtel cinq étoiles. Elle lui indique une chaise et lui demande de patienter pendant qu'elle va prévenir El Pacha.

Les sols sont en marbre, le lustre croule sous une multitude de petits cristaux et les commodes noires laquées arborent des dessins chinois. Les arcades qui entourent l'entrée ouvrent sur de multiples séjours. Des banquettes marocaines avec profusion de coussins au tissu coloré, des canapés contemporains en cuir beige et aux pieds chromés. À quoi ça sert d'avoir autant de salons ? Comme si tous les jours, ces gens-là devaient conférer avec eux-mêmes pour savoir sur quel siège ils allaient poser leurs fesses. Au bout du hall, une élégante montée d'escaliers mène vers des espaces privés. Aux murs sont accrochés des tableaux qui ressemblent à des éclaboussures d'enfants.

Le temps commence à s'allonger. Massoud se passe les deux mains sur le visage. Est-il en train de perdre son temps ? Ce n'est pas le désir de venger un crime qui le tourmente. Il n'attend rien au bout de cette enquête. Ni succès, ni promotion, ni même le plaisir d'enfermer un coupable derrière les barreaux. Aucun des habitants de cet immeuble ne lui apparaît comme un assassin. Ce sont de pauvres gens qui luttent contre le sort pour une vie meilleure. Il ne sait pas non plus quel éclairage il attend de son entretien avec le Pacha. Pourtant, il ne pourra refroidir son cœur que lorsqu'il aura la réponse à sa question. Qui a tué Essabâr ? Et surtout, pourquoi ? Il n'y a qu'à ce prix-là qu'il osera à nouveau lisser sa moustache devant le miroir, brosser l'épaulette de son costume et retrouver confiance en sa propre capacité de jugement.

Une bonne heure plus tard, El Pacha descend. Massoud manque de tomber de sa chaise. Il ne ressemble en rien à la personne qu'il avait imaginée. Il s'attendait à voir apparaître un homme en costume bien taillé ou bien emmitouflé dans une robe de chambre en cachemire. Or, l'apparence du Pacha relève plus du pirate que de l'entrepreneur immobilier. Son hôte est vêtu d'un short aux poches ballantes, il se promène en tongs et le torse nu. Sur sa poitrine aux poils gris repose une superposition de chaînes en or. Assez grand de taille et chauve, il a le nez rougeaud et la peau cuivrée de l'homme qui passe sa vie à se saouler sur son yacht. Un tatouage compliqué représentant un enchevêtrement de créatures effrayantes s'étale de son épaule droite jusqu'au poignet. Massoud l'observe bouche bée. El Pacha lui dit d'une voix forte, de celles qui ont l'habitude de hurler des ordres :

–Ah ! M'sieur le gendarme ! J'avais totalement oublié que nous avions rendez-vous. Vous avez de la chance que je sois là.

–Euh, je suis commissaire…

–Que puis-je faire pour vous ?

–Je suis en train d'enquêter sur la mort d'Essabâr.

–Ah bon ? Quelle étrange idée ! Pourquoi ?

–J'ai des raisons de penser que sa mort est suspecte.

L'homme fronce les sourcils, manifestant l'étendue de son incompréhension, puis part dans un grand éclat de rire.

–Vous divaguez !

Sans se laisser déstabiliser, Massoud poursuit :

–Essi El Pacha, pouvez-vous me dire quelle était la nature de vos rapports avec Essabâr ?

–Quels rapports voulez-vous que j'aie avec un gardien d'immeuble ?

–On m'a dit que vous étiez en quelque sorte… son bienfaiteur.

–Tout à fait, l'être se doit de faire le bien, n'est-ce pas ? S'acquitter de son devoir d'aumône envers Allah.

–Comment l'avez-vous connu ?

El Pacha émet un sifflement aussi long que s'il devait remonter le cours du temps.

–C'était il y a longtemps. Au moins quinze ans. Dans ce temps-là, j'habitais un bel appartement dans le quartier Racine. Essabâr gardait les voitures dans la rue. Il était *derouiche*, humble et serviable. Il portait les paniers du marché, lavait les voitures, proposait de faire les courses de ma femme.

–Il conduisait ?

–Tous les gardiens de voitures savent conduire, même quand ils n'ont pas le permis. À force de guider les automobilistes, ils apprennent les gestes. Certains conducteurs pressés leurs balancent les clefs de leurs voitures pour qu'ils les garent. Ces gens-là sont débrouillards comme des diables.

–Vous n'aviez pas de chauffeur à l'époque ?

–Bien sûr que si, mais je le réservais aux tâches importantes. Conduire Madame ou les enfants. S'occuper de mes affaires.

–Donc, Essabâr était bon à tout faire.

–Exactement. Je l'ai vite repéré parmi les autres gardiens de la rue. Il semblait avoir mille bras, toujours prêt à se rendre utile. J'ai dû l'appeler une ou deux fois pour remplacer une ampoule ou bien accrocher un tableau. Je me suis aperçu qu'il était habile bricoleur et se débrouillait pas mal en peinture. Tout en léchant les murs avec son pinceau, il me racontait ses petits soucis. À l'époque, j'avais encore le temps d'écouter les doléances des petites gens. Ça permet de garder les pieds sur terre. Bref, il me disait qu'il venait de rencontrer une femme qui faisait des ménages dans les bureaux. Elle avait une enfant de trois ans. Ils voulaient se marier, mais n'avaient pas les moyens. Essabâr n'avait même pas un toit à lui mettre sur la tête.

–Il vivait où ?

–Il dormait à droite, à gauche, chez des amis ou des cousins. Parfois, dans la rue. Il m'a fait pitié. Comme je venais d'acheter cet immeuble à Hay El Hassani, j'ai eu l'idée de lui proposer l'appartement du rez-de-chaussée afin qu'il puisse y démarrer une vie de famille. Je lui ai, bien sûr, offert une petite rémunération. En échange, tout ce qu'il avait à faire, c'était de s'occuper de l'immeuble.

–Vous vouliez qu'il s'en occupe comment ?

–Je voulais qu'il me décharge de tout souci de maintenance.

–Lui avez-vous demandé de surveiller les habitants de l'immeuble ?

–Ces habitants, je ne les ai pas choisis. Ils étaient déjà locataires quand j'ai acheté les murs. Comme j'ai le cœur sur la main, je leur ai permis de rester. Je n'ai même pas augmenté leurs loyers. Alors, la moindre des choses, c'est que je garde un œil sur leurs agissements. Je veux m'assurer que mon immeuble n'abrite que des gens sans histoires. On ne sait jamais à qui on a affaire dans ces quartiers populaires.

–Justement, pourquoi avez-vous choisi d'acheter un immeuble dans un quartier populaire, alors que vous avez les moyens d'acquérir un palace ?

El Pacha glisse ses deux pouces dans les passants de son short et redresse le torse. Il entreprend de lui donner un cours :

–Vous savez ce qui fait la différence entre un bon *businessman* et un mauvais ?

–Vous allez me l'apprendre.

–Le mauvais, il croit qu'il va mourir demain. Il ne vit que pour aujourd'hui, il n'investit que dans des projets à court terme, qui vont apporter des bénéfices dans l'immédiat. Le bon, c'est celui qui croit qu'il va vivre éternellement. Il a des visions qui s'étendent loin dans l'avenir. Il voit les causes d'aujourd'hui et les effets de demain. Il agit en fonction des changements que prédisent la logique et la raison.

–Et vous, vous faites partie des bons *businessmen* ?

–Moi, ce que je vois aujourd'hui, c'est la classe moyenne émergente. Les quartiers résidentiels aux abords de Hay El Hassani sont en pleine expansion. Vous n'avez qu'à aller faire un tour de l'autre côté de la route d'Azemmour. C'est un véritable champ de grues. Des dizaines de lotissements se construisent pour loger les salariés et les jeunes familles. Ces constructions vont tôt ou tard grignoter les bordures de Hay El Hassani. Déborder chez le voisin pauvre. Les vieux immeubles comme le mien vaudront de l'or aux yeux des promoteurs qui voudront les raser pour construire du neuf.

Massoud hoche la tête, même s'il n'a pas bien saisi la raison pour laquelle El Pacha tient à ce que son immeuble n'abrite que des gens « sans histoires ». D'après ce que l'imam lui en a dit, El Pacha est loin d'être lui-même un saint. Massoud se lève pour prendre congé. El Pacha continue :

–À mon tour de vous poser une question.

–Je vous écoute.

–Essabâr n'avait pas de famille, n'est-ce pas ?

–Vous le connaissiez mieux que moi.

–Et sa belle-fille ? Qu'est-ce qu'elle devient ? Je ne l'ai pas vue à ses funérailles.

–Moi non plus. Je n'ai pas encore eu l'occasion de la rencontrer.

–J'ai entendu dire qu'elle était malade.

–Je l'ai entendu aussi.

–De quoi souffre-t-elle ?

–Je ne sais pas. Essabâr ne vous l'a pas dit ? Je croyais qu'il vous racontait ses petits soucis !

–Hum... hésite El Pacha. Oui, mais au sujet de Hanane, je sentais qu'il cachait quelque chose.

–Comment ça ?

–Quand je lui rendais visite à l'improviste, il prétendait qu'elle était sortie faire une course ou bien qu'elle était alitée à cause d'un terrible mal de tête.

–Vous soupçonnez quelque chose ?

–Non, non, je posais la question juste comme ça.

Mardi 1er août 2017

Dans son bureau, le commissaire Massoud consulte sur son ordinateur les cadastres et les registres fonciers, ainsi que les archives notariales. Grâce à la transaction de vente de l'immeuble de Hay El Hassani, il découvre qu'El Pacha s'appelle en réalité Taoufik Jibrane. Avant de s'installer à Casablanca, il résidait dans le nord, dans la ville de Nador, plus exactement. Son casier judiciaire est vierge.

Il pianote sur le bois de la table, les yeux dans le vague, puis attrape le combiné du téléphone. Il compose la ligne directe de la brigade des stupéfiants et demande à parler à Mohammed Nosri. Ce collègue travaille à la brigade depuis plus de trente ans. Massoud a toujours été impressionné par sa mémoire phénoménale. Une mémoire de conteur de la place Jemaa El Fna. Même s'il lui arrive d'extrapoler autour d'un café, au bureau, il s'en tient aux faits avec une précision de ciseleur.

–Âllou Âllou ?

Massoud reconnaît la voix qui éclate dans son oreille. Il commence à se présenter, mais Essi Mohammed le coupe :

– Ah, mais bien sûr ! Essi le commissaire ! Je me réjouis de t'entendre ! Quelles sont tes nouvelles ? Et ta mère ? Et ta famille du bled ? Tout le monde *bikhir* ? *El hamdoullilah* ! Grâce à Dieu.

Massoud s'enquiert à son tour de l'état de santé de son collègue et de celui de sa famille, en essayant de se rappeler des prénoms de ses enfants, mais renonce au bout du deuxième gamin. Il décide d'attaquer l'essentiel. Il lui demande s'il connaît un certain Taoufik Jibrane, connu sous le pseudonyme d'El Pacha. La flamme d'un briquet jaillit à l'autre bout du fil, suivie d'une profonde inhalation, signe que son interlocuteur se prépare à une longue narration. Essi Mohammed l'informe qu'en effet, il se souvient du Pacha, autrefois surnommé Toto, allez savoir pourquoi. On le soupçonnait de trafiquer du cannabis dans la région du Rif dans les années quatre-vingt.

–J'étais sûr qu'il trempait dans la drogue, lance triomphalement Massoud.

–Mais il n'a jamais été inculpé, lui rappelle le brigadier.

–Ah, bon ? C'est étrange !

–Il a toujours réussi à brouiller les pistes. Il déménageait tout le temps, changeait de nom, acquérait de faux papiers, partait à l'étranger, revenait, bref, il était insaisissable. Ensuite, il s'est installé à Casa où il a tissé des contacts avec des personnalités intouchables. Il s'est converti dans l'agro-alimentaire. Import-export de fruits et légumes. Tout allait bien pour lui. Il n'a jamais été mêlé à quoi que ce soit de sérieux, à part quelques incidents.

–Quel genre d'incident ?

–Enfin, pour lui, c'était un incident, mais pour la famille Bournouss, c'était un drame.

–La famille Bournouss ? Jamais entendu parler. Raconte.

–C'était il y a une éternité. Au moins une quinzaine d'années. Un père de famille, un certain Bournouss, a signalé la disparition de sa fille de dix-sept ans. Tu ne te souviens pas de cette affaire ?

–Non, je n'étais moi-même qu'un adolescent à l'époque.

–Ah oui, j'oublie que tu es si jeune. Tu es tellement sérieux qu'on te prendrait pour un *chibani*, un vieillard.

–Merci pour le compliment. Donc, que lui est-il arrivé à cette jeune fille ?

–Où en étais-je ? Ah oui ! Le père a signalé la disparition de sa fille. Le lendemain, la police a découvert le corps de celle-ci à Dar Bouazza, abandonné au bord d'une piste qui s'enfonce dans les terres. L'autopsie n'a révélé aucune trace de viol, en revanche, on a trouvé des hématomes sur ses poignets et sur son visage, signe qu'elle s'est débattue. Elle est morte d'un coup de pierre sur le crâne. Le médecin légiste a retrouvé des éclats de craie dans sa plaie. Un examen approfondi a révélé qu'elle avait ingurgité de la drogue.

–Quelqu'un a vu ce qui s'était passé ?

–Non, malheureusement, il n'y avait pas de témoins. À part quelques villas éparpillées parmi les champs et des bicoques de paysans, cette banlieue n'est que désert et désolation.

–Des traces de l'agresseur ?

–Quelques mètres plus loin, la brigade criminelle a retrouvé une voiture gisant tête la première dans un fossé. Un test d'ADN effectué sur des cheveux prélevés dans la voiture a confirmé que la victime s'y était trouvée avant sa mort. La portière était ouverte et les pas du conducteur étaient imprimés dans la boue séchée. Ses traces se sont perdues quand il a rejoint la route. Il avait manifestement tenté de s'enfuir.

–Il a laissé des empreintes ?

–Le relevé de ses empreintes n'a rien révélé. Il n'était pas fiché, il ne semblait pas avoir de carte d'identité ni de permis de conduire.

–Et la plaque d'immatriculation ? Qu'est-ce que ça a donné ?

– C'est là que ça devient intéressant. Devine à quel nom elle était enregistrée ?

–Oui ?

–Taoufik Jibrane.

–Taoufik Jibrane ? El Pacha ?

–Exactement.

–C'est lui qui a tué la jeune fille ? demande Massoud, incrédule.

–Non, non ! Pas du tout. Le soir-même, il avait déclaré sa voiture volée.

–C'est bizarre.

–En tout cas, ce n'était pas lui, le conducteur. Les empreintes prélevées sur la scène du crime ne correspondaient pas aux siennes.

–Tu crois qu'il a commandité l'assassinat ?

–Comment le savoir ? On n'a pas de preuve.

–Et l'agresseur, a-t-il été retrouvé ?

–Absolument pas ! C'est comme si la terre l'avait avalé.

–A-t-on interrogé les gardiens de la rue pour savoir s'ils ont vu quelqu'un partir avec la voiture du Pacha ?

–Ils n'ont rien vu. Les pauvres, ils passent leurs journées à trimer au soleil, alors, le soir, ils somnolent sur leurs chaises.

Massoud repense à son entretien avec le Pacha. Dans ce temps-là, Essabâr faisait probablement partie, lui aussi, de ces créatures qui traînent dans les rues en quête de petites corvées. Est-il possible qu'il ait vu quelque chose ? Peut-être que le Pacha a passé toutes ces années à acheter son silence. Peut-être qu'au bout d'un moment, Essabâr est devenu un témoin gênant.

Les grésillements à l'autre bout du fil rappellent au commissaire que son interlocuteur est toujours là.

–C'est tout ce que tu as sur le Pacha ? demande-t-il. Il n'y a pas d'antécédents qui permettraient de le désigner comme suspect ?

Essi Mohammed ne dit rien. Massoud peut entendre le cliquetis de son clavier d'ordinateur.

–Attends, attends...

–Quoi ? Parle !

–Il n'y a pas d'antécédent, mais il s'est passé quelque chose après.

–Quoi ? s'écrie Massoud avec espoir.

–Je ne sais pas s'il y a un lien avec l'affaire Bournouss, mais bon, je te le dis quand même. À peu près deux ans plus tard, une douane volante a intercepté sur la route de Ceuta un camion chargé de conteneurs d'oranges à destination d'Algésiras. Une fouille avec des chiens a permis de trouver de la résine de cannabis fourrée dans la pulpe des oranges. Il s'est avéré que les conteneurs provenaient des entrepôts du Pacha.

–Si ! Le lien, c'est la drogue ! Tu ne m'as pas dit que la fille était droguée ?

–C'est quand même léger, comme lien.

–J'espère qu'il a été arrêté, cette fois-là !

–Figure-toi que non. Il a encore une fois déclaré ses camions volés.

–Mais enfin ! Ce n'est pas possible ! Il se moquait de la police. Ils ne l'ont pas cru, j'espère !

–Bien sûr que non. Il a été déféré au parquet, mais le juge d'instruction chargé du dossier l'a classé sans suite.

–Quoi ! s'indigne Massoud. Mais c'est ridicule ! Et ce juge, a-t-il au moins ordonné une perquisition de ses entrepôts avant de le déclarer innocent ?

–Oui, mais il avait tellement tardé à signer le mandat que le Pacha a eu largement le temps d'effacer toute trace de marchandise suspecte, si tu veux mon avis.

–Tu penses que c'est une négligence ou bien un acte délibéré ?

–Je n'en sais rien.

Après un silence pensif, Massoud demande :

–Peux-tu me donner le nom de ce juge qui a acquitté El Pacha, que Dieu accorde la paix à tes aïeux ?

Après avoir minutieusement retranscrit le nom, il remercie son collègue et raccroche. Pourquoi n'est-il pas surpris ? Un profil du Pacha se dessine clairement dans son esprit. Bien sûr, il se doutait bien que le Pacha ne commerçait pas que dans le jus d'orange. On ne s'enrichit pas dans l'agriculture et les petits fruits. Il est évident qu'il trafique de la drogue. Il ne s'est juste pas encore fait prendre en flagrant délit. Ses achats d'immeubles lui permettent de blanchir son argent. Au lieu de s'embêter à faire fuir ses capitaux à Hong Kong ou aux Bahamas, il les cache à Hay El Hassani. C'est plus discret et moins coûteux. Qui va s'intéresser à un vieil immeuble croulant ? Personne ne songerait à demander qui en est le propriétaire. À condition, bien sûr, que ses habitants se tiennent tranquilles.

Mercredi 2 août 2017, le matin

La façade du tribunal de première instance est percée d'arches parfaitement arrondies. Ses moucharabiehs en bois sont savamment sculptés. Qui est-il, lui, petit commissaire, pour venir interroger un juge de la chambre correctionnelle ? Il inspire profondément, puis se lance vers les agents de la sécurité à l'entrée. Après qu'il a brandi sa carte, les vigiles lui font signe de passer. Il se perd un moment dans le dédale de couloirs qui relient une succession de bureaux et de salles d'audiences. Tout le monde semble affairé, fonctionnaires aussi bien que badauds. Au centre, une cour à ciel ouvert rassemble une foule dans laquelle se mêlent magistrats, avocats, plaignants, témoins, familles d'accusés. Après avoir interrogé un gardien et, un peu plus loin, une secrétaire, le commissaire Massoud trouve enfin le bureau du juge d'instruction Omar Ben Boutricha.

Il frappe quelques coups, puis sans attendre de réponse, il entrouvre la porte. Le juge lève la tête de ses dossiers et le regarde, incrédule. Massoud ne s'était pas fait annoncer. Mobilisant son courage, il entre et se poste devant le bureau. Le juge Ben Boutricha est moins impressionnant qu'il ne s'y attendait. Il a l'air d'un ballon légèrement dégonflé, avec ses bourrelets qui dégoulinent de chaque côté de sa chaise. Sa tête sans cheveux est ronde, ses yeux sont globuleux et ses lèvres ressemblent à deux saucisses. Même son bureau est loin d'être luxueux. La silhouette du juge est encadrée par des étagères sur lesquelles une multitude de dossiers prend la poussière. À sa gauche, un autre bureau est occupé par un jeune homme à la tête de novice qui doit être un assistant. Le juge Ben Boutricha gronde :

–Qui êtes-vous pour vous permettre de rentrer dans mon bureau comme on entre dans un souk ?

Massoud lui présente sa carte.

Pas du tout impressionné, le juge s'exaspère :

–Et pourquoi un petit flic des bas-quartiers viendrait me déranger sans rendez-vous ?

Massoud qui s'était préparé à cet accueil, déballe la réplique qu'il avait soigneusement répétée :

–Je viens vous voir au sujet d'un homme communément appelé El Pacha, mais dont le vrai nom est Taoufik Jibrane.

Une ombre passe sur le visage du juge aussi furtivement qu'un songe. Il se recompose en une fraction de seconde et aboie :

–Tu sais combien d'affaires je traite par jour ? Comment veux-tu que je me souvienne de ce Pacha ou de je ne sais qui !

Massoud sort un papier chiffonné de sa poche :

–Il y a treize ans, le 26 octobre 2004, pour être exact, un camion transportant des oranges sorties des entrepôts du Pacha a été intercepté sur la route de Ceuta. Ces oranges, destinées à l'export, étaient farcies de drogue. El Pacha a été interrogé par la brigade des stupéfiants, puis déféré au Parquet. Vous étiez saisi de l'affaire et pourtant, vous n'avez procédé à aucune arrestation.

Le juge l'observe d'un œil furieux, puis éclate d'un rire gras qui semble avoir été longuement perfectionné :

–Si j'ai bien compris, toi, petit *coummissire* de rien du tout, tu viens jusqu'au tribunal, sans honte et sans repentir, m'interroger moi, le juge, au sujet d'une affaire qui a plus de treize ans ?

Massoud s'apprête à parler du meurtre présumé d'Essabâr, mais se retient à temps. Il n'a aucune autorité pour mener son enquête. De plus, maintenant qu'il y repense, le lien entre les deux crimes lui paraît tortueux. Il baisse la tête malgré lui et balbutie :

–Je suis tombé sur le dossier du Pacha par hasard et j'ai été surpris que cette affaire ait été classée.

Le juge ironise :

–Alors, tu t'es dit « tiens !», et si j'allais tracasser une sommité ! Un homme qui pourrait être mon maître et mon seigneur ! Tu t'embêtes à ce point dans ton petit commissariat de Hay El Hassani ? Tu en avais marre des crevettes, alors tu as cru que tu allais pêcher un gros poisson ? T'accrocher là où tu risques de te faire mal en dégringolant ! De quel droit te permets-tu de questionner des décisions que j'ai prises à une époque qui se souvient de l'ancêtre des fourmis !

–Je fais appel à Dieu comme témoin, je voulais juste satisfaire une curiosité…

Le juge à présent gesticule, sous le regard captivé de son assistant :

–Alors, pour ta curiosité, fais-toi bien rentrer une chose dans la tête : El Pacha n'a pas été poursuivi, car la police n'a rien trouvé dans ses entrepôts, voilà, tu es satisfait ? Maintenant retourne à tes gueux et laisse-moi travailler dans la paix de *Sidi Rabbi* !

–Ah, donc, maintenant vous vous souvenez du Pacha !

–Disparais avec ta sale figure qui suscite la colère, sinon, j'appelle la sécurité. Je vais passer quelques coups de fil et dès demain, tu seras remis à la circulation !

–Inutile, je m'en vais.

Massoud peine à retrouver le chemin de la sortie, tellement son esprit est perturbé. Il n'a aucune envie de se retrouver au milieu d'un carrefour à dompter ces bêtes en ferraille qui crachent du mazout et font hurler leurs klaxons. De toutes les façons, il n'arrivera à rien en poursuivant ses investigations dans cette voie. Il vise tellement haut qu'il risque d'y perdre son grade.

Mercredi 2 août 2017, le soir

Le commissaire Massoud tourne la clef dans la serrure de son appartement. Sa mère est allongée sur la banquette, une serviette humide sur le front. Il se penche sur elle pour lui baiser la main, puis prend place à ses côtés. À en juger par les vestiges de son repas, elle a dû se provoquer une indigestion. Il commet l'imprudence de lui demander comment elle va. Aussitôt, elle entame un interminable inventaire de ses maux. Ses os grincent à chacun de ses mouvements et même en avalant un verre d'huile d'olive, elle ne parvient pas à les dérouiller. Plainte à Dieu, sa vue faiblit et son cerveau s'éreinte à déchiffrer les objets. La migraine lui fait l'effet d'un marteau-piqueur. Son cœur est fatigué de pomper le sang. Et ses poumons ! Ses poumons sont noirs de pollution et de poussière.

Sur le long chemin de sa litanie, deux ou trois douleurs plus loin, elle l'accuse à demi-mots. Si Dieu avait voulu, elle aurait eu un fils à l'affût de ses moindres maux. Un fils qui court à son chevet dès qu'elle ouvre la bouche pour dire Aïe. Si ça se trouve, un mal ignoble se déploie en elle à son insu, pendant que son fils est occupé à courir derrière les malfaiteurs. Au lieu de s'occuper de sa pauvre mère, comme sont censés le faire les bons garçons que Dieu bénit, il poursuit les chimères. Combien lui faudra-t-il courir pour débarrasser la ville de ses voleurs et de ses criminels ? lui demande-t-elle. Quand il en met un derrière les barreaux, il y en a dix qui surgissent sur les côtés.

Massoud se lève et annonce qu'il va se coucher. Les lèvres de sa mère se resserrent sur les mots qui lui sont restés dans la bouche. Visiblement mécontente d'avoir été encore une fois ignorée, négligée, elle se lève à son tour, arborant une expression de martyre. En se penchant de toute sa masse pour soulever le plateau de thé et de gâteaux, elle marmonne, gémit, souffle et halète. Elle tente par tous les moyens de lui faire partager sa peine. Cette peine qu'il s'évertue tant à dédaigner. Il est tenté de se précipiter pour l'aider, mais il se retient.

Est-il triste à cause de sa propre cruauté ? Massoud s'enferme dans sa chambre. Il est trop éreinté pour faire les ablutions et les inclinaisons. Il cumulera les prières de l'aube, du midi et du crépuscule pour un autre jour. Il s'allonge sur son lit, les mains derrière la tête, et scrute le plafond jauni par les traces d'humidité. Il a beau chercher, il ne voit vraiment pas ce qu'il pourrait se reprocher. Il s'est même retenu de lui crier de se taire. Alors, qu'est-ce qui l'accable tant ?

Un sentiment d'impuissance ? D'échec ? Il a fondé tellement d'espoir sur une histoire de rien du tout. Une rumeur. Il a été assez fou pour tenter de monter toute une enquête criminelle sur une simple rumeur. Ossmane a raison ! Il n'a rien de solide, rien de concret, pas la moindre preuve, que des paroles qui tourbillonnent autour de sa tête comme un essaim de mouches. Il serait bien avisé de laisser les morts reposer dans leurs tombes.

Jeudi 3 août 2017

Qui d'autre, à part la fille d'Essabâr, saurait quels étaient ses ennemis ? Peut-être avait-il reçu des menaces ? Peut-être avait-il un vice caché : les jeux, le tiercé, les dettes ? Peut-être savait-il quelque chose d'incriminant sur quelqu'un ! Massoud ne peut pas attendre les quarante jours réglementaires de deuil pour aller interroger Hanane.

Le commissaire piétine dehors jusqu'à neuf heures du matin avant de pouvoir décemment sonner à la loge de Hanane. Au bout d'un long moment, il entend traîner une savate. La porte s'ouvre. Ce n'est pas une jeune fille maladive qui se tient devant lui, comme il s'y attendait, mais la sage-femme. Elle maintient la porte entrouverte, de sorte qu'il ne peut rien distinguer de l'intérieur. Elle le scrute comme si elle ne l'avait jamais vu. Revenu de sa stupéfaction, il balbutie :

–Ah ! El Hajja Khaddouj, vous vous souvenez de moi ? Je suis le commissaire qui vous a aidé à porter vos courses la dernière fois.

–Oui, oui, qu'est-ce que vous voulez ?

–Je voulais voir la fille d'Essabâr. C'est bien là qu'elle habite, non ?

–On ne vous a pas dit qu'il fallait attendre quarante jours ?

–Si, mais, d'ici là, le meurtrier aura eu le temps de disparaître.

–*Ah woudi*, quel meurtrier ? Vous vous croyez dans une série américaine où tout le monde se court après ?

–Je ne vais pas la retenir longtemps.

–Ce n'est pas possible. La petite est malade. Il faut la laisser tranquille.

–Puis-je vous demander ce que vous faites chez elle ?

–Il faut bien que quelqu'un s'occupe d'elle.

–Qu'est-ce qu'elle a ?

–Personne ne sait.

Il pose l'index sur son menton et fait mine de réfléchir. Il attaque sur un autre angle :

–J'ai entendu dire que Hanane n'était pas la vraie fille d'Essabâr.

–En effet, elle était la fille de sa femme, que Dieu ait son âme.

–Elle avait quel âge quand il a épousé sa mère ?

La sage-femme sourit au souvenir, en dévoilant ses gencives édentées :

–Je la revois comme si c'était hier. Elle avait deux ans, ou peut-être trois. Une vraie petite *hammoussa*, aussi dodue qu'un pois chiche.

–Et quand sa mère est décédée ?

Le visage d'El Hajja Khaddouj s'assombrit.

–Elle devait avoir huit ans, la pauvre petite. À la voir si jeune privée de sa mère, elle vous déchirait le cœur en lamelles. Et Essabâr ! Vous l'auriez vu ! L'homme a failli devenir fou.

–C'est donc lui qui a élevé Hanane après la mort de sa mère ?

–La pauvre femme lui a fait jurer sur le Coran qu'il allait s'occuper de sa fille jusqu'à sa majorité. Essabâr a sacrifié sa vie pour honorer sa promesse. Il a élevé Hanane comme si elle était sa propre fille.

–Elle s'entendait bien avec lui ?

–Comme si elle était sortie de lui ! Il l'a vêtue, nourrie, éduquée. Il n'y a rien qu'il n'ait fait pour compenser l'absence de sa mère. Hanane était le *moumou* de ses yeux !

Essabâr ne ressemble plus en rien au monstre décrit par Ossmane. Il apparaît à Massoud sous un nouveau jour. Après tout, un être peut se montrer odieux avec une personne et gentil avec une autre, tout dépend où il place ses affections.

–Hanane n'a reçu que de l'amour et de l'attention, c'est pour cette raison que sa maladie reste un mystère, ajoute la sage-femme, songeuse.

–À quel moment est-elle tombée malade au juste ?

La sage-femme lève les yeux au ciel et replie un doigt après l'autre :

–Alors, ce n'était pas avant le ramadan qui vient de passer, mais celui d'avant, non, attendez, c'était en été, donc il y a presque deux ans.

–Quels étaient les symptômes de sa maladie ?

–Elle a commencé à maigrir ! On a d'abord pensé que c'était passager. Lalla Zoubida s'est mise en tête de lui cuisiner des petits plats. En vain. En quelques mois, elle a perdu vingt kilos, alors que, croyez-moi, elle n'était déjà pas bien grosse.

Qu'est-ce qui a bien pu déclencher son mal mystérieux ?

Massoud donnerait cher pour savoir. Il lui vient une idée.

–Est-ce que Hanane a des amis ?

–Nabila, la fille de Lalla Zoubida, avait commencé à la fréquenter un peu. C'était elle qui lui descendait les plats que cuisinait sa mère.

–Saviez-vous si elle se confiait à elle ?

–Comment voulez-vous que je le sache ? Je n'écoutais pas derrière les murs.

Le policier s'impatiente :

–Savez-vous où je peux trouver Nabila ?

–D'après la connaissance que je tiens de Dieu, elle travaille dans une usine de confection à Derb Omar. Avec l'âge, ma mémoire me fait défaut ! Cela fait un moment que j'ai perdu le compte de qui fait quoi.

La sage-femme

Je n'ai jamais vu quelqu'un d'aussi acharné que ce commissaire. Je fais intervenir Dieu entre vous et moi, est-ce que quelqu'un voit un assassin parmi les habitants de cet immeuble ? Croit-il que nous nous amusons à nous entre-tuer en pleine nuit pour tromper nos insomnies ? Chacun de nous trimballe ses drames comme un chapelet de casseroles qui claque contre le tarmac. Essabâr a dû lui aussi passer sous les roues impitoyables du sort. Il a élevé la fille de sa femme alors qu'il aurait pu la jeter dans un orphelinat. Et, croyez-moi, ce n'est pas facile de tenir une fille de nos jours. Entre les *zoufris* qui sifflent les femmes dans la rue, les mangeurs de cerveau, les copines qui se peinturlurent la figure, la télé et l'internet qui enseignent la débauche, une jeune femme est tiraillée par le diable de tous les côtés.

Essabâr était un fidèle croyant. Il a inculqué à Hanane la vertu et la crainte de Dieu. Jamais, on ne l'a vue se pavaner et se tortiller dans les rues comme les filles d'aujourd'hui. Jusqu'à ses seize ans, elle ne connaissait qu'un seul chemin, celui qui mène de la maison à l'école et de l'école à la maison. Le soir, elle aidait son père dans les travaux de l'immeuble. Elle lavait et récurait et traquait la moindre toile d'araignée. Jamais vous n'entendiez la moindre plainte sortir de sa bouche. Elle accourait pour m'aider si j'avais des paniers à porter. C'est à ma porte qu'elle est venue frapper quand elle a vu du sang couler entre ses jambes pour la première fois. Je l'ai rassurée en lui disant : non, ma fille, tu ne vas pas mourir, ce qui t'arrive, c'est normal, ça veut juste dire que maintenant, tu dois faire attention aux loups qui rôderont autour de toi.

Elle était déjà presque une femme, avec sa poitrine bien formée et ses courbes arrondies, quand elle a subitement cessé de s'alimenter. J'ai cru qu'Essabâr allait devenir fou. Il a appelé tous les médecins et les spécialistes à son chevet. Il a essayé les remèdes des chrétiens et ceux des musulmans. Le pauvre homme ne comprenait pas quel mauvais sort les avait foudroyés, alors qu'il avait bataillé toute sa vie pour qu'elle ne manque de rien. Il enlevait le pain de sa propre bouche pour la nourrir et arrachait les billets à sa propre chair pour la vêtir. Moi-même, j'ai tenté d'interroger la pauvre *meskina*, mais, à part le désespoir qui s'échappait de ses yeux, impossible de lui arracher le moindre mot.

À la rentrée scolaire de la même année, Hanane n'est pas retournée au lycée. Elle a cessé de sortir et n'ouvrait plus sa porte à personne. Il n'y avait qu'à Lalla Zoubida, à Nabila et à moi qu'elle autorisait l'accès à sa loge quand son père n'était pas là.

Intriguée par ce changement qui s'éternisait, j'ai demandé un jour à Nabila si elle avait réussi à soutirer une confidence à Hanane. Nabila m'a répondu : que veux-tu qu'elle me confie ? Elle n'a rien à raconter. Elle ne sort pas, ne possède pas de téléphone, ni de télévision, elle n'a pour seule distraction qu'une petite fenêtre qui donne sur la rue. Moi, à sa place, il y a longtemps que je me serais pendue.

Vendredi 4 août 2017, le matin

Une marée de dos ronds et de foulards peuple le hangar parcouru par les courants d'air, la chaleur et la poussière. Dans le tapage des machines, le commissaire Massoud entend éternuer et renifler. Des tissus picorés par l'aiguille coulissent dans un écoulement inlassable. Il attend au bout du couloir.

Le patron de Nabila, martèle l'allée dans sa direction. C'est un homme empâté, petit, moustachu, au crâne aussi rond que le reste de sa personne. Il lui dit, sur un ton abrupt, comme s'il avait été dérangé au milieu d'un sommet des nations : *Nâam Ah Sidi* ? Qu'est-ce que vous voulez ? Massoud montre sa carte de la police nationale. Le patron affiche un air inquiet :

–*Yak labass* ? Que se passe-t-il ?

–Je voudrais poser quelques questions à l'une de vos ouvrières, une certaine Nabila Bensaleh.

–Nabila ? Elle a commis une *moussiba* ?

–Non, j'ai besoin de son témoignage dans le cadre d'une enquête.

–Elle ne travaille plus ici.

–Ah bon, que s'est-il passé ? Vous l'avez virée ?

–Elle est partie d'elle-même, du jour au lendemain, ni merci ni au revoir. Que son départ soit sans retour !

Les sourcils du commissaire se rejoignent, perplexes :

–C'est surprenant !

–Je ne vois pas ce qu'il y a de surprenant ! Ces filles d'aujourd'hui, on ne peut pas leur faire confiance. Il suffit qu'un type dans une belle Mercedes passe par là et hop, les voilà envolées.

–C'est ce qui s'est passé avec Nabila ?

–Qu'en sais-je, moi ! Elle et sa copine Saleha, la Gnawiya, elles passaient leur temps sur leurs téléphones à chatter et à prendre des *selfies* qu'elles envoyaient ensuite aux quatre coins du monde.

–Cela fait combien de temps qu'elle est partie ?

–Je ne sais plus. Il y a quelques mois déjà. Au mois de mars, je dirais.

Massoud quitte l'usine en s'interrogeant sur l'utilité de cette enquête. Toutes les ficelles qu'il essaie de tirer pour tisser une toile lui échappent. Il arrive un moment où lui-même ne sait plus ce qu'il cherche. Il se laisse guider au gré de son flair, comme un chat de gouttière qui erre, une question le renvoyant à l'autre, alors que la réponse ne cesse de s'éloigner. Il traverse la rue encombrée. Entre les voitures qui rampent et celles qui sont garées en deuxième file, les gardiens de voiture slaloment pour mettre un peu d'ordre dans le chaos. Aux uns, ils font signe de tourner le volant à droite, aux autres, ils font signe de circuler. Le crachat des mobylettes contribue à la cacophonie. Massoud hèle le premier taxi qui passe et saute à l'intérieur.

Lundi 7 août 2017, l'après-midi

Le commissaire à peine installé dans son bureau, un jeune officier fait voler la porte.

Une catastrophe a eu lieu dans un appartement du centre-ville. La présence du commissaire est requise immédiatement.

Il grimpe dans une fourgonnette en compagnie d'une dizaine de policiers. Pendant que la sirène sur le toit hurle en semant la panique dans les rues, le capitaine de la brigade lui relate les faits. Un garçon de seize ans a lâché un chien enragé dans la maison de sa belle-mère et de son demi-frère. Le demi-frère, un bébé de quelques mois, a souffert d'une morsure au bras, tandis que la mère s'est fait déchiqueter la jambe. Le voisin qui a poignardé le chien y a perdu quelques doigts. Les autres voisins ont ligoté le garçon dans un cordon de rideaux, afin qu'il ne puisse pas s'enfuir.

Le véhicule se gare en plein milieu de la rue en face d'un immeuble poussiéreux du centre-ville. Les portes arrière de la fourgonnette s'ouvrent et les hommes en uniforme s'en éjectent, puis se répandent dans les escaliers. Massoud arrive à son tour dans l'appartement sinistré. Des flaques de sang sèchent sur le carrelage, les banquettes sont déchiquetées, les rideaux lacérés. L'ambulance vient d'emporter les blessés. S'il avait accepté de manger ce matin, Massoud aurait vomi. Voilà pourquoi il manque d'appétit. Ce sont les calamités du monde qui lui nouent l'estomac.

L'adolescent, ligoté par terre au milieu des voisins et des policiers, sanglote. Massoud s'agenouille pour se mettre à son niveau. Qu'as-tu fait, *ah wouldi*, mon fils ? Le garçon relève son visage brouillé par les larmes. Son acné semble avoir rougi avec le stress. Il fixe le commissaire pendant un moment, puis dans un torrent de désespoir, il confesse. Son père avait pris une deuxième épouse, sans les avertir, ni lui ni sa mère. C'est tout à fait par hasard que sa mère a appris qu'elle avait une coépouse et lui, un demi-frère. La colère l'a aveuglé. Il est devenu fou. Il ne savait pas ce qu'il faisait. Il était piloté par les *djnounes*. Massoud l'écoute avec un mélange de compassion et de fermeté. Puis il fait signe aux policiers de l'embarquer.

Après avoir enfermé le garçon dans une cellule, Massoud s'écroule sur la chaise de son bureau. Devant lui, gît une demi-baguette de pain enroulée dans un torchon de cuisine. De la graisse dorée suinte à travers les mailles du tissu. Ce matin, au réveil, il a été incapable de saucer dans un plat de khlî. Affolée, sa mère a fourré la viande confite et salée dans un morceau de pain pour qu'il puisse l'emporter. Il l'a pris pour l'apaiser. Il observe à présent ce sandwich momifié et il lui semble que c'est l'esprit de sa mère qui s'est glissé dedans pour garder un œil sur lui. Il n'a toujours pas faim. Une cigarette, un café et quelques dattes feront l'affaire.

Mardi 8 août 2017

Assis en face de son ordinateur, le commissaire Massoud est incapable de penser à autre chose qu'à l'affaire Essabâr. Toutes les informations qu'il a réussi à glaner ici et là voltigent autour de sa tête comme une nuée d'oiseaux rebelles. Il se coince la tête entre les doigts afin de ne pas céder au vertige. Qu'il cesse de s'éparpiller ! Une seule question compte. Qui a tué Essabâr ?

Il se précipite dans le couloir en se donnant l'allure d'un homme pressé, afin de décourager toute personne, plaignant ou collègue, qui voudrait l'alpaguer. Dans la rue, il hèle un taxi. Il s'effondre sur le siège arrière. Il est épuisé. Il aurait très bien pu prendre sa journée et aller faire une sieste. Mais sa mère va s'imaginer qu'il est malade. Elle se dandinera et se ruera et suera dans sa cuisine afin de lui préparer toutes sortes de concoctions. Elle lui fera avaler des infusions de gingembre, de curcuma et d'ail écrasé. Elle lui enduira le front de vinaigre blanc. Il empestera comme Lucifer et mettra des jours à se débarrasser de l'odeur.

La circulation est dense à toute heure de la journée. La ville est un amalgame de fournaise, de ferraille et de poussière. Une jungle dominée par le cri des klaxons. Le taxi le dépose devant l'immeuble que gardait Essabâr de son vivant.

La chaise du concierge est toujours vide, comme un rappel constant de sa mort subite. Quelque part, elle le rassure. Massoud se rappelle pourquoi il est là. Ce n'est pas simplement pour fouiller dans la vie des gens, mais pour résoudre le mystère d'une disparition. Il grimpe les escaliers et frappe à la porte de Nabila. Lalla Zoubida ouvre. En le voyant, elle redresse le dos et passe une main rapide dans ses cheveux. Elle le scrute avec reproche, contrariée qu'il la surprenne dans sa tenue de maison.

Afin de se redonner contenance, elle croise les bras et bombe la poitrine :

—Encore vous ! *Ouallah*, je commence à croire que vous êtes amoureux de moi. Vous savez que mon mari peut rentrer d'une minute à l'autre et vous surprendre sur le pas de ma porte. Vous croyez que je n'ai pas déjà eu assez d'ennuis comme ça ?

Massoud ne peut s'empêcher de sourire. C'est son premier sourire de la journée. Il dit :

—Désolé de vous décevoir, mais c'est à Nabila que je voudrais parler, cette fois-ci.

—Alors, d'abord tu as accusé mon fils et, comme tu n'as rien trouvé à lui coller sur le dos, maintenant, tu rôdes autour de ma fille, c'est ça ?

—Pas du tout, je voudrais simplement lui poser des questions sur ses rapports avec la fille d'Essabâr. Elle a fréquenté Hanane, elle est entrée dans sa maison, peut-être a-t-elle remarqué quelque chose qui pourrait nous guider ?

– Qu'est-ce que vous allez chercher là ? Vous êtes du genre à vous gratter l'oreille droite avec la main gauche ?

– Je ne peux pas voir Hanane et votre fille est la seule personne qui ait été son amie.

—Elles n'ont jamais été amies. Nabila ne faisait que lui descendre les petits plats que je lui préparais de temps en temps pour que Dieu lui redonne l'appétit.

—Elles ont dû bavarder…

—Il y a belle lurette que Hanane a cessé de bavarder.

—Combien de temps ont duré les visites de Nabila ?

—Elles ont commencé il y a deux ans, quand Hanane est tombée malade. Elle m'a fait pitié. Vous savez comment sont les hommes dans une cuisine. Ils deviennent comme des éléphants ! Je me suis dit : la pauvre petite, elle n'en peut plus des baguettes au thon que lui rapporte son père de chez l'épicier. Nabila n'était pas ravie de jouer à la livreuse, mais quand elle revenait de l'usine, je l'obligeais à s'acquitter de cette bonne action.

–Elle lui rend toujours visite ?

–Non. Les visites de Nabila ont duré... je ne sais pas, le temps court comme l'éclair. Je dirais un an, un an et demi. Et puis, un beau jour, Essabâr a décrété qu'il ne voulait plus que Nabila mette les pieds chez lui.

–Ah bon ? Pourquoi ?

–Qu'est-ce que vous croyez ? Il avait sûrement peur qu'elle ne la dévergonde.

–À quel moment exactement Essabâr a-t-il interdit l'accès de sa loge à Nabila ?

–Je ne sais pas. Au printemps. On commençait à voir pointer les beaux jours.

–Avant ou après qu'elle quitte son travail ?

–Avant.

–Combien de temps avant ?

–Qu'est-ce que ça peut faire ?

–Pour être précis.

–Je ne sais pas moi... une semaine peut-être, ou deux.

Massoud marque une pause, afin de procéder mentalement au classement de cette information. Décider dans quelle partie du puzzle elle se glisserait.

–Les deux événements sont-ils liés ?

–Qu'est-ce qui se mijote dans votre petite tête ?

–Pourquoi Nabila a-t-elle quitté son travail ?

Lalla Zoubida hésite, puis elle rétorque :

–Où est le problème ? Je n'aime pas du tout la façon dont vous reniflez autour d'elle. Vous manquez de travail ou quoi ? Pourtant, à voir les calamités qui pullulent aux quatre coins de Casa, il devrait y avoir de quoi vous tenir occupé.

Massoud ne se laisse pas décontenancer. Il reprend :

–Je veux parler à Nabila.

–Elle n'est pas là.

–Où puis-je la trouver ?

–Je l'ai envoyée faire des courses, puisqu'elle n'est bonne qu'à ça.

Lalla Zoubida

Bismillah Errahmane Errahim ! Je fais appel à Dieu le Clément le Miséricordieux, que me veut ce commissaire ? Si je lui ai tapé dans l'œil, il n'a qu'à me le dire et après, on pourra discuter. Je lui dirai : écoute, fils de bonnes gens, tu n'as rien à attendre de moi. Je suis une femme mariée et, bien que je sois très sollicitée, je porte mon honneur comme une couronne au-dessus de ma tête.

Ce commissaire fouine dans chaque détail de nos vies. À la place des oreilles, il a des antennes qui détectent même les mots qu'on ne dit pas.

Quand Nabila a dû quitter son travail, je me suis arraché les cheveux et griffé les joues. Il est vrai que je n'avais jamais aimé qu'elle trime dans une usine qui rassemble des gens qui valent et des gens qui ne valent rien. Mais au moins, elle avait un salaire. Ses fringues, son maquillage et ses *brushings*, elle se les payait avec son propre argent. Or, à présent, au lieu d'avoir un chômeur à la maison, j'en ai deux.

Je me suis dit : derrière chaque mal se cache un bien. C'est peut-être l'occasion de lui apprendre mon métier et, qui sait, peut-être qu'un jour, nous parviendrons à nous associer, mère et fille, pour monter notre propre affaire de traiteurs. J'ai tenté de lui apprendre à doser les quantités et à saupoudrer avec grâce les épices au-dessus des marmites, mais c'était peine perdue. Ses mouvements étaient lents et sa main trop lourde. Quand elle coupait le persil et la coriandre, ses doigts manquaient de partir avec les tiges. À force de farcir la *chermoula* de piment, elle tuait le goût des aliments et allumait le feu dans nos estomacs. Dieu est vainqueur ! À la fin, j'ai compris que je m'échinais pour rien. Je n'aurais même pas servi ses tajines à mes pires ennemis. On avait juste envie de la supplier de laisser la cuisine à de plus avertis. À part éplucher les légumes, faire la vaisselle ou courir chez l'épicier, elle ne me sert à rien.

Un soir, je suis rentrée épuisée du travail. Ossmane et Nabila étaient tous les deux allongés chacun sur une banquette, décontractés, *bikhir*, à leur aise. Ils pianotaient sur leurs téléphones. Ils n'ont même pas levé le nez quand ils m'ont vue arriver. Ni bonsoir ni comment vas-tu ? La table n'avait pas été mise, la vaisselle du petit déjeuner gisait encore dans l'évier. Les plaques de la gazinière étaient désespérément silencieuses. Personne n'avait songé à faire cuire, ne serait-ce qu'un paquet de vermicelle. Ils attendaient que je revienne du travail, que je retrousse mes manches et que je me remette à cuisiner afin de remplir leurs panses bien reposées. Je ne vais pas vous mentir : ma cervelle est sortie de ma tête. J'ai explosé.

Je les ai traités de *ferya*, de bons à rien, de fainéants, d'abrutis, de maudits, *el hassil*, je n'ai omis aucune insulte. Chacun à son tour, je les ai arrosés de reproches. À Ossmane, j'ai hurlé :

–J'ai intercédé en ta faveur pour que tu puisses travailler ! Et toi, qu'est-ce que tu fais ? En fonction de ton humeur, un jour tu y vas, un jour tu n'y vas pas. Tu m'as mis la honte auprès de mon patron !

–Je n'allais pas bien ! m'a-t-il répondu.

–Tu t'es entendu ? Tu as cassé la figure à notre gardien et c'est toi qui n'allais pas bien !

–Ce gardien, c'est un abruti, est intervenue Nabila.

J'ai pivoté vers elle, pleine de rage :

–Et toi, tu te crois plus maligne ? À cause de ta cervelle qui suit le vent comme une girouette, tu t'es retrouvée à errer d'une banquette à l'autre, sans emploi et sans la moindre occupation !

–Mère, tu sais très bien qui est responsable de nos ennuis. C'est à cause d'Essabâr qu'Ossmane a perdu sa fiancée, et moi, mon travail à l'usine.

Mardi 8 août 2017, en fin d'après-midi

Les allées du marché d'El Hjajma sont un parcours d'obstacles. Le commissaire Massoud doit zigzaguer entre les détritus, les flaques de boue, les chats faméliques et les badauds qui se pressent contre les étals. Des femmes en djellaba marchandent avec ténacité, des filles en jeans déambulent en gloussant, des coursiers courent d'une allée à l'autre, les bras chargés de cageots. Massoud avance, une feuille de papier devant les yeux. Il a imprimé une photo de Nabila qu'il a trouvée sur Facebook. Elle pose avec ses longs cheveux noirs ramenés sur le côté, un regard fardé pointé vers l'objectif. Elle a des yeux qui pétillent de mille et une ruses. Comment la repérer au milieu de cette foule ?

Il s'extirpe de la cohue du marché pour attaquer celle de la rue. La ville est noyée dans un brouillard de poussière ocre. Comme tout le monde, il se lance dans l'opération suicide qui consiste à traverser la route sans attendre le feu rouge. L'espérance de vie étant minime, Massoud se jette de l'autre côté du trottoir pour éviter de se faire rafler par un camion. Il s'arrête, mains sur les genoux, pour reprendre son souffle. En relevant la tête, ses yeux tombent sur Nabila. Il la reconnaît d'après la photo. En fait, il la reconnaît comme s'il la connaissait depuis toujours. Ce signe de la providence le renforce dans sa conviction. C'est Allah qui lui dicte de persévérer.

Nabila est assise à la terrasse d'un café en compagnie d'une jeune femme à la peau foncée. Ça doit être Saleha. Il l'a repérée dans sa galerie d'amis sur Facebook. Traditionnellement, les cafés ne sont occupés que par des hommes, mais de plus en plus de femmes s'aventurent à leur disputer la place. Les deux jeunes femmes, attablées devant leurs verres de jus d'oranges pressées, bavardent sans se soucier des allants et des venants. Nabila est fidèle à l'image qu'il se faisait d'elle d'après sa photo. Cheveux lâchés, jeans et sandales à talons, petite chemise cintrée, lèvres fardées. C'est Saleha qui le surprend. Peut-être parce qu'il la savait Gnawya, il l'avait imaginée menue, frisée et noiraude, en tunique rouge ornée de coquillages. Or, Saleha est élancée, fine et d'une grande beauté. Ses cheveux tressés à la mode africaine lui descendent jusqu'aux cuisses. Comme Nabila, elle est vêtue de façon moderne, pantalon blanc moulant, chemise longue et gilet court sans manches. *Ouallah*, grâce à Zara, maintenant, tu ne peux plus distinguer une fille du peuple d'une fille de riches. Il s'approche du café, se faufile entre les tables, puis rejoint les deux jeunes femmes. En les interrompant, il se fait l'effet d'un pillard qui déchire un beau tableau.

–*Essalam Alaykoum*, les salue-t-il.

Nabila et son amie le considèrent comme s'il était une apparition sortie des entrailles de la terre. Massoud se racle la gorge :

–Je suis le commissaire…

–Je sais qui vous êtes, le coupe Nabila. Vous n'avez pas cessé de harceler ma mère et mon frère depuis la mort d'Essabâr !

–Je ne fais que mon travail.

–Je ne vois pas ce que je peux vous dire au sujet de notre gardien.

–Des choses que vous seule savez.

–Comme quoi par exemple ?

Massoud qui a les jambes fatiguées et la gorge sèche aurait voulu qu'elles lui offrent de s'asseoir et qu'elles lui proposent un verre de jus d'orange. Il aurait voulu faire lui aussi partie du tableau.

–Comme, par exemple, Hanane, soupire-t-il.

–Hanane ? La fille d'Essabâr ?

–Oui. Je sais que vous l'avez fréquentée un moment.

–Oui ?

–Je voudrais savoir si elle s'est confiée à vous, si elle vous a raconté quelque chose au sujet de son père.

Nabila secoue la tête.

Les yeux de Saleha vont de l'un à l'autre.

–Essayez de vous souvenir, insiste Massoud. Un mot qui a pu lui échapper, un sous-entendu, un geste… Quelque chose qui aurait pu attirer votre attention.

Nabila le scrute un moment, puis déclare :

–*Ouallah*, vous êtes comme ma mère a dit : désespéré. Écoutez, Hanane et moi n'avons jamais été les meilleures amies du monde. Nous n'avons rien en commun. Elle, elle se mure dans le silence et se complaît dans la tristesse. Elle semble oublier que le ramadan ne dure qu'un mois. J'avais beau essayer de la divertir en lui racontant ma vie, je ne faisais que lui arracher des larmes.

Massoud hoche la tête.

–Savez-vous pourquoi son père la cachait ?

Nabila marque une pause, le regarde, étonnée, puis pouffe comme si elle le prenait pour un attardé :

–Mais ! On voit bien que vous ne l'avez pas rencontrée ! Essabâr avait honte ! Il avait mis un point d'honneur à élever la fille de sa femme comme une princesse. Or, elle a grandi pour devenir un cadavre ambulant, *Allah y sterna* ! Les gens croyaient qu'il l'affamait.

–Et Hanane, elle en pensait quoi ?

–Elle n'y pouvait rien, la pauvre. La nourriture, ça ne passait pas.

–À un moment, vous avez cessé de lui rendre visite, n'est-ce pas ?

–Elle ne parvenait pas à manger, alors, ça ne servait à rien, c'était du gaspillage. Tout au plus, elle avalait une miette, qu'elle allait aussitôt vomir dans les toilettes. Dès que je quittais sa loge, j'entendais les gargouillis de son estomac, suivis par le bruit de la chasse d'eau. C'était décourageant.

Massoud s'accorde quelques secondes pour compatir, puis reprend :

–Vous êtes sûre que c'est la seule raison pour laquelle vous avez cessé de la fréquenter ?

–Qu'est-ce que vous insinuez ?

–Votre mère m'a dit que c'était Essabâr qui vous avait interdit l'accès à sa loge.

Saleha et Nabila échangent un regard énigmatique. Nabila finit par lâcher :

–Essabâr nous avait vues, Saleha et moi, avec les Américains.

–Les Américains ?

Le portable de Nabila résonne d'une chanson de boîte de nuit. Elle décroche. Des éclats de voix étouffés jaillissent du téléphone. Nabila recule l'écran de son oreille et regarde sa montre. Elle s'écrie : j'arrive, j'arrive ! Elle raccroche, puis se tourne vers Saleha. Zut, je ne suis même pas encore allée au marché ! Je vais me faire tuer. En se débattant avec sa chaise dont le pied coince, elle se lève, prend congé de son amie en lui faisant signe de l'appeler, puis se tourne vers le commissaire : Ne dites pas à ma mère que vous m'avez trouvée en train de papoter dans un café !

Nabila

Qu'est-ce qui m'a prise de parler des Américains ? Le commissaire m'a rusée au point qu'il m'a fait faire des aveux qui dépassaient mon intention. Et puis, qu'est-ce que ça peut faire ? Depuis quand le droit de vivre est-il devenu péché ? Dieu seul sait quels fils il va connecter à partir de cette histoire pour arriver à la mort d'Essabâr !

Ouallah, dans ce pays, on ne peut plus vivre sans qu'on ne vienne vous accuser de tous les maux. Il ne suffit pas qu'on vous traite de *kahba*, de pute, maintenant, on vient même vous soupçonner de meurtre ! Pourtant, nous n'avons rien fait de mal avec Saleha, ce soir-là. Nous n'avons fait que voler du bon temps à la monotonie du quotidien. Comment feriez-vous pour rester sain d'esprit, quand vous devez passer toute votre journée à regarder une aiguille picorer un morceau de tissu ? Il y a de quoi devenir fou ! À chacun sa façon de s'échapper. Moi, j'adore me photographier sous toutes les coutures. Saleha quant à elle, c'est sur les réseaux qu'elle prend son envol. Elle poste sur son blog des photos de sa troupe gnawa. Elle en parle comme s'ils produisaient de la musique pour les connaisseurs. Jamais, vous ne lirez les mots « folklore » ou « spectacle » dans ses commentaires. Je vous jure, elle m'épate. Je lui dis souvent : Ah *sahebti*, mon amie, j'invoque Dieu comme témoin, où vas-tu chercher des phrases bien tournées du genre : « la culture gnawa est un art ancestral qui trouve sa source dans les cultes mystiques subsahariens. » ? Elle se contente de rire sans me livrer son secret, bien que je la soupçonne de faire du copier-coller sur internet. Elle a même appris l'anglais sur des sites en ligne pour pouvoir atteindre les quatre coins du monde sans quitter son tabouret d'ouvrière.

Toujours est-il que, grâce à son art d'enjoliver l'ordinaire, elle a réussi à nous attirer les ennuis. Enfin, surtout à moi. Mais la vérité, si tout était à refaire, je n'hésiterais pas. L'être doit vivre un peu pour Dieu et un peu pour soi. Même si je dois avouer qu'en ce qui me concerne, la balance penche plus du côté « pour soi ».

C'était une belle soirée de printemps, et au lieu d'être dehors en train de m'amuser, j'étais cloîtrée à la maison à regarder sur mon téléphone *Westworld*, une série que j'avais piratée. Mon père était allé se coucher. Ossmane errait dans les rues comme un chat de gouttière. Ma mère, enfermée dans sa cuisine, inventait des recettes. Le *poc* de ma messagerie a surgi en plein milieu d'une fusillade acharnée. C'était Saleha : Descends, je t'attends en bas ! Je t'expliquerai. Le suspens de Saleha était encore plus irrésistible que le carnage de mon épisode. J'ai enfilé à la hâte mes vêtements et j'ai rejoint Saleha sans que personne ne s'aperçoive de mon absence.

Sur la banquette arrière du taxi, elle m'a annoncé dans la précipitation que des musiciens américains étaient tombés par hasard sur son blog et qu'ils l'avaient contactée pour venir écouter sa troupe jouer. Elle avait donc organisé une veillée gnawa dans une salle qu'un programmateur de festivals lui avait prêtée. Tu te rends compte, m'a-t-elle dit, tremblante d'excitation, ils veulent enregistrer un album avec la troupe de mon père !

Après avoir dépassé les murailles de la vieille ville, le taxi nous a conduites dans un dédale de ruelles enchevêtrées jusqu'au square de Sidi Bou Smara. Les boutiques qui, de jour, vendaient des imitations de marques européennes, avaient leurs rideaux tirés et ne rôdaient par-là que des traînards adossés à l'ombre des murs. Nous sommes arrivées dans une maison traditionnelle avec patio à ciel ouvert, colonnes et arches sculptées.

Dans une alcôve, les frères de Saleha faisaient claquer des *qraqebs* et résonner des tambours. Son père jouait du luth d'un air pénétré. Ils ont de la chance, ces Gnawa, leur peau foncée reste tendue et lisse malgré les ans. Si ce n'était l'argenté de ses cheveux, on ne saurait distinguer le père des frères. Les joueurs de castagnettes faisaient tourbillonner les pompons de leurs *taguyas* comme si c'était des hélices d'hélicoptère.

Deux *n'sara* se sont approchés de nous. Un grand châtain aux cheveux ébouriffés, en bermuda et tongs, et l'autre, rouquin, costaud et rougeaud. Ils portaient des chemises bariolées en laine de mouton qu'ils semblaient avoir achetées au souk. J'ai tout de suite deviné que c'était les Américains dont m'avait parlé Saleha. On ne peut pas dire qu'ils étaient exactement attirants, mais on les remarquait, ça c'est sûr. Ils portaient leurs instruments rangés dans de grandes pochettes pendues à leurs dos comme si c'étaient des fusils de *cow boys*. Ils nous ont serré la main en mitraillant *Hi, hi, hi oh hi ! Nice to meet you*. Saleha m'a présentée, puis s'est engagée avec eux dans une conversation animée. Elle criait par-dessus le bruit, tandis que les deux hommes plissaient le front. Ils semblaient avoir toutes les peines du monde à déchiffrer son accent.

Les gens qui arrivaient pour assister aux *dikrs* se rassemblaient dans le patio. L'un des deux Américains montrait du doigt un troisième étranger terré dans un coin, qui montait une caméra sur un trépied. *Is it Ok* de filmer ? disait-il en mêlant le français à l'anglais. *Yes yes, of course*, s'empressait d'acquiescer Saleha, qui a tout de suite endossé le rôle de la fille mondaine experte en relations publiques.

Les invités, habités par les djinns, se sont mis à danser, sans se soucier de savoir si leurs mouvements étaient gracieux ou ridicules. Les deux étrangers se sont détachés de la foule pour aller se joindre à la troupe gnawa avec leurs saxophones et leurs trombones. Ils ont fait signe aux musiciens de continuer de jouer, puis, attentifs à la moindre note, ils ont soufflé dans leurs cuivres. Les mélodies qui en émanaient se sont diluées dans le tintamarre. Petit à petit, les plaintes enrouées et sensuelles du jazz se sont entrelacées avec les battements lancinants des tamtams et le son métallique des castagnettes. Bizarrement, c'était beau. La musique vous transportait et il fallait lutter pour écarter les esprits qui vous assaillaient. Il n'y avait qu'à voir les danseurs possédés. Ils étaient en transe, en sueur et les yeux révulsés. Je vous jure, ils faisaient peur.

Après avoir serré les mains de la famille gnawa et pris une multitude de *selfies* avec eux, les Américains ont demandé à Saleha s'il y avait un endroit où l'on pouvait se rendre pour boire un dernier verre. Nous les avons conduits sur la terrasse d'un café au-dessus des remparts de la vieille ville. Le genre de café qui plaît aux touristes : tout entier décoré d'arches et de moucharabieh bleu Majorelle, avec des tables recouvertes de céramiques aux couleurs vives. Les clients étaient mélangés, des jeunes, des vieux, des foulards, des barbus, des minijupes, des costumés, des jeans déchirés, des casquettes à l'envers, des rastas et même des tatoués. La cacophonie des conversations flottait dans l'air comme un essaim d'abeilles. Les lanternes suspendues aux poutres noyaient les visages dans une lueur chaude et ambrée. Le ciel au-dessus de nos têtes s'élevait dans un dégradé de bleus, transpercé d'étoiles et d'un croissant de lune fluorescent. C'était le cadre idéal pour passer du bon temps avec des étrangers qui parlaient comme dans la série dont je venais de m'arracher, les sous-titres en moins.

Le garçon en tablier blanc nous a annoncé qu'on ne servait pas d'alcool. Les Américains étaient stupéfaits. Ils nous ont pris pour des fous. Avec des mines de condamnés, ils ont accepté le thé à la menthe en échange. Comme pour les consoler, le serveur nous a apporté un narguilé Égyptien aux arabesques dorées, son tuyau enroulé autour du cou comme une coiffure aguichante. Leurs yeux se sont allumés et ils ont immédiatement voulu savoir s'il y avait du haschich dedans. Avec Saleha, on s'amusait comme des gamines qui auraient ouvert par mégarde la porte d'un monde enchanté. Le bec d'aspiration a fait le tour parmi nous, naviguant de bouche en bouche. La fumée parfumée à la pomme nous engloutissait tandis que nous essayions de nous comprendre dans un charabia d'anglais, d'arabe et de français. Nous riions, en nous tenant le ventre, de nos quiproquos.

Les deux Américains se sont rapprochés pour que leurs genoux puissent se coller aux nôtres. Leurs bras s'allongeaient pour atterrir sur une épaule, brosser une cuisse, frôler un bras. Saleha et moi avons réalisé que pour les Américains, nous étions aussi exotiques que le décor oriental qui nous entourait. Nous allions bien avec les tamtams, le zellige, les arches sculptées, la lumière tamisée, le narguilé et la nuit étoilée. Ils ont commencé à nous faire des promesses. L'un d'eux disait à Saleha, *you should come to America, you could be a model !* L'autre, en posant une main sur mon genou, me demandait, *have you ever been to California ?*

Lorsque les étoiles ont pâli et que le fond du ciel s'est éclairé, je me suis brusquement levée. Il fallait que je rentre, sinon ma mère allait s'apercevoir de mon absence. J'avais beau avoir vingt ans, tant que je n'étais pas mariée, c'était comme si j'en avais douze. Nous avons dû inventer des excuses. Le travail, la fatigue, les transports. Il ne fallait pas que nous passions pour des cruches. Les Américains ont proposé de nous raccompagner. Nous nous sommes regardées, Saleha et moi. Chercher un taxi à l'aube dans la médina était aussi dangereux que de courir dans un champ d'obus.

Essabâr somnolait sur sa chaise quand le véhicule s'est garé le long du trottoir. Il a sursauté au bruit du moteur, puis a scruté avec sa lampe torche la vitre du véhicule. Les mains du rouquin glissaient sous ma chemise et m'enveloppaient comme des tentacules. Malgré mes tentatives de le repousser, ses paumes se ventousaient à mon ventre. Son regard était fiévreux. Je me suis subitement aperçue qu'il avait des poils sur les doigts. Pourquoi je me suis arrêtée sur ce détail stupide, Dieu seul le sait, car le plus urgent, c'était d'éviter qu'Essabâr me voie ! Or, c'était inévitable. Je me suis arrachée de mon assaillant et me suis lancée sous les yeux-projecteurs de notre gardien. Essabâr m'a examinée tandis que je courais pour remonter chez moi. Vous imaginez ce qu'il a pu penser de moi ! Une Marocaine qui sort avec des étrangers, c'est forcément une prostituée.

Le lendemain, je suis descendue comme d'habitude chez Hanane avec une assiette. Essabâr se tenait devant la porte de sa loge, les bras croisés et les jambes écartées, comme le génie devant la grotte aux trésors. Il m'a barré le chemin. Il m'a dit : « Hanane a été confiée à moi par la Providence. Ma mission est de l'accompagner jusqu'à la demeure de son futur mari. Seulement à ce moment-là, je pourrai m'occuper de ma propre vie. En ce moment, elle est fragile mentalement. Alors, il est hors de question qu'une petite dévergondée comme toi vienne lui retourner la cervelle et lui emplisse la tête avec des histoires creuses de petits copains. Tu as compris ? Maintenant, tu déguerpis. Je ne veux plus te voir rôder par ici. »

Jeudi 10 août 2017

À la première heure, ce matin, alors qu'il n'avait pas fini de tourner la clef dans la serrure de son bureau, une femme en djellaba et en foulard est venue se jeter aux pieds du commissaire Massoud. Dans une *chouha* démesurée, une explosion de hurlements, de pleurs, de lamentations et d'arrachage de cheveux, elle a plaidé. Elle a supplié Massoud de libérer son fils de seize ans, son enfant, son *moummou* qui suçait son pouce encore hier. Ne voyait-il pas qu'il avait commis ce crime dans un geste désespéré ? La preuve qu'il ne mesurait pas la gravité de ses actes, c'est qu'il n'a même pas craint d'être lui-même mordu par le chien enragé ! Ses lamentations se sont prolongées si bien qu'à la fin, il n'était plus clair si elle voulait innocenter son fils ou incriminer son mari. Cet infidèle ! Ce fils du péché, ce traitre qui a été épouser une deuxième femme derrière son dos, alors que la *moudawana*, la nouvelle législation, exigeait la permission de la première épouse, mais non, monsieur, il est au-dessus de la loi, il a été voir un *kadi* qui lui a dit la charia te donne droit jusqu'à quatre femmes, alors, pourquoi te priver ? Qui a le toupet de défier la loi de Sidna Mohammed le prophète, que le Salut d'Allah soit sur lui ! Voilà tout ce qu'il a trouvé à me dire, lorsque je suis allée le surprendre dans sa nouvelle maison, avec sa femme toute neuve qui a la moitié de son âge ! Une fille que j'aurais pu marier à mon fils et non à mon mari !

Massoud a usé de toutes ses forces pour la relever. Il l'a guidée vers une chaise et a ordonné à un jeune subalterne qu'il aille lui chercher un verre d'eau. Au milieu des autres employés et badauds qui sont venus assister au spectacle, il a tenté de la consoler avec des phrases toutes faites. Ce qui vous est arrivé, c'est la volonté d'Allah, l'être doit se soumettre à son commandement, cela ne sert à rien de se tourmenter, il n'est pas étonnant que votre fils ait la haine, s'il vous voit souffrir autant, vous avez vu où ça l'a mené ? Il faut que vous pensiez à lui ! Quant à vous, Dieu vous éprouve, soyez digne, Il vous récompensera. Et mon fils, et mon fils, criait-elle, il ne faut pas qu'il aille en prison, ça va ruiner sa vie. « Votre fils doit apprendre que oui, le monde est bourré d'injustices, mais qu'on ne peut pas les régler en lâchant des chiens enragés, sinon ce serait la *fitna*, la grosse pagaille prédite pour la fin des temps… »

En marchant vers le quartier Hay El Hassani, Massoud est plongé dans le souvenir de cette matinée. Il fait ce métier depuis des années et il a beau être rôdé, il ne peut s'empêcher d'être bouleversé par les drames qui défilent quotidiennement sous son nez. Cette femme lui a déchiré le cœur. Il repense aux paroles qu'il lui a dites pour la réconforter, avec un certain succès, il doit l'avouer. La femme est repartie de son bureau en appelant sur lui la bénédiction. Elle l'a qualifié de fils de bonnes gens. Où est-il allé chercher ces paroles, lui, qui n'est ni un sage ni un fervent croyant ? Lui qui n'est que le chasseur d'un mal qui ne tarit jamais.

Il s'arrête au bord du trottoir quand un klaxon furieux lui sauve la vie. Il a été sur le point de traverser sans regarder. Le conducteur baisse la vitre, l'insulte en le traitant de mouton égaré, puis redémarre dans un nuage de poussière. En attendant le feu vert pour piétons, Massoud réalise soudain d'où lui viennent ces phrases qu'il a répétées bêtement comme un enfant qui récite sa leçon. Elles sortent de la bouche de sa mère. Cette sagesse dont il a fait preuve aujourd'hui, elle lui a été infusée par sa mère. Il l'a absorbée à son insu.

Son père les a quittés, sa mère et lui, quand il était bébé. Il ne supportait pas les cris, les réveils en pleine nuit, les selles, les vomis. Il était trop jeune. Incapable d'assumer la responsabilité.

Oui, il en a voulu à son père d'être parti sans se retourner et sans débourser un sou, mais sa mère a très tôt combattu toute haine qui prenait racine dans son cœur. Elle a arraché une à une les mauvaises herbes de sa colère, à coups de phrases toutes faites, comme celles qu'il a sorties à la coépouse trahie. Qu'il fallait se soumettre à la volonté d'Allah, que c'était ainsi, que si son père était parti, ils n'étaient pas pour autant démunis, Dieu était à leurs côtés, etc. etc. Des paroles qui, à l'époque l'exaspéraient, mais pour lesquelles il est reconnaissant aujourd'hui. Elles lui ont servi de bouclier contre la fatalité. Il est reconnaissant à sa mère de ne pas s'être donnée en spectacle, de ne pas s'être arraché les cheveux, d'avoir contenu sa douleur comme elle a pu. Une souffrance qu'elle a contenue, mais qui a fini par déborder d'elle de tous les côtés. Des kilos et des kilos de souffrance.

Il erre dans les ruelles de Hay El Hassani sans parvenir à secouer l'ombre de cette détresse qui flotte au-dessus de sa tête. Il a dépassé les arcades du marché et à présent, il déambule, inquiet sans savoir pourquoi, culpabilisant pour un crime qu'il n'a pas commis, à la recherche d'un but qu'il ne connaît pas. Une myriade de gens se bouscule devant lui. Des pointillés qui s'entrecroisent. La lumière écarlate de l'après-midi se réverbère sur la chaux des bâtiments et lui transperce les yeux.

–Est-ce que c'est moi que vous cherchez ?

Massoud est stupéfait de voir Lalla Zoubida apparaître devant lui, dans une djellaba vert émeraude. Il balbutie :

–La vérité, Ah Lalla Zoubida ! Je ne sais pas moi-même ce que je cherche.

Le regard plissé de Lalla Zoubida le parcourt de haut en bas :

–En effet, vous avez l'air soucieux, que se passe-t-il ?

–Ce sont les soucis de *bnadem*, des enfants d'Adam, qui finissent par me hanter.

–Laissez à Dieu le soin de s'en préoccuper !

Encore une phrase toute faite qui ôte un poids du cœur ! Malgré lui, une ébauche de sourire se dessine sur ses lèvres. Lalla Zoubida reprend :

–Cette fois-ci, c'est moi qui venais vous chercher.

–Ah bon ? dit-il avec espoir.

–Hier, Nabila est rentrée à la tombée de la nuit sans panier et sans provisions. Je m'étais tellement inquiétée que j'ai failli l'étrangler. Comme excuse, elle m'a appris que vous l'aviez accostée à l'entrée du marché et que vous l'aviez interrogée pendant des heures !

Devrait-il dénoncer Nabila pour la punir de ce mensonge effronté ? Massoud a dû prendre dix minutes de son temps tout au plus, pendant qu'elle se prélassait à la terrasse d'un café avec sa copine.

L'abattement a dû s'afficher sur son visage, car Lalla Zoubida se radoucit :

– Mais bon, quand je vous ai vu avancer au milieu de la foule en regardant vos souliers, je me suis dit : lui, il doit revenir d'un enterrement ou d'un hôpital…

–Je revenais du commissariat, c'est kif-kif, on y retrouve la même misère !

–Il ne faut pas vous laisser démoraliser comme ça. Le temps court et avec lui, tout passe.

–Comme vous avez raison !

Lalla Zoubida fouille dans son sac, puis en retire un *tapperware*. Elle le tend au commissaire. À l'intérieur, une dizaine de demi-lunes sont lovées les unes contre les autres.

–Des cornes de gazelle ! s'exclame Massoud.

–Je les ai faites moi-même.

Massoud s'en empare. Il a envie de pleurer, de lui embrasser les mains. Il la remercie avec profusion. Lalla Zoubida lève une main. Ce n'est rien, je vous assure, il n'y a pas de quoi vous émouvoir à ce point. Ce sont juste des petits gâteaux. Bon, dites-moi, pourquoi êtes-vous allé trouver Nabila ? Qu'est-ce que vous lui voulez ?

Massoud secoue la tête :

–Je ne sais plus…

–Vous voulez savoir comment Essabâr a ruiné nos vies, c'est ça ? Eh bien, cessez de chercher. Sachez seulement qu'il avait une mauvaise langue et que ses paroles fouettaient comme des lanières.

Les paroles de Nabila lui reviennent subitement.

–Nabila m'a dit qu'Essabâr l'avait vue avec des Américains. C'est quoi, cette histoire ?

–Essabâr l'a vue avec des Américains ! Et alors ? Où est le crime ?

–Il est venu vous en parler ?

–Il en a parlé, oui, mais pas avec moi, malheureusement ! S'il s'était adressé à moi, je lui aurais dit d'aller se mêler de son propre souk.

–Qu'est-ce qui s'est passé avec ces Américains, au juste ?

–Rien. Nabila et sa copine Saleha, ont travaillé avec les Américains sur un tournage de film. Ils les ont raccompagnées. C'est tout. Essabâr les a vues et il s'est mis en œuvre pour leur tailler une réputation. L'homme se sentait investi d'une mission, celle de nous surveiller. Il s'installait sur sa chaise de gardien et s'octroyait le droit de nous juger. Ma fille n'est pas une sainte. Elle ne se met pas un foulard sur la tête pour parader sa piété, mais elle a la compassion au cœur ! C'est ça qu'il n'a pas compris, Essabâr ! Il l'a bannie de chez lui parce que soi-disant, elle allait dévergonder sa fille ! Alors que Nabila n'allait à son chevet que pour la secourir !

Deux commerçants au seuil de leur échoppe les observent sans feindre la moindre discrétion. Lalla Zoubida s'agite. Elle peste, que Dieu nous préserve ! Il y a partout des yeux qui épient comme des oiseaux de malheur. Il faut que je parte, au revoir, au revoir !

Elle lui tourne le dos et s'en va d'un pas rapide. Massoud, anxieux de la voir s'éloigner, la suit en courant. Elle s'écrie :

–Arrêtez de me talonner. Je vais encore avoir des ennuis avec mon mari. Depuis qu'Essabâr a ouvert sa bouche, il est rongé par la suspicion !

–Est-ce qu'il vous a surpris, vous aussi, avec quelqu'un ?

–Il a été lui *wouswouss* dans l'oreille que j'avais un amant, mais ce n'est pas à cause de ça que j'aurais été le tuer, croyez-moi.

– Aviez-vous un amant ?

Lalla Zoubida presse le pas. Massoud s'arrête pour la regarder s'éloigner. Elle s'engloutit dans la masse de gens qui se meut comme le corps d'un serpent.

Il se retrouve seul, devant un carré d'espace vide, là où il y a quelques secondes se tenait Lalla Zoubida dans sa lumineuse djellaba verte. À chaque fois qu'il lui parle, il lui semble qu'on vient de retourner un sablier. Son temps en sa compagnie est compté. Son cœur piétine de connaître la réponse. Trompait-elle son mari ? À cette pensée, il éprouve une petite griffure à l'âme. Si elle était une femme à prendre des amants, l'aurait-elle considéré lui, petit commissaire gringalet aux cernes bleus ? Il secoue la tête pour chasser ces pensées incongrues.

Lalla Zoubida

Ce commissaire est insatiable. Cela m'amuse de le voir mariner dans sa curiosité qui, j'en suis sûre, le tourmente jusque dans les replis de la nuit. Par moments, il me fait pitié. Il me semble courir après le vent, ou comme le chat qui essaie d'attraper sa propre queue. Que cherche-t-il parmi nous ? Nous ne sommes pourtant que des gens ordinaires. Comme tout le monde, nous nous battons à la fois contre le sort et contre nos propres démons.

Depuis que j'ai rencontré Essi Jawad, mon patron, mes affaires prospèrent. Les nouvelles de mes prouesses sont colportées de bouche à oreille et de maison en maison. Les appels des clients affluent au magasin tellement que, parfois, je suis obligée de travailler jusqu'à l'aube. Grâce à moi, Essi Jawad a doublé sa clientèle et ma renommée a commencé à dépasser la sienne.

Et mon mari, au lieu de se réjouir de mon succès, il s'en offusque ! À chaque fois que je sors, il me dit :

–Où vas-tu comme ça ?

Je lui réponds :

–Travailler ! Qu'est-ce que tu crois ?

Un jour, alors que j'étais sur le pas de la porte, il m'a ordonné d'enlever ma djellaba. J'ai refusé, j'étais en retard. Il a insisté puis finalement, d'un geste brusque, il a fait glisser ma fermeture éclair. Il a vu qu'en-dessous, je portais une chemise colorée et une jupe de tailleur. Il a grommelé :

– C'est quoi, cet accoutrement ?

–Tu veux que je me déguise en boniche ? Je te rappelle que c'est moi qui fais tourner l'affaire d'Essi Jawad !

–En même temps, tu désertes la maison de ton mari.

–Il faut bien que l'un d'entre nous remonte ses manches pour garnir la table, parce que la vérité, si je devais compter sur toi, nous aurions mangé des haricots secs à tous les repas !

Nous avions ce genre de disputes au quotidien.

Lorsque je m'affaire dans la boutique du Morocco Mall, il me semble être la chenille transformée en papillon. J'oublie d'où je viens, les pelures jaunies des vieux immeubles de Casa, les rues poubelles et les trottoirs défoncés. Je deviens reine dans un château doré, trônant derrière une vitrine rutilante et entourée de mondanités frivoles.

Le jour où Essi Jawad m'a convoquée dans son bureau, je n'étais pas surprise. Il me consultait souvent pour les menus destinés aux cérémonies de ses clients.

C'était le début des vacances de printemps et la boutique ne désemplissait pas. J'ai frappé un petit coup discret à la porte de mon patron et attendu qu'il me donne la permission d'entrer. La pièce était décorée comme l'intérieur d'une maison bourgeoise. Tapis de laine épais, tableaux orientalistes représentant des chevaux de Fantasia et des princesses berbères avec leurs bijoux en argent et leur tatouage au menton. Des canapés confortables entouraient une table basse en verre, sur laquelle étaient disposés des magazines en éventail. Sur une grande bibliothèque murale étaient alignés des livres reliés en cuir et bordés de dorures.

La quarantaine bien nourrie, contenue dans un costume coupé droit, Essi Jawad se tenait assis à son bureau comme le capitaine sur la proue d'un navire. Deux portraits trônaient dans leurs cadres, de chaque côté de l'ordinateur à écran plat. Sur l'une des deux photos, il se trouvait sur une plage avec son épouse, tous deux en maillot de bain, à une époque où ils étaient encore maigres. Sur l'autre cliché, ses enfants hurlaient de joie et de terreur dans l'un de ces manèges qui vous secouent comme si vous étiez à l'intérieur d'une machine à laver.

Entre le pouce et l'index, Essi Jawad faisait tournoyer un stylo pompeux. Il m'a serré la main, indiqué le fauteuil en face, s'est enquis de ma santé, de la santé de mes enfants, puis il m'a complimenté sur ma dernière prestation. Je m'en souvenais avec fierté. À la fin du mariage, de nombreuses maîtresses de maisons étaient venues me demander mon numéro de téléphone perso.

Évidemment, un tel talent, même s'il profite à mon patron, peut s'avérer inquiétant.

Essi Jawad a glissé une feuille de papier devant moi. Je l'ai scrutée avec attention. J'ai relevé la tête, tenté un sourire, puis replongé le nez dans le document. Je sentais son regard qui me brûlait le haut du crâne. Il avait deviné. Sans que je puisse la retenir, une larme a glissé sur ma joue. Essi Jawad s'est levé, il a contourné son bureau puis il est venu poser une main sur mon épaule :

–Un grand nombre de femmes de poigne ne savent ni lire ni écrire. Vous avez tellement d'autres qualités. Il m'est arrivé d'embaucher des chefs qui avaient obtenu des diplômes, mais dont les recettes étaient aussi fades que le foin qu'on donne au bétail, croyez-moi !

Malgré cela, je ne parvenais pas à contenir mes larmes d'humiliation. Je me détestais de faire une *chouha* de ma personne. Pourtant, ce n'est pas du tout mon genre de me donner en spectacle devant les gens, et encore moins devant mon patron. Essi Jawad a eu la délicatesse d'attendre que mes larmes tarissent, puis lorsque j'avais fini de renifler, il m'a tendu un kleenex :

–Tout ce dont j'ai besoin, c'est d'une signature. Une signature, c'est facile. Un petit gribouillage, ça fera l'affaire.

Je me suis tamponnée sous les yeux, en faisant attention à ne pas effacer le khôl qui soulignait mes paupières. J'ai redressé mes épaules et planté mon regard dans le sien :

–Que voulez-vous que je signe ?

–Un contrat de rien du tout.

–Quel genre de contrat ?

–Une petite promesse.

–Que voulez-vous que je vous promette ?

–Eh bien, par exemple, que vous n'allez pas travailler pour mes clients sans m'avertir.

–Vous avez peur que je vous vole vos clients ? Vous me prenez pour une *kafra* qui ne craint pas la colère d'Allah ?

–C'est juste une procédure. C'est très courant dans les affaires, tout le monde fait ça…

Je me suis donné le temps de réfléchir, car je ne suis pas une personne qu'on entourloupe. Il me fallait gagner du temps. Je lui ai répondu :

–Je ne gribouille pas, moi. Je ne suis pas une ignorante.

–Pas de problème, je vais vous apprendre à signer votre nom.

Essi Jawad a arraché une feuille jaune à son bloc de post-it. Il s'est placé derrière mon dos, tellement près que je sentais son souffle dans mon cou. Il a saisi mon poignet et m'a coincé son stylo plaqué or entre le pouce et l'index :

–On va tracer un Z, ça suffira.

Sans lâcher ma main, il a guidé mon geste avec délicatesse. Je n'étais qu'une marionnette actionnée par la volonté de ses doigts. Soudain, mes muscles se sont raidis. Il m'a chuchoté dans l'oreille :

–Imaginez que vous saupoudrez du sucre glace sur un gâteau aux amandes. Laissez votre bras prendre son envol.

Malgré le trouble qui m'avait gagnée, je me suis appliquée, telle une écolière docile. J'ai reproduit des Z à l'infini. Les feuilles jaunes du bloc volaient comme les plumes d'un canari. La première lettre de mon nom prenait parfois l'allure d'une étoffe emportée par le vent, d'une danseuse orientale ou d'une plante grimpante.

La chaleur qui provenait du corps d'Essi Jawad m'enveloppait de ses ailes de vautour. Le souffle qui s'échappait de ses lèvres brossait mon visage à chaque nouvelle instruction. Oui, c'est bien, c'est ça, murmurait-il. Le sang battait dans mes tempes. Je me suis levée brusquement en bégayant, Ah Essi Jawad, il… il est tard, je dois rentrer ! Il m'a coincée entre ses bras. Le bureau derrière moi m'empêchait de reculer. Avais-je envie de m'échapper ? Nous sommes demeurés ainsi, l'un contre l'autre. Ma poitrine montait et descendait. Ma gorge s'est déshydratée. Je voyais son visage se rapprocher du mien. Si près que je pouvais détailler le grain de sa peau, les rainures de ses lèvres. Toute volonté s'est échappée de mon corps. Mes membres se sont ramollis. J'étais devenue l'hypnotisée qui obéissait à un ordre venu d'ailleurs. J'attendais. Alanguie. Puis, sans le moindre avertissement, Essi Jawad a retiré ses bras. Je suis revenue à moi comme si quelqu'un avait claqué des doigts. Il reculait en balbutiant : Je m'excuse, je m'excuse, je ne sais pas ce qui m'a pris. Maudissons le diable !

Je me suis précipitée vers la porte de son bureau. J'ai traversé le magasin aux lustres brillants, dépassé une file impassible de clients, puis me suis lancée dans les allées du centre commercial. Ma tête bourdonnait, mon cœur cognait. Que venait-il de se passer ? Est-ce que le diable était venu s'interposer entre mon patron et moi ? J'étais à la fois bouleversée, outrée, flattée et apeurée.

Je me suis arrêtée sur le parvis à la sortie du Mall. Au-dessus de ma tête des filaments de soie s'étendaient sur un ciel parfaitement lisse.

Par-dessus tout, je me sentais humiliée.

Humiliée, non pas parce que mon patron avait tenté de m'embrasser, mais parce que je ne l'avais pas repoussé. Même si toutes les alarmes dans mon cerveau s'étaient déclenchées, je suis restée à ma place, immobile. Qu'aurais-je fait s'il n'avait pas repris possession de sa raison ? L'aurais-je laissé faire ? Jusqu'où serais-je allée ? Me serais-je arrêtée au baiser ? L'aurais-je laissé me déshabiller, balayer d'un geste tout le bazar sur son bureau, me déculotter, me prendre, là, comme une secrétaire docile ? Étais-je donc ce genre de femme ?

Il y a belle lurette que l'amour que j'avais pour mon mari s'était perdu dans les méandres du temps. Il s'était effiloché au contact des espoirs et des déceptions. Où était passé le jeune homme rêveur qui me suivait dans les dédales du marché avec des paroles sucrées plein la bouche ? Hier, il se voyait chef d'entreprise, aujourd'hui, sa plus grosse promotion, c'est d'être passé de la selle de son vélo de facteur à la chaise derrière le comptoir du bureau de poste.

Lorsque je suis rentrée chez moi, j'ai enfilé un tablier et commencé à préparer le dîner. Très vite, je me suis aperçue que j'étais incapable de calibrer les doses de gingembre et de curcuma. J'avais lancé dans le tajine les citrons confits sans les épépiner et je ne me souvenais plus si j'avais déjà poivré ou pas. Ma cervelle était un oiseau qui virevoltait hors de sa cage.

Les coups qui ont subitement résonné à ma porte m'ont fait l'effet d'une pétarade d'*Achoura*. J'ai cru que mon cœur allait se décoller. Je me suis précipitée pour ouvrir en essuyant mes mains dans mon tablier. C'était Essabâr. Il se tenait dans l'encadrement de la porte. Il était tout enflé de l'importance qu'il se donnait, les pectoraux en avant et le menton relevé. Il m'a toisé avec mépris, puis a grogné : il y a un homme dans un 4x4 qui veut te voir en bas. J'ai tout de suite su que c'était Essi Jawad. Je l'avais déjà vu plusieurs fois arriver au Morocco Mall dans son gros bolide, naviguant au milieu de la circulation. Les piétons avaient l'air de moucherons quand ils traversaient la route à hauteur de ses roues.

Je suis descendue en courant sous le regard d'Essabâr qui me déshabillait, m'effeuillait étoffe par étoffe. Essi Jawad ne s'était jamais aventuré à venir jusqu'à mon quartier. Lorsqu'il m'a vue apparaître à l'entrée de l'immeuble, cet immeuble pelé dont j'ai soudain eu honte, il est sorti de sa voiture en galant homme. Il a remonté la ceinture sur son ventre légèrement rebondi. Sans dire un mot, il a sorti le contrat plié en quatre de sa poche de veston puis avec des gestes grandiloquents, il l'a déchiré en mille morceaux.

Ma tête tournait. Allait-il me renvoyer ?

Il a remis les débris du contrat dans sa poche :

–Je n'aurais jamais dû vous demander de signer ce papier. Je vous fais mes excuses.

Je suis restée figée comme une statue qui attend d'être démolie. Il a murmuré :

–Je vous fais confiance. Me pardonnez-vous ?

Quepardonner ? Je me suis contentée de répondre :

–Dieu pardonne.

Il a continué à me dévisager, un sourire résigné sur le visage, puis il a pris ma main. De son autre poche, il a sorti un paquet rectangulaire enveloppé dans un papier cadeau. Il l'a posé sur ma paume ouverte.

Sans plus de palabre, il est remonté dans sa voiture et il est reparti.

En grimpant les marches qui mènent à l'immeuble, je me suis heurtée à un obstacle : Essabâr qui avait assisté à toute la scène.

Lundi 14 août 2017

Le commissaire Massoud a passé le samedi et le dimanche à essayer d'être gentil avec sa mère. Il a croqué quelques bouchées des *msemen* qu'elle lui a préparés au petit déjeuner, même si ces crêpes feuilletées sont difficiles à digérer de bon matin. Dans la journée, il a tenté de regarder avec elle les séries populaires marocaines qui passent à la télé. Il a enduré avec patience ses récits sur les dernières intrigues du scénario. Il s'est même laissé distraire par la minutie de sa narration. Elle a parlé des drames de ces personnages comme s'il s'agissait de gens réels, des membres de la famille dont le sort lui importait. Le simple fait qu'il l'écoute semblait l'animer. Il s'est efforcé de lui demander le soir avant de se coucher, comment elle se portait. Et cette rouille dans les os, et ce marteau-piqueur dans le cerveau, et cette pompe à sang dans le cœur ? Voulait-elle qu'il l'emmène chez le docteur ? Il a été surpris de l'entendre le rassurer plutôt que de s'en plaindre. Ne t'inquiète pas mon fils, ça va mieux, *El Hamdoulillah*, grâce à Dieu.

Lundi, il s'installe à son bureau devant l'écran de son ordinateur. On frappe à la porte. Avant qu'il n'autorise son visiteur à entrer, la porte s'ouvre. Le capitaine de la gendarmerie entre, suivi d'un jeune homme à lunettes et aux cheveux frisés. Il attaque aussitôt : « Que Dieu ait pitié de tes aïeux, veux-tu prendre ce garçon en stage, c'est le neveu d'un haut responsable, il s'appelle Hamid. » Massoud soupire. Il déteste accorder des faveurs à des hauts responsables, mais il est obligé. C'est une règle implicite. Pourtant, la dernière chose dont il a besoin, c'est d'avoir un novice dans les pattes. Le capitaine s'en va, laissant le jeune homme debout, mal à l'aise, en face de son bureau.

Il dévisage le stagiaire. Au moins, il n'a pas l'air arrogant. Il lui dit :

–Bon écoute… Hamid ? C'est ça ?

Le garçon acquiesce.

–Je suis très occupé. Je t'emmène en mission, je t'apprends deux ou trois astuces, mais le reste du temps, tu circules. Je ne veux pas te voir huit heures par jour dans mon bureau.

Hamid hoche la tête, toujours muet.

–Va te chercher une chaise. Pour l'instant, tu pourras me regarder travailler.

Le jeune homme obéit. Il disparaît. Massoud est rassuré. Le garçon est docile. Quelques minutes plus tard, Hamid revient avec une chaise. Le policier allume son ordinateur et entame sa routine. Il explique à l'apprenti ses démarches au fur et à mesure qu'il autorise des arrestations, ordonne des gardes à vue, programme des fouilles à domicile.

Finalement, ça détend de transmettre. C'est comme de transférer quelques grammes de ses responsabilités sur d'autres épaules. Ça permet d'entrevoir sa propre retraite. Un jour, même lointain, tous ces tracas seront broyés par le temps qui passe. Ils deviendront aussi invisibles que l'air qu'on respire. Tout au plus une image floue qui se dérobe à la pensée. À la fin, tout ce qui restera de nos vies, c'est une histoire rafistolée. Un conte qui vaudra la peine d'être raconté, ou pas.

Il s'étonne lui-même de sa patience. Il faut dire qu'il a bien dormi pour une fois. Il n'a pas passé la nuit à se tourner et à se retourner dans son lit comme un poisson qui frit, il n'a pas rêvé de djellabas aux reflets d'émeraude ni de chaudrons de sorcières, ni de poison qui transforme la chair en calcaire. Il a l'esprit qui fonctionne de façon claire et ordonnée.

Il sait qu'Essabâr tenait un cahier sur les agissements de la famille Bensaleh. Il avait constitué tout un dossier les accablant : Ossmane avait violé sa voisine handicapée, Nabila sortait avec des Américains et Lalla Zoubida avait sûrement un amant. Informait-il le Pacha des mauvaises mœurs de ses locataires ? Menaçait-il de les faire renvoyer ? En même temps, Massoud a du mal à imaginer El Pacha s'intéressant aux déboires des petites gens. Ils n'ont rien fait qui mérite que la police vienne saisir son immeuble ! Et Hanane, qu'a-t-il appris sur elle ? Rien, sinon qu'elle dépérissait, malgré l'affection que lui portait Essabâr. Autant dire que le policier n'a rien à se mettre sous la dent.

–Commissaire ?

Il s'aperçoit de la présence du stagiaire. Il ne peut empêcher son esprit de s'échapper vers cet immeuble suspect. Il meurt d'envie de rencontrer Hanane ! Quel genre de père était Essabâr, ou plutôt, de beau-père ? Lui en voulait-il de maigrir ou bien s'affairait-il à son chevet ? Massoud s'oblige à tourner son attention vers le jeune homme. Il souffle :

–Bon écoute, va te promener dans les autres services. J'ai du travail.

Hamid ne bouge pas, comme s'il tentait de comprendre ce brusque changement d'humeur, puis, résigné, il se lève. Dès que la porte se referme, Massoud se tape le front pour se punir. Pourquoi ne parvient-il pas à se concentrer sur son stagiaire et ses trafiquants de drogue et ses voleurs et ses prostituées et ses mendiants qui exposent leurs enfants ?

Hanane. Aucun sujet ne lui paraît plus urgent que Hanane. Or, il ne peut frapper à la porte de sa loge sans profaner la règle des quarante jours. Essabâr est mort le 15 juillet. Il ne peut l'interroger qu'à partir du 24 août, en raison de ce maudit deuil de quarante jours ! Allez ! s'encourage-t-il. Encore dix jours ! Il doit attendre tout ce temps-là ! Ses doigts pianotent sur le bois creux de son bureau. Il réalise cependant qu'il reste une personne qu'il n'a pas encore interrogée.

Mardi 15 août 2017

Le commissaire Massoud s'adosse contre un mur devant les bureaux d'*Al Barid.* Il a découvert par ses recherches qu'Essi Brahim avait commencé sa carrière à la poste à l'âge de dix-huit ans comme facteur. À trente ans, il est passé derrière le comptoir et depuis, il n'en a plus bougé. Vingt ans à coller des timbres et à tamponner du courrier. Au moins, dans son métier de policier, les tragédies du monde ne cessent de se renouveler.

Il est arrivé en avance, car il ne veut pas rater le mari de Lalla Zoubida. En attendant, il offre une cigarette au chaouch et papote un peu avec lui. Celui-ci se plaint de la fumée des tuyaux d'échappement qu'il inhale à longueur de journée, de la fournaise qui lui tape sur la tête, de la radinerie des services publics qui ont la main morte *Allah y sterna…*

Les employés commencent à sortir. Massoud ne prête plus qu'une oreille distraite aux doléances du chaouch. Il inspecte chaque personne qui sort, hommes et femmes mélangés. Soudain, il aperçoit Essi Brahim qui se dirige vers sa mobylette garée contre une barrière métallique. Il est de taille moyenne. Il est bien nourri sans pour autant paraître gros. Son costume semble vieillot et un peu serré. Il se dirige vers lui au moment où il s'apprête à enfourcher son vieux véhicule.

–*Essalam Alaykoum,* dit Massoud.

–*Wa Alaykoum Essalam,* répond Essi Brahim.

–Je suis le commissaire…

–Ah oui ! C'est vous qui importunez ma femme sans arrêt ?

–Je ne fais que mon devoir.

–Que voulez-vous savoir, au juste ?

–Parlez-moi de vos rapports avec Essabâr ?

–Vous perdez votre temps. Essabâr est mort par la volonté d'Allah.

–Peut-être bien que oui, peut-être bien que non.

–Essabâr n'avait pas d'ennemis dans l'immeuble. Il s'acquittait de son travail d'*assas* avec beaucoup de zèle.

– Étiez-vous amis ?

–Il garait ma mobylette pour m'éviter qu'elle finisse à la fourrière.

–D'après ce que j'ai appris, Essabâr ne s'est pas contenté de garder un œil sur votre mobylette.

– Qu'est-ce que vous voulez dire ?

–Il a gardé un œil sur votre famille aussi.

–Précisez, que Dieu vous garde !

–Il a empêché Nabila, votre fille, de fréquenter Hanane.

–Nabila passait trop de temps à bavarder avec la petite qui était malade. Ça la fatiguait.

–Ce n'est pas ce que j'ai entendu.

–Qu'avez-vous entendu ?

–Qu'Essabâr avait surpris Nabila en compagnie d'Américains. Vous en avait-il averti ?

Le regard d'Essi Brahim paraît soucieux.

–Il m'avait averti, oui. C'est ce qu'aurait fait n'importe quelle personne qui vous veut du bien.

–Et comment avez-vous réagi ?

–Selon la voix de la raison ! J'ai donné une claque à Nabila et lui ai interdit de sortir.

–C'est un peu sévère, ça, non ?

–C'est que vous n'avez pas entendu le témoignage d'Essabâr ! Je vous le dis à vous, car vous êtes policier et que vous êtes, je l'espère, tenu au secret professionnel. Notre concierge a vu, en pleine nuit, avec sa lampe torche à travers la vitre, ma fille en train de fricoter à l'arrière d'une voiture avec un homme ! L'homme avait les mains sous sa chemise ! Qu'il soit américain ou non, telle n'est pas la question ! Mais je vous le demande : quel genre de fille se comporte ainsi ? Vous imaginez la honte ? Vous connaissez les gardiens ! Ils jasent et exposent les méfaits de chacun. Je fais quoi, moi, le jour où je vais me retrouver avec une vieille fille abîmée sur les bras ? Sa réputation sera tellement déchiquetée que même un mendiant ne voudra pas l'épouser !

–Vous lui avez aussi interdit d'aller travailler ?

–Moi, j'aurais voulu que ma fille se trouve un travail comme avocate, institutrice ou banquière. Un travail honorable. Mais elle a refusé d'aller à l'université après son bac. Je lui ai même suggéré de travailler avec sa mère en cuisine. Elle gagne correctement sa vie, sa mère, aux fourneaux. Elle a dit qu'elle ne voulait pas d'un emploi de boniche. Et qu'est-ce qu'elle a choisi comme carrière ? Ouvrière dans une usine ! Le pire endroit pour se mêler à toutes sortes de filles, des plus bigotes aux plus débauchées ! C'est au travail qu'elle a rencontré cette Gnawiya de Saleha qui l'a entraînée avec les Américains !

–Nabila a donc quitté son travail à l'usine ?

–Évidemment qu'elle a quitté son travail à l'usine ! Je l'ai menacée ! Elle avait le choix entre ma bénédiction et ma malédiction. Elle savait très bien ce qui attend les enfants maudits par leurs parents : le malheur et la perdition !

Massoud marque une pause pour assimiler ces informations. Nabila a quitté son travail à cause d'Essabâr. Elle a une bonne raison de lui en vouloir. Lalla Zoubida a également subi les délations du concierge. Pris séparément, les ennuis qu'il a causés aux trois membres de la famille, Lalla Zoubida, Ossmane et Nabila, paraissent insignifiants, mais mis ensemble, ils commencent à ressembler à de l'acharnement. Et s'il y avait eu une coalition des trois victimes pour se venger du gardien ?

Le faire taire une bonne fois pour toutes ? Massoud s'en veut de se hâter ainsi vers des conclusions. Il ferait mieux de continuer à pousser son investigation.

– Et votre femme, qu'est-il venu vous dire au sujet de Lalla Zoubida ?

Une douleur souterraine apparaît sur le visage d'Essi Brahim comme une onde qui ride la surface de l'eau. Lentement, il tente de faire remonter les mots :

–Je ne tiens pas à en parler.

–Il vous a annoncé que votre femme vous trompait ?

Essi Brahim se fige. Il demeure un long moment muré dans sa douleur, puis lentement, il hoche la tête.

–Il vous a dit avec qui ? demande Massoud.

–Son patron.

Ah, c'était donc Essi Jawad. Évidemment ! Un homme riche et puissant, au charisme éclatant. L'opposé de lui, petit commissaire issu du peuple, invisible et indolore. Une ombre dans la masse.

–Et… et c'était vrai ?

La question a surgi de l'homme en lui et non du commissaire ! Il regrette aussitôt de s'être laissé trahir par sa langue. Il reformule :

–Je veux dire, vous l'avez cru ?

–Il avait une preuve. Il avait vu Essi Jawad donner un cadeau à ma femme. Quand je suis remonté, fou de rage et d'humiliation, j'ai découvert le cadeau en question.

–Qu'est-ce que c'était ? ne peut s'empêcher de demander Massoud.

–Un stylo Mont Blanc en plaqué or.

Essi Brahim plonge la tête entre ses mains. Massoud n'a qu'une crainte, c'est qu'il se mette à sangloter. Il lui tapote l'épaule pour le réconforter. Essi Brahim recouvre sa dignité. Massoud demande :

–Qu'avez-vous fait à votre femme ensuite ?

–Que voulez-vous que je fasse ?

–Vous l'avez cognée, insultée, menacée de la répudier ?

Massoud attend qu'Essi Brahim confesse une violence, un acte désespéré ! Des représailles qui donneraient un mobile à Lalla Zoubida pour aller tuer Essabâr ! L'homme qui a dénoncé le scandale ! Ruiné son mariage ! Détruit l'avenir de ses enfants ! Mais Essi Brahim ne confesse rien de tout cela. Il lève ses yeux voilés par une fine pellicule de larmes :

–Ah, Essi le commissaire, vous ne connaissez pas ma femme… c'est elle qui a menacé de me répudier !

Essi Brahim

En rentrant chez moi après cet entretien avec le policier, je me suis égaré dans les ruelles de mon quartier, comme si je ne savais plus où j'habitais. J'ai tourné sur ma mobylette comme un *mahboul*. La vérité, mon esprit était déchiqueté. C'était comme si cet interrogatoire avait réveillé l'armée de démons qui sommeillait au fond de moi. Pourquoi est-ce que je tremble autant à l'idée de perdre ma femme, alors que c'est moi qui devrais la renvoyer trébuchant sur ses mains et sur ses pieds ? Et si mes collègues de la poste avaient raison ? Selon eux, il ne fait aucun doute que j'ai été ensorcelé.

Cela fait des années que je supporte le travail de ma femme. Elle passe de moins en moins de temps à la maison. Il lui arrive de ne rentrer qu'au creux de la nuit. Tous les soirs, quand elle n'est pas à la boutique d'Essi Jawad, elle s'enferme dans sa cuisine. Elle fait claquer les portes des placards et s'entrechoquer les casseroles et siffler la cocotte et frémir le beurre et chuchoter l'huile sur le feu. Toute à son concert, elle agit comme si je n'existais pas. Lorsque la solitude m'étrangle, je vais m'allonger sur mon lit et attends que le sommeil m'emporte.

Quand elle se rend à un mariage pour cuisiner, on dirait que c'est elle qui va se marier. Elle met son plus beau caftan et se raidit les cheveux au fer à lisser et se maquille avec abondance. Des pâtés bleus sur les yeux, roses sur les joues, rouges sur les lèvres. Elle sort avec la bouche qui ressemble à une grosse tomate. Même pour les jours ordinaires qu'Allah déroule sous nos pieds, elle s'affûte et se prend pour une européenne sous sa djellaba. Parfois, il me semble que ce n'est pas au travail qu'elle se rend, mais au cabaret. Avec les pourboires qu'elle récolte ici et là, elle se décore comme une guirlande d'Achoura, alors que si Dieu l'avait souhaité, elle les aurait économisés pour des temps plus durs. Cela fait des années que j'essaie de monter une petite affaire de livraison. Vous croyez qu'elle m'aurait aidé à investir ? Elle préfère disperser ses gains dans le vent.

Pendant ce temps, moi, je trime toute la journée au *barid* et le soir, je grelotte sur ma mobylette. En été, je subis les assauts du soleil et, l'hiver, les pics de glace qui se plantent dans mon cou. Je n'ai pour armure contre les caprices du temps qu'une vieille veste élimée. J'aurais pu quémander de l'argent à ma femme, mais j'aurais préféré mourir plutôt que de lui tendre la main. Mon honneur, c'est tout ce dont Allah m'a pourvu.

Un vendredi après la prière du midi, je cherchais mes babouches parmi une marée de chaussures et de sandales à la sortie de la mosquée. La tâche me paraissait ardue et je commençais à craindre de devoir y passer la journée. Alors que je retournais chaque paire dans l'espoir de déterrer la mienne, j'ai entendu chuchoter sous une arche sculptée. En relevant la tête, j'ai découvert Essabâr en compagnie de deux commerçants de notre rue.

Tête contre tête, ils se parlaient et de temps en temps, ils levaient un œil pour m'inspecter. Soudain mal à l'aise, j'ai repéré des babouches jaunes qui ressemblaient aux miennes et sans plus hésiter, je les ai enfilées. Je commençais à me diriger vers ma mobylette quand j'ai entendu quelqu'un crier mon nom. C'était Essabâr. Il m'a rattrapé en quelques enjambées, puis, en posant une main sur mon épaule, il m'a dit :

–J'ai une discussion à avoir avec toi.

–Qu'Allah préserve mes oreilles, me suis-je entendu lui répondre.

Il m'a proposé d'aller sur les marches du parvis. Intrigué, je l'ai suivi. Nous nous sommes installés sur une dalle à l'ombre d'un portail en bois. Partout des mendiants formaient des cercles autour des plateaux de couscous que les croyants leur offraient en aumône.

Essabâr a posé les coudes sur ses genoux :

–Es-tu prêt à entendre une vérité qui fait mal ?

–Je t'écoute.

Il m'a révélé, dans une détonation, les calamités commises par ma fille et par ma femme. L'une se prostitue à des étrangers et l'autre se prostitue à son patron. Sur Nabila, il s'est indigné : « Va savoir ce que ces Américains lui ont promis, à ta fille, pour qu'elle accepte de se donner à l'un des leurs ! Si ça se trouve, ils lui ont offert le visa. Tu imagines, toi, ta fille allant vivre dans ce pays de mécréants ? Est-ce que tu regardes les infos ? Tu vois leurs films à la télé ? Leurs femmes se baladent à moitié nues, leurs hommes se marient entre eux, certains vont même jusqu'à changer de sexe ! Ces occidentaux, leur société est complètement déréglée et, en plus, ils détestent les musulmans ! Cela ne les empêche pas de venir jusqu'ici pour abuser de nos filles ! Ils crachent sur nos foulards alors que leurs minijupes ne cessent de raccourcir. Le *mounkar* et le vice qui sévissent dans leur pays n'ont pas de limites. Le trône de Dieu en est tout secoué. Toutes les tempêtes qui détruisent leurs maisons reflètent la colère d'Allah. Tu voudrais toi, que ta fille meure dans une tornade ? »

J'ai secoué la tête de dépit. Les agissements de ces gens ne me concernent pas. Ni ils me nuisent ni je leur nuis. Mais je suis sûr d'une chose : je ne veux pas que ma fille meure, ni d'une tornade, ni de la colère de Dieu, ni de la honte d'avoir été abusée par des étrangers qui brandissent les papiers.

« Et ta femme, m'a dit Essabâr, comment tu crois qu'elle gagne autant d'argent ? Depuis quand les cuisinières et les larbins dans ce pays font fortune grâce au labeur de leurs petites mains ? Toi, tu ne la vois pas le matin quand elle sort pour aller travailler, ta femme, toute maquillée et décorée avec des boucles d'oreilles aussi grosses que des assiettes ? Tu crois que je ne vois pas ses talons qui claquent sous la djellaba ? Un patron ne peut inonder une servante de cadeaux que s'il y trouve compensation. »

Après ces révélations, mon cœur s'est mis à battre comme le tic-tac d'une bombe qui s'apprête à exploser. J'ai remonté les étages en proie à une grande fureur. Il était temps que je lui montre, à ma femme, que je n'étais pas ce petit *bidaoui*, ce Casablancais au sang mou qu'elle a épousé contre l'avis de son père. Ce mollasson qu'elle toise de son regard qui brûle comme un piment soudanais.

Lorsque je suis entré dans l'appartement, ma famille était attablée, les yeux rivés sur l'écran. Ils regardaient, hébétés, une publicité dans laquelle une ménagère vantait les qualités de sa lessive qui rend le linge tellement blanc que les voisines en sont vertes.

Je me suis emparé de la télécommande et j'ai éteint cette calamité. Ils m'ont scruté comme si un génie s'était déployé en moi. J'ai renversé la table du repas en provoquant leurs cris de stupéfaction. Sans pouvoir me retenir, j'ai levé la main, puis envoyé une claque retentissante à Nabila. Si ce n'était mon fils Ossmane qui a réussi à me maîtriser, je l'aurais massacrée. Je lui ai hurlé au visage, tu es devenue la *kahba* des *miricans* ! La pute des Américains ! À partir de maintenant, tu vas rejoindre ta mère aux fourneaux. Nabila avait beau pleurer et crier qu'elle était innocente, j'étais sourd, aveuglé, possédé. Je m'aperçois aujourd'hui de ma lâcheté. J'ai lâché sur Nabila les démons que j'aurais dû réserver à ma femme. Des années et des années de frustration et d'humiliation, des années à lire le reproche et la déception dans ses yeux, des années à attendre comme un chien qui halète, la langue pendue, un geste d'amour, une parole d'encouragement, un mot qui valorise.

Après avoir renvoyé Nabila sanglotant dans sa chambre, je me suis tournée vers Lalla Zoubida :

–Et toi, femme, tu n'as pas honte de me trahir…

–Je t'arrête tout de suite, m'a-t-elle dit sur un ton ferme. Cet *assas* est un menteur. Essi Jawad est venu me faire signer un contrat, c'est tout.

–Et t'offrir des cadeaux ! Essabâr l'a vu de ses yeux ! Il est où, ce cadeau du péché ? Montre-moi avec quoi il a payé ton impudeur !

–Je t'interdis de m'insulter ! Il m'a offert un stylo ! Tu ne vas pas me faire une scène pour un stylo !

–Tu te moques de moi ? Tu ne sais même pas griffonner ton nom !

Lalla Zoubida a retiré l'objet du délit d'entre ses seins. Et je vous assure, ce n'était pas le Bic qu'on achète pour un dirham chez l'épicier ! C'était un stylo de marque, long, doré et élégant. J'ai failli devenir fou. Elle a justifié :

–Essi Jawad a pour coutume de récompenser ses employés pour leur dur labeur !

–Il a coutume aussi d'aller jusqu'à chez eux pour leur offrir des bijoux. Tu ne vois pas que ce cadeau est un appât !

Comme elle n'a rien trouvé à répondre à cela, j'ai pris son silence pour un aveu. J'ai levé la main pour la corriger à son tour, mais elle a esquivé le coup. Elle s'est sauvée dans notre chambre et elle a tourné la clef dans la serrure. Elle a crié derrière la porte : si tu poses la main sur moi, je quitterai la maison !

–Je te ferai arrêter pour abandon de domicile conjugal, je te traînerai dans la boue et ensuite je te répudierai sur une simple lettre du Kadi !

–Qu'est-ce que tu attends ? Répudie-moi ! De toutes les façons, tu ne me sers à rien du tout. À moi seule, je suis aussi capable que dix hommes réunis.

Le plus terrible, c'est que je l'ai crue. Je savais qu'elle était capable de mettre sa menace à exécution. Et moi, comme un lâche, je n'ai pas réussi à affronter la perspective d'une vie sans elle.

Mercredi 16 août 2017

Ce matin, au petit déjeuner, assis aux côtés de sa mère, le commissaire Massoud grignote une tranche de pain grillé avec du saucisson halal. Il erre dans ses pensées. Il voit un certain nombre de gens qui auraient voulu tuer Essabâr. Le problème, c'est qu'il tourne en rond. Les pièces du puzzle se rejoignent et petit à petit, un tableau apparaît, mais aucune piste ne s'ouvre pour le mener au cœur du crime. Il n'a aucune preuve. Il ne sait même pas si Essabâr a vraiment été empoisonné !

Il a démarré toute une enquête en se basant sur l'opinion d'un médecin. Une hypothèse qu'aucune autopsie n'est venue vérifier. Il n'ose même pas en parler à ses supérieurs de peur de se faire rire au nez ou, pire, de se faire renvoyer. On va l'accuser d'absentéisme. De mener une enquête marginale, informelle. Une enquête sans crime. De quitter le bureau pendant ses heures de travail pour s'évader. Satisfaire une curiosité personnelle. S'immiscer dans la vie des autres, se perdre dans les méandres de leurs passions, leurs conflits, leurs drames. S'oublier lui-même. Prendre congé de son propre quotidien.

–Tu as l'air accablé, mon fils, que se passe-t-il ? Tu as des soucis au travail ?

Massoud lève les yeux vers sa mère, comme s'il découvrait sa présence. Pourtant, il est difficile de ne pas la remarquer. Elle dévore à elle seule une bonne partie de l'espace. À mesure que lui maigrit, elle, elle se répand. Il lui semble puiser dans sa propre chair pour lui faire de la place. Si ça continue, un jour, il sera englouti par toute cette chair en expansion ! Il secoue la tête et fait appel à son Dieu qui l'a créé. Il est en train de perdre la raison. D'un geste de la main, il chasse ces images absurdes. Il dit :

–Mère, je me fais du souci pour toi.

–Tu te fais du souci pour moi ? Pourquoi ?

–A-t-on jamais vérifié ton cholestérol ? Ta tension ? Ta tyroïde ?

–De quoi tu me parles, mon fils ? Je prends du Doliprane pour mes crises de foie et ça me suffit.

–Il faut que tu arrêtes de manger.

–Qu'est-ce que tu veux que je fasse de ma journée quand tu n'es pas là ? Que je contemple les murs ?

–Mère, je ne vais pas laisser mon travail et rester auprès de toi, juste pour que tu ne sois pas tentée de ruiner ta santé ?

–Qu'est-ce que tu racontes, *Ah Wouldi* ? Est-ce que je t'ai demandé de laisser ton travail pour rester auprès de moi ? Ton esprit tourne dans le vide. *Yak mâ*, tu es surmené ?

Jeudi 24 août 2017

Le commissaire Massoud s'est fait la promesse de laisser ces pauvres gens à leurs vies et retourner à son propre labeur. Sa décision prise, du matin jusqu'au soir, il a revécu en boucle la même journée : vols de sacs à main, agressions sur personnes âgées, feu dans les poubelles, violences domestiques, altercations routières. Pour une fois, Massoud n'est pas fâché d'avoir un stagiaire. Il se décharge sur lui des corvées en trop. Malgré cela, le travail afflue sans discontinuer.

Tel est son sort, son travail, son gagne-pain. Que peut-il faire d'autre, à part se laisser porter par le courant ? Il s'affaire comme une pieuvre à plusieurs bras, à interroger tel voleur, enfermer tel agresseur, courir d'un lieu de crime à un autre, subir des violences verbales, des insultes, des *dinnomok* par-ci et des *dinnomok* par-là. Il en oublie presque l'immeuble du Pacha. Presque. Car ses habitants, s'ils ont migré vers la périphérie de son esprit, n'ont pas totalement disparu. Ils lui rendent visite quelquefois dans ses rêves. Lalla Zoubida dont le visage apparaît dans la fumée de ses chaudrons, Saleha, la Gnawiya, dont les tresses se transforment en fouets qui claquent, Essabâr qui se relève de sa tombe, violacé et plein de boue, avec des yeux rouges comme des phares qui percent. Dans la journée, il ne peut s'empêcher de les voir ramper dans ses pensées, disparaître quand il les chasse d'un geste, puis revenir sans faire de bruit. Il a vécu avec ces fantômes entêtés tous les jours que Dieu déroule les uns à la suite des autres. Il ne peut plus les ignorer.

Ce matin, il se réveille haletant et en sueur. Une horloge dans sa tête a sonné. C'est le quarantième jour après la mort d'Essabâr. Il se raisonne. Il y a un peu plus d'une semaine, il a interrogé Essi Brahim. A-t-il progressé dans son enquête ? Non. Il n'a pas avancé d'un millimètre. Que va lui apprendre Hanane aujourd'hui, alors que le corps de son père a déjà refroidi dans sa tombe ? Probablement rien. Ne voit-il pas qu'il remue le vent ? Il ferait mieux d'aller s'occuper de ses crimes réels, quotidiens, urgents.

Mais, au lieu de prendre le chemin du travail, ses pieds le guident dans la direction de Hay El Hassani. Dieu est vainqueur, il ne peut pas s'en empêcher. La curiosité de rencontrer Hanane, de sonder son étrange mal, de voir à quoi elle ressemble, d'entendre en quels termes elle va parler de son père. Il piétine comme s'il marchait sur des braises.

Il sonne à la loge. Écoute le silence de l'autre côté de la porte. Il retente sa chance une deuxième fois, à l'affût d'un bruit de pas, d'un chuchotement de savates, d'une voix fluette qui demandera qui c'est.

Aucun son ne vient interrompre cette attente insupportable. Il décide de monter un étage. Peut-être que Hanane s'est réfugiée chez la sage-femme.

L'impatience le submerge. Il tape de ses poings contre la porte comme si le monde était en feu. Massoud a encore le poing en l'air quand la porte s'ouvre.

Le commissaire est sans voix. Il ne s'y attendait pas du tout. Le docteur Sahraoui se tient devant lui, les yeux médusés :

–*Yak Labass,* mon ami ? Pourquoi ce raffut ?

–*Smeh li*, s'excuse-t-il, en dévisageant le médecin.

C'est la première fois qu'il le voit en djellaba. Il avait gardé de lui l'image d'un petit homme vêtu d'une blouse blanche par-dessus un costume occidental.

–Que désire votre humeur ? demande le médecin.

–Je veux interroger Hanane, la fille d'Essabâr. Personne ne répond dans sa loge, alors, je me suis inquiété.

Le médecin plisse le front :

–Pourquoi vous êtes-vous inquiété ? Vous êtes de la famille ?

Conscient de l'étrangeté de son comportement, Massoud se justifie :

– Cela fait plus d'un mois que j'essaie de la voir afin de l'interroger sur la mort de son père.

–Je vous rassure, elle ne s'est pas enfuie. Ma belle-mère les a emmenées, elle et Saïda, au hammam.

–Ah ! fait Massoud, à la fois soulagé et dépité. Et quand est-ce qu'elles vont revenir ?

–Je ne sais pas combien de temps va tenir Hanane dans un hammam. Même moi qui jouis d'une bonne santé, je manque à chaque fois de m'évanouir. Mais bon, elles ont emporté plein d'oranges. J'espère que la petite acceptera de s'hydrater. Revenez demain.

–Je peux attendre.

–C'est inutile, elle ne vous parlera pas aujourd'hui. À mon avis, elle sera fatiguée. Il faudra qu'elle reprenne des forces pour la veillée de ce soir.

–La veillée ?

–La cérémonie du quarantième ! Nous allons prier pour l'âme d'Essabâr autour de deux *toulbas* qui chanteront le Coran.

Un silence s'installe. Les pieds du commissaire refusent de quitter le palier. Il relève les yeux vers le médecin :

–Vous qui êtes docteur, vous avez dû l'ausculter.

–Oui, après la mort de son père.

–De quoi souffre-t-elle au juste ?

–D'une maladie qui s'appelle l'anorexie. C'est quand la personne ne parvient plus à s'alimenter.

–Mais enfin ! Si elle ne mange pas, elle va mourir !

–C'est bien ce que nous craignons. Mais elle est bien entourée. La sage-femme s'occupe d'elle à présent. Je lui ai prescrit des boissons nutritives. J'ai également indiqué un régime alimentaire à Lalla Zoubida pour qu'elle lui réapprenne à se nourrir. Il est inutile de l'effrayer par des tajines qui baignent dans la sauce, aussi succulents soient-ils. Il faut repartir à la base, comme on fait avec les bébés, avec des petites purées de légumes, des portions minuscules, des soupes, des bouillons.

Le cœur du commissaire s'alourdit sans raison, comme si un aimant l'attirait vers le bas. Il s'entend dire des paroles qu'il ne comprend pas lui-même. Le médecin approche l'oreille :

–Pardon, vous pouvez répéter ?

–Je peux assister à la cérémonie ?

Le médecin redresse les sourcils :

–Euh, je suis désolé, mais ce sera un moment de recueillement, votre présence serait un peu déplacée, vous ne croyez pas ?

Massoud se donne un moment pour encaisser. Sa tête retombe en avant comme si les os de son cou s'étaient transformés en ressorts.

–Vous voulez entrer ? Boire un café, offre le docteur, qui tente de capturer son regard baissé.

Il accepte sans se faire prier :

–Oui, avec grand plaisir.

Le médecin lui fait signe de prendre place sur la banquette usée et se rend dans la cuisine. Il semble aussi à l'aise dans la maison de la sage-femme que s'il y avait grandi. En épousant Saïda, il s'est trouvé une famille dans la grande ville. Le cliquetis des tasses et des cuillères précède le docteur Sahraoui, qui arrive avec un plateau, ainsi qu'une assiette de biscuits disposés en rond. Il sert le café, tend une tasse au commissaire :

–Pourquoi tenez-vous tant à interroger cette pauvre Hanane ?

–C'est vous-même qui m'avez dit qu'Essabâr était mort d'un empoisonnement.

–Je m'excuse si nous nous sommes mal compris. Je vous ai dit que c'était une hypothèse, mais nous n'avons aucune preuve. Avez-vous le droit de mener une enquête, si vous n'avez aucune preuve qu'il s'agit bien d'un meurtre ?

Massoud ne répond pas. Il agit par pure suspicion. Personne dans son département n'est au courant.

–Si j'avais su que nous allions en arriver là, j'aurais gardé la bouche cousue, conclut le médecin.

–Essabâr a causé du tort à beaucoup de monde dans cet immeuble.

–Il était témoin de tout ce qui se passait entre les murs. Mais enfin, soyons sérieux, quoi qu'il ait fait, personne ici n'aurait été jusqu'à le tuer. Nous ne sommes pas des assassins !

–Non, bien sûr que non.

–Alors, pourquoi continuer à nous rôder autour ?

–Je ne sais pas.

Le médecin l'examine, puis laisse échapper un son qui relève à la fois du soupir et du sourire.

–Il me semble que c'est vous qui avez un problème, pas nous.

Massoud sourit à son tour. Il l'aime bien, ce médecin. Il aurait bien aimé avoir quelque chose à lui raconter sur sa vie. Mais il n'y a rien dans sa vie à raconter. Il ne va pas lui parler des crimes qu'il passe sa journée à punir, de la même manière que le docteur ne va pas lui raconter le nombre de maladies qu'il passe sa journée à guérir. Une question lui démange les lèvres depuis longtemps. Une question qui n'a rien à avoir avec son enquête. Elle pourrait être mal perçue, mais elle lui échappe avant qu'il puisse la retenir :

–Ne m'en veuillez pas si je vous pose une question un peu personnelle, juste entre vous et moi.

–Allez-y.

–Comment se fait-il qu'un médecin aussi perspicace que vous, épouse une… simplette ?

–Décidément, vous êtes aussi curieux qu'une tenancière de bains maures.

–Excusez-moi, c'était indiscret.

–Vous êtes la seule personne à qui je vais le dire.

Massoud est ému de cet honneur. Le médecin repose sa tasse de café et se penche légèrement vers lui :

–Saïda n'est pas simplette.

–Pardon ?

–Elle est tout à fait saine d'esprit, comme vous et moi.

–Mais alors…

–Vous connaissez son histoire ?

–Je me suis toujours demandé comment elle pouvait avoir pour mère une dame aussi âgée.

–La sage-femme l'a adoptée...

Massoud hoche la tête. Bien sûr. Il comprend à présent.

–Mais ça ne m'explique pas pourquoi vous l'avez choisie comme épouse malgré son handicap.

–Saïda est tombée sur la tête quand elle était petite. Depuis, elle souffre d'un syndrome qui s'appelle l'aphasie de Broca. C'est quand l'hémisphère gauche du cerveau, qui est responsable du langage, est atteint. Le patient éprouve des difficultés à s'exprimer. Mais attention, ça ne veut pas dire qu'il a perdu ses capacités mentales.

–Vous voulez dire que Saïda n'est pas folle, mais qu'elle a juste du mal à parler ?

–Exactement.

–Et vous avez été le seul à vous en rendre compte ?

–Oui.

–À quel moment ?

–Quand elle s'est mise à chanter.

Devant son regard incrédule, le docteur développe :

–Des expérimentations cliniques ont démontré que certains patients arrivaient à formuler des mots quand ils chantaient. Le chant permettrait la formation de nouvelles connexions neurologiques. Vous comprenez ?

Massoud est toujours sans mots.

–Je ne sais pas comment me débarrasser de mon jargon professionnel, s'excuse le médecin.

–En somme, votre femme chante au lieu de parler ?

Le docteur rit. Ses lèvres noires s'étirent jusqu'aux lobes de ses oreilles.

–Eh oui ! N'est-ce pas formidable ? C'est toujours mieux qu'une femme qui crie, qui pleure ou qui se plaint.

Massoud ne peut qu'être d'accord. Cependant, il lui semble que l'essentiel continue à lui échapper.

–Mais alors, si ce n'est qu'une question de langage, pourquoi tout le monde la prend pour l'idiote du quartier ?

–Elle est très intelligente, au contraire ! Si elle se comporte comme une simplette, c'est parce que toute sa vie, on l'a traitée comme telle. Elle a très vite compris les avantages qu'elle pouvait tirer de ce malentendu. Elle a exploité cette image d'elle-même afin de jouir d'une liberté sans pareille. Sous cette étiquette, elle a pu rire, chanter, lâcher ses cheveux, dénuder ses cuisses, disposer de son corps, sans que personne ne songe à la blâmer. J'ai épousé une femme muette, mais libre, exubérante et débridée comme une rafale de vent. Je ne vous raconte pas, tous les soirs, c'est la *hayha* !

Massoud devient violet d'entendre une confidence aussi intime.

Le docteur Issam Sahraoui

J'ai rencontré Saïda pour la première fois deux mois avant la mort d'Essabâr. Je m'en souviens comme si c'était hier, car on était fin mai et il faisait chaud comme en été. Pour ne rien arranger, ces grosses chaleurs coïncidaient avec l'arrivée du ramadan. Mon cabinet ne désemplissait pas. Alors que les gens étaient censés, en ce mois saint, reposer leur estomac, la plupart de mes patients souffraient d'indigestion. Ils passaient leurs journées à mourir de faim et de soif et leurs soirées à se gaver : *Harira* aux pois chiches, *Fekkas* aux amandes, *Chebbakias* aux sésames, *makroute* roulé aux dattes, *briouates* aux cacahuètes et au miel.

Un matin, je rejoignais ma salle de consultation à la clinique lorsqu'un jeune homme dans la vingtaine a bondi vers moi. Il ressemblait à n'importe quel garçon du peuple, brun, frisé, vigoureux, un visage plutôt plaisant. Il portait un jean qui avait l'air d'avoir été beaucoup porté. Son blouson en cuir sentait les tanneries du souk, mais lui donnait un certain style. Il m'a supplié : docteur, venez vite, une vieille dame est mourante, elle a besoin d'aide.

J'ai balayé la salle d'attente des yeux. Des hommes en costume cravate agitaient leurs pieds chaussés de Weston cirées, des femmes plongeaient une main dans leurs sacs Gucci pour consulter l'heure sur leur portable.

Je me suis tourné vers le jeune homme :

–*Ah, sidi*, ce n'est pas possible. Vous avez vu tous ces gens qui patientent ?

–On m'a dit que vous aviez pitié des pauvres.

–En effet, je donne des consultations gratuites tous les vendredis à domicile, mais aujourd'hui, c'est un jour normal.

Le jeune homme a pointé du menton vers mes patients :

–Ils ont tous l'air en parfaite santé.

Je m'apprêtais à rabrouer le jeune homme lorsqu'un patient s'est agité sur sa chaise :

–*Yah*, docteur ? J'espère nous n'avez pas l'intention de céder ! Il existe des hôpitaux publics. Nous, nous payons justement pour pas qu'on nous mélange !

Le jeune homme a chargé vers le patient, la mâchoire et les épaules en avant, soudain agressif :

–Vous mélanger avec qui ? Avec des gens comme nous ? Qu'est-ce que nous avons, nous ? Nous ne vous plaisons pas ?

L'homme s'est levé, puis en se déplaçant comme un crabe, il a commencé à se diriger vers la porte :

–Je m'en vais. Cet hôpital ne vaut plus rien ! Même ses médecins, on se demande s'ils ne vont pas les chercher dans les *karianes* !

–Vous êtes en train d'insinuer que je sors d'un bidonville ? ai-je lancé.

–Dieu seul sait d'où vous sortez ! En tout cas, je vais vous mettre une pauvre étoile sur internet.

Dans la précipitation, il a failli se cogner contre les portes vitrées qui n'avaient pas fini de s'ouvrir.

Le sang bouillonnait dans ma tête. Ce petit bourgeois qui se prenait pour le descendant d'un émir de Cordoue venait de remuer des années de *hougra.* Toutes les humiliations que j'avais endurées pendant mes années d'études remontaient comme une bile dans ma gorge.

Je me suis tourné vers la réceptionniste :

–Appelez le docteur Chahbi pour qu'il vienne me remplacer.

Les autres patients se sont ranimés comme si pendant tout ce temps, ils avaient été mis sur pause. Ils ont partagé dans un bourdonnement affolé leur indignation d'avoir été abandonnés.

J'ai laissé la réceptionniste les rassurer en leur promettant l'arrivée imminente du docteur Chahbi.

En marchant vers ma vieille Fiat Uno déglinguée, le jeune homme m'a tendu la main pour se présenter. Il s'appelait Ossmane.

–Décrivez-moi les symptômes de votre grand-mère.

–Ce n'est pas ma grand-mère, c'est une voisine.

–Vous l'avez découverte mourante chez elle ?

–Non, c'est sa fille qui est venue chercher mon aide.

Nous avons suivi le chemin parallèle aux rails du tramway, dépassé le rond-point de Sidi Abderrahmane aux enchevêtrements compliqués, puis nous nous sommes engouffrés dans le quartier de Hay El Hassani. Ossmane m'a indiqué le chemin qui menait à la demeure de la sage-femme.

J'ai garé ma voiture contre un trottoir à moitié écroulé et me suis laissé guider. Nous avons grimpé l'étage d'un bâtiment délabré, puis frappé à une porte. La porte s'est ouverte sur une jeune femme, gloire à Dieu qui l'a créée. Il m'avait rarement été donné de voir un visage aussi éblouissant ! D'une beauté qui rend fou. Elle était pieds nus, cheveux lâchés, indomptés. La pointe de ses seins tendait le tissu de sa tunique d'été. Tout en elle était voluptueux, sa bouche, ses hanches, sa poitrine. Elle débordait d'elle-même, son charme vous inondait, vous étreignait, c'en était douloureux. J'ai perdu la tête aussi sûrement que si elle m'avait été fauchée par un coup de sabre.

Ossmane m'a dit : Voilà, je vous laisse avec Saïda.

Au regard qu'Ossmane et Saïda se sont lancés, j'ai tout de suite su qu'il s'était passé quelque chose entre eux. Gêne du côté du garçon, peine et désillusion du côté de la belle Saïda.

Saïda, Saïda, qui veut dire bonheur… et c'était exactement ce que je ressentais en la contemplant. Je me moquais de l'histoire qu'ils avaient pu partager. Tout ce qui m'importait, c'était de savoir si elle était finie ou pas.

Lorsqu'Ossmane est parti, elle m'a fait signe de la suivre. Elle a baragouiné des mots que je ne comprenais pas. Je me suis aperçu qu'elle avait des difficultés à parler. Elle m'a conduit au chevet d'une vieille dame ridée comme une figue séchée. Celle-ci était allongée, les lèvres rongées par la vieillesse, la bouche entrouverte. Je me suis assis à son chevet :

–Ah Lalla El Hajja, *yak la bass*, de quoi souffrez-vous ?

La vieille dame a marmonné dans un râle :

–C'est la mort....

À l'aide de mon stéthoscope, j'ai écouté son rythme cardiaque, puis grimacé. Son cœur battait trop vite. J'ai relevé la manche de son caftan. La peau sous son bras pendait comme le cou d'une volaille. Je l'ai pincée en faisant attention à ne pas lui faire mal. Des petites ridules se sont amassées à la surface. Ces gestes familiers m'aidaient à me concentrer. À me rappeler qui j'étais et pourquoi j'étais là. J'ai glissé son bras dans le brassard d'un tensiomètre. Sa tension artérielle était basse. Un autre mauvais signe.

–À quand remonte la dernière fois que vous avez bu ?

La sage-femme s'est contentée de tourner la tête d'un côté, puis de l'autre.

–Vous faites le ramadan, c'est ça ?

–C'est mon devoir, a-t-elle chuchoté.

–Ce n'est un devoir que pour les gens en bonne santé.

–Dieu vient en aide aux croyants.

–Là, si vous me le permettez, Il ne vous aide pas beaucoup. Vous êtes complètement déshydratée, Ah El Hajja !

Je me suis tourné vers la jeune femme. Avant que je ne prononce un mot, elle a couru vers la pièce d'à-côté. Quelques secondes plus tard, j'ai entendu l'eau couler dans l'évier. Elle est revenue avec un verre d'eau.

J'ai passé un bras sous la nuque de la vieille dame pour l'aider à se relever. Elle a bu une gorgée. Quelques gouttes d'eau se sont écoulées dans les ridules autour de sa bouche. Saïda lui a tamponné les commissures des lèvres. Les secondes s'écoulaient comme dans un songe. Saïda était agenouillée tout près de moi. Je sentais les radiations qu'émettait son cœur, les bulles de parfum qui s'échappaient de sa peau pour flotter dans l'air. Je respirais son aura et la laissais pénétrer en moi. Elle se répandait dans chaque recoin de mon être.

Après avoir dégluti, la vieille dame a souri :

–Grâce à Dieu, je me sens mieux.

Le visage de Saïda s'est illuminé dans un large sourire. Elle a embrassé la main de sa mère, puis elle s'est levée comme un oiseau qui bat des ailes. Elle a placé sa main en auvent au-dessus sa bouche et lancé un *youyou* si puissant qu'on se serait cru dans un mariage. Ses *youyous* se sont mués en mélodie, puis avec des mots brisés, elle a articulé les paroles d'une chanson connue des danseuses égyptiennes, *Ya lili, ya ini. Que la nuit étourdisse mon regard.* Le timbre de sa voix explosait en un millier de petits cristaux. L'air devant ses lèvres vibrait et vacillait. Il devenait comme une ficelle qu'on agite pour faire des ondes, des huit et des rondelles. J'avais soudain la sensation d'avoir été transporté dans un monde enchanté. La fêlure de sa parole, conjuguée à la beauté de sa voix, lui conféraient une intensité qui me bouleversait. J'étais déterminé à gagner son cœur comme j'avais gagné d'autres combats dans ma vie.

Si j'avais reculé devant l'adversité, jamais je n'aurais quitté l'oasis qui m'a vu grandir. Plusieurs kilomètres de piste me séparaient de l'école et pourtant, tous les matins, cartable sur le dos, j'affrontais un nouveau périple. Lorsque, plusieurs années plus tard, je suis venu fréquenter les bancs de la faculté de médecine de Rabat, personne n'était prêt à parier sur ma réussite. J'étais le Sahraoui qui ne payait pas de mine, avec son visage émacié et sa peau burinée. On me disait : toi, tu vas devenir toubib ? Qui voudra te confier sa vie ? On ne te donnerait même pas un verre d'eau si on te voyait mendier dans la rue ! Voilà les paroles que j'endurais comme des coups de griffes qui lacéraient mon âme. Ces insultes, au lieu de me démolir, ne faisaient qu'aiguiser mon ambition. La nuit, dans mon lit, je rêvais de montrer à tous ces jeunes arrogants de la capitale qu'un Sahraoui était capable de les surpasser, malgré ses talons craquelés à force de fouler une caillasse de braise. Je rêvais de revêtir la blouse du médecin, de me construire une maison dans la grande ville blanche et d'épouser une femme qui ferait rosir mes joues de fierté.

Aujourd'hui, la clinique huppée de Casa a accepté de m'embaucher. Grâce à mon intégrité et à la justesse de mes diagnostics, j'ai gagné la confiance des patients. Peu à peu, le mépris des gens s'est estompé devant le stéthoscope que je porte autour du cou, et ce, malgré les quelques snobinards qui s'acharnent encore à me descendre.

Lorsque mes yeux sont tombés sur Saïda, j'ai compris qu'elle était ce qui m'avait manqué jusque-là. Une femme qui ferait pâlir d'envie le plus riche et le plus hautain des pontes de Casablanca. Leurs femmes à eux sont décolorées et blanchies à l'eau oxygénée, alors que la blondeur de Saïda est originelle comme la lumière du paradis.

Quelques jours plus tard, je suis revenu avec ma famille de Zagora pour demander la main de Saïda.

Vendredi 25 août 2017, le matin

Le commissaire Massoud marche dans la rue comme un ivrogne. Il a si peu dormi que sa tête tourne et sa vue se dédouble. Dans le nuage qui lui emprisonne la tête, il ne verrait pas dix hommes sur un âne. Il se fait klaxonner chaque fois qu'il s'apprête à traverser une rue, sursaute quand un conducteur de charrette crie *balak balak* en surgissant devant lui ou quand une mobylette déchire l'aube avec son bruit de scie électrique. L'humidité du matin s'infiltre dans chaque grain de sa peau. Un mélange de froid et de fièvre le fait grelotter. Il resserre sa veste et augmente la cadence de son pas. Sa matinée avance avec une lenteur qui rend malade. Il a hâte de retourner à l'immeuble du Pacha, comme si quelque chose de spécial l'y attendait. Peut-être un oracle. Ou simplement un sens à toute cette enquête qu'il a montée sur du vent.

Arrivé sur son lieu de travail, sa première tâche est d'aller interroger une prostituée qui vient d'être arrêtée. L'officier de police, un jeune homme bâti comme un nageur olympique, l'informe du contenu du dossier tout en l'accompagnant dans les couloirs. La jeune femme a enfoncé un long couteau de cuisine dans la jambe de son petit ami, qui l'a cloué au sommier en bois de son lit. L'homme a tellement hurlé que les voisins ont défoncé la porte de l'appartement pour le libérer. Ils ont immédiatement appelé la police. La fille s'était évadée par la fenêtre. Elle s'est fait repérer par des gardiens de voitures, qui ont ensuite indiqué aux policiers la direction qu'elle avait prise en se sauvant.

La jeune femme est écroulée sur une chaise inconfortable dans la salle des interrogatoires. Elle doit avoir entre vingt-cinq et trente ans. Elle est assise, les mains coincées entre les cuisses. Sa chemise de nuit à bretelles est tachée de sang, ses pieds sont noirs de saleté, ses cheveux tombent en désordre sur ses épaules. Des auréoles de khôl lui encerclent les yeux. Elle tremble de froid, ou d'angoisse. Massoud referme la porte derrière lui et ordonne qu'on aille lui chercher une couverture. L'officier acquiesce d'un signe de tête et se retire. Il revient quelques minutes plus tard avec une couverture grise, rêche, peut-être miteuse. Un torchon récupéré dans une caserne. Il la balance et celle-ci retombe comme une chape de cendre sur l'accusée. En la refermant sur ses épaules, elle lui envoie un regard sans reconnaissance.

Massoud prend place en face de la prostituée.

–Qu'est-ce qui t'as pris de clouer ce pauvre homme au lit ?

–Il me vole, *Ah, m'sieur* le policier. Cela fait des années qu'il me vole. Ni il travaille ni il se remue. Il passe ses journées à jouer aux cartes et à fumer du haschich. Pendant ce temps-là, moi, toutes les nuits, je vends ma propre personne pour le nourrir. Cette fois-ci, c'en était trop. Vous ne pouvez pas vous imaginer la nuit que je venais de passer. On nous avait offertes, moi et une autre fille, à une délégation d'hommes d'affaires étrangers. Ils étaient de toutes les races et de toutes les couleurs. Certains étaient potables, mais d'autres ressemblaient à des porcs. Une dizaine d'entre eux me sont passés dessus. Il n'y a rien qu'ils m'aient épargné ! Ils m'ont défoncé l'utérus, retourné le foie, emmêlé les boyaux…

–*Iwa, Iwa*, abrège, lui ordonne-t-il.

–Je suis rentrée chez moi en me tordant. Mon sexe était en bouillie. Ce n'était plus un *taboun* que j'avais, mais un champ de bataille. Mon copain ronflait comme si, pour lui, la paix régnait en ce bas monde. J'ai tout juste eu le courage de me mettre en chemise de nuit et de m'allonger près de lui.

Son regard erre, égaré dans le cauchemar de sa propre vie. Massoud l'encourage à continuer :

–Ensuite ?

Revenue à elle, elle poursuit :

–J'ai glissé, comme toutes les nuits, mon argent sous le matelas. Cet argent que j'avais gagné au détriment de ma santé mentale. Au petit matin, mon petit pactole s'était évaporé. Il m'avait volée dans mon sommeil, ce fils du péché ! Et il faisait comme si de rien n'était. Quand je l'ai questionné, il m'a répondu, ton argent, mon argent, c'est kif-kif, *b'hal, b'hal*. Que vous dire ? La rage m'a aveuglée. J'ai saisi le couteau de cuisine que je garde toujours dans mon sac en cas de besoin et je le lui ai planté dans la jambe.

Soudainement, elle bondit et vient s'agenouiller devant le commissaire, si près que ses cheveux balaient le tissu de son pantalon. Elle lui agrippe les cuisses et supplie :

–Ah, Essi le commissaire, libérez-moi, je ferai tout ce que vous voudrez, je peux vous sucer là, maintenant. Je vous laisserai mon numéro, vous pourrez m'appeler à chaque fois que vous vous sentirez seul, je ne vous ferai pas payer. Vous m'avez tout l'air d'un homme bon et doux, je le vois dans vos yeux fatigués, dans la chute de vos épaules. Vous êtes battu par le sort, c'est le genre de choses que je reconnais, une grande tristesse vous habite. Je peux vous aider…

Revenu de sa stupéfaction, il s'arrache à son emprise et quitte la salle en reculant, comme si la femme en face de lui s'était transformée en mante religieuse.

Il se précipite dans son bureau et referme la porte, le cœur battant. Hamid l'observe avec attention. Massoud secoue la tête pour chasser le souvenir de cette soudaine attaque qui l'a troublé jusqu'aux tréfonds de son âme. Il respire longuement, puis retrouvant peu à peu ses esprits, il lève enfin les yeux vers son stagiaire. Bon, dit-il en s'éclaircissant la voix. Tu vas te mettre à l'ordinateur et consigner les événements suivants. Le commissaire Massoud énumère les faits de la matinée en omettant bien sûr, la proposition indécente de la prostituée.

Content d'avoir trouvé de quoi occuper son stagiaire, Massoud quitte ses locaux à midi pile. Il a la tête encore pleine des calamités de ce monde. Il repense à cet homme qui vit dans le *haram* avec une prostituée. Qui se laisse entretenir et, en plus, lui vole son argent. Il ne peut pas imaginer pire bassesse. Manquer autant d'honneur et d'amour propre ! Comment fait cet homme pour regarder son visage tous les matins dans le miroir ? Il aurait voulu mettre la victime derrière les barreaux et libérer l'assaillante.

En se dirigeant vers le vieil immeuble, il essaie de contenir ses émotions. Il a honte d'éprouver un embryon d'excitation, mêlée de flatterie, simplement parce qu'une prostituée s'est offerte à lui. Maintenant que le danger est passé, son humeur s'est allégée. Elle se laisse même transpercer par un timide rayon de soleil. Il est obligé de se rappeler que la jeune femme a simplement voulu racheter sa liberté, son corps étant sa seule monnaie. Ce n'était pas une proposition romantique, c'était une transaction. Il faut qu'il le comprenne et qu'il arrête de rêver. Il n'est ni désirable ni unique. Pourtant, au fond de lui, il est persuadé qu'elle n'aurait pas fait la même offre à l'officier au corps d'athlète et aux manières brutales.

D'un geste de la main, il chasse ses pensées. La réalité est que toute l'affaire est sordide. Il se fait pitié de s'accrocher au moindre signe d'affection, aussi intéressé soit-il. Malgré cela, il se sent investi d'une nouvelle énergie. Un soupçon d'optimisme. Il commence presque à y croire, à son enquête. Il prouvera peut-être au monde que son intuition est autre chose que du vent.

Vendredi 25 août 2017, dans l'après-midi

Il pénètre dans l'immeuble, frappe à la porte de la loge, plein d'espoir. Encore une fois, le silence qui lui parvient de l'autre côté lui paraît aussi pesant que s'il avait été fait de ciment. Il patiente encore quelques secondes. Frappe plusieurs coups. Tambourine. Sans succès. Il monte un étage, puis frappe à la porte de la sage-femme.

C'est une grande jeune femme qui lui ouvre. D'après les descriptions que les gens lui en ont faites, il reconnaît immédiatement Saïda. Il s'attendait à ce qu'elle ressemble à une merveille. Certes, elle est imposante, voire même un peu forte, habillée avec désinvolture. Les pans de son *tchamir* sont relevés, révélant des cuisses blanches comme du lait. Ses cheveux sont jaune paille et ses yeux semblables à deux gouttes de miel au soleil. En Europe, elle aurait été jugée quelconque, tout au plus charmante. Mais ici, sa blancheur et sa blondeur la font passer pour une reine de beauté. Elle lui adresse un grand sourire franc. Le commissaire l'informe qu'il cherche Hanane. Saïda émet un son qui ressemble à un gémissement de petit chiot et pointe un pouce vers le plafond.

–Là-haut, vous voulez dire ?

Elle tape des mains comme une petite fille qui vient de se faire comprendre.

–Chez Lalla Zoubida ?

Elle hoche la tête avec énergie.

Le commissaire Massoud est perplexe. Que ferait Hanane chez Lalla Zoubida ?

Il la remercie et grimpe l'étage qui mène vers l'appartement de la cuisinière. Ses enjambées négocient deux marches à la fois. Les pulsations de son cœur battent à ses oreilles. Alors que cela devrait être une enquête ordinaire, il en fait une raison de vivre. Quelle crédibilité se donnera-t-il à l'avenir s'il s'avère qu'il a remué les tourments de ces pauvres gens pour rien ?

Il cogne contre la porte avec ses paumes. Lalla Zoubida ouvre. Elle est dans ses vêtements de maison, caftan, foulard noué derrière la nuque, mais, cette fois-ci, elle ne semble pas être embarrassée. Pour elle, il est devenu aussi familier que l'épicier qui lui livre sa bombonne de gaz. Elle pose un poing contre sa hanche et le mitraille :

–Vous cherchez Hanane ?

–Oui !

–La pauvre fille n'a même pas fini de laver son deuil que, déjà, vous la talonnez. Il paraît même que vous êtes venu hier. Le jour du quarantième ! Vous pensiez vraiment que vous alliez mener votre petite enquête entre les *toulbas* qui chantent le Coran et les gens qui se recueillent ?

Sa tête retombe comme celle d'un enfant qui se fait sermonner. Il aurait voulu lui dire qu'en réalité, il avait envie d'être là, lui aussi, à cette cérémonie. Non pas pour interroger, mais pour participer. Être entouré de gens reliés entre eux par des liens de compassion. Que lui aussi, dans cette toile, il aurait voulu broder un fil. Mais il se trouve tellement pathétique qu'il préfère la laisser croire à son zèle mal placé. Il se racle la gorge :

–Je peux lui parler ? S'il vous plaît ?

–Elle est occupée.

–Occupée à faire quoi ?

–À cuisiner !

–À cuisiner ? Je croyais qu'elle ne mangeait pas !

Lalla Zoubida soupire, excédée :

–Vous n'allez jamais nous laisser en paix, n'est-ce pas ?

–Elle cuisine pourquoi ?

–Elle veut travailler avec moi, alors, je lui apprends le métier. On ne s'improvise pas cuisinière.

–Mais ! Vous n'aviez pas dit qu'elle était malade ?

–Dieu est Clément !

–Et… depuis quand travaillez-vous ensemble ?

Lalla Zoubida hésite. Devrait-elle dire la vérité ? Le commissaire visualise son cerveau qui balance comme l'aiguille d'un métronome entre le oui et le non. Il cesse de respirer. Finalement, elle avoue :

–Elle avait déjà commencé à travailler avec moi un peu avant la mort d'Essabâr.

–Et il était au courant, Essabâr ?

–Bien sûr que non. Je vous rappelle qu'il nous prenait ma fille et moi pour des *kahbates*, des prostituées !

–Donc, elle venait travailler en cachette.

–Travailler, travailler… elle venait quand elle pouvait s'échapper ! Elle trouve de l'apaisement dans l'art de manier les épices et les saveurs. Elle est très concentrée, vous savez.

Massoud demeure pensif, la tête penchée pour mieux prêter son oreille aux paroles de Lalla Zoubida. Il demande :

–Quel âge a-t-elle maintenant ?

–Presque dix-huit ans.

Alors qu'il espérait approcher du point culminant de son enquête, il ne cesse de s'en éloigner. Pourquoi les gens ne lui disent pas la vérité d'un coup ? Pourquoi distillent-ils les informations avec une lenteur exaspérante, chaque goutte ne servant qu'à épaissir le mystère encore plus ? Il tente :

–Hanane a commencé à travailler chez vous combien de temps exactement avant la mort de son père ?

–Je ne sais pas, moi ! Dès la fin du ramadan ! Fin juin.

–Donc, deux ou trois semaines avant le drame.

–Oui et alors ? Qu'est-ce que ça fait ?

–Laissez-moi parler à Hanane.

Lalla Zoubida l'examine longuement. Elle sort la tête par l'encadrement de la porte pour s'assurer qu'il est seul sur le palier. Elle s'écarte pour le laisser entrer.

– Je vous donne dix minutes avant que quelqu'un ne découvre un étranger dans ma maison.

Lalla Zoubida

Je n'avais pas d'autre choix que de l'inviter à entrer. Ce commissaire n'allait jamais nous lâcher. Je ne voyais vraiment pas ce qu'il trouvait d'intéressant à nos vies. Mais peut-être que nos vies étaient pour lui un théâtre. Un théâtre où je me plaisais parfois à jouer. À exciter sa curiosité comme une danseuse qui agite ses plumes d'autruche, à le laisser agoniser dans l'attente d'une nouvelle confidence.

Comment Hanane en est-elle venue à travailler chez moi, moi, la cuisinière qui fait couler de ses doigts de multiples plats, alors que la pauvre fille ne mange pas ?

Un matin, vers la fin du mois de juin, quelques semaines avant la mort d'Essabâr, je revenais du marché. Je m'apprêtais à monter les marches lorsqu'une silhouette a projeté son ombre à mes pieds. J'ai lâché mes paniers et poussé un cri. C'était Hanane.

Petite et chétive, elle se tenait devant moi, flottante dans un grand chandail en laine effiloché. Ses jambes tremblotaient comme celles d'une brebis qui vient d'être accouchée. Elle avait la pâleur de la mort et la peau de son visage s'écaillait. Je me suis écriée :

–Au nom de Dieu le Clément le Miséricordieux ! Pourquoi sors-tu de l'obscurité sans t'annoncer ? *Ouallah*, ma fille, mon cœur s'est envolé comme un pigeon affolé. Qu'est-ce que tu fais là ?

Ses yeux se sont agités dans son visage émacié. Je lui ai proposé de me suivre là-haut. C'était l'heure où son père devait être occupé à la prière du midi. Elle a essayé de m'aider à porter mes provisions, mais j'ai eu peur que le poids du panier ne lui arrache le bras. Je le lui ai repris des mains.

Hanane m'a suivie sur la volée d'escaliers, en se tenant à la rampe. Je n'avais pas l'habitude de la voir en dehors de chez elle. À présent, elle me paraissait encore plus frêle. Ma pitié pour elle augmentait à chaque marche. Qui aurait pu s'imaginer qu'un jour, elle allait devenir cette petite brindille, ce petit os de poulet, aux membres semblables aux traits d'un dessin d'enfant ?

On n'a jamais su qui était son vrai père. Un berger ? Un paysan ? Un oncle ? Un voisin ? Hanane avait trois ans lorsqu'Essabâr a rencontré sa mère. Essabâr l'a épousée en sachant qu'elle s'était enfuie de son bled avec un enfant issu du péché.

Mais en ce temps-là, Essabâr était un autre homme. Tout ce qui lui importait, c'était de vivre auprès de cette femme qui avait chamboulé son cœur. Il avait, bien sûr, espéré qu'elle lui donne une descendance, mais Dieu n'a pas exaucé son vœu. D'après la sage-femme, il avait beau s'échiner tous les soirs sur sa couche, le ventre de sa femme est demeuré sec comme un haricot. Même s'il était évident que la stérilité ne venait pas d'elle –Hanane en était la preuve–, la pauvre femme continuait à faire la tournée de chaque médecin et de chaque charlatan dont on lui indiquait la direction.

Un jour, la femme d'Essabâr est tombée malade alors qu'on ne lui connaissait aucun symptôme. En quelques jours, la fièvre l'a emportée. Je revois encore Hanane, alors petite fille de huit ans, qui regardait sans comprendre, sa mère enroulée dans des draps blancs, qui partait à l'arrière d'une camionnette des pompes funèbres. Essabâr hurlait, se tapait la tête avec ses poings, grimpait dans le véhicule pour accompagner sa bien-aimée jusque dans sa tombe. Laissez-moi taire ces souvenirs qui déchirent le cœur. Aucune puissance n'est équivalente à celle d'Allah. Heureusement que la roue du temps broie les mauvais moments. Malgré tout, je ne peux pas m'enlever des yeux l'image de la sage-femme qui serrait la main de Hanane au point de lui arracher ses premières larmes.

Rendu fou par la douleur, Essabâr a fait des allers-retours incessants à la mosquée, comme si ça pouvait lui ramener sa femme. Pendant ce temps-là, la sage-femme et moi, nous nous sommes occupées de Hanane. El Hajja Khaddouj la soignait, et moi, je lui concoctais des petits plats. Ses premières poupées, elle les a fabriquées avec ma pâte à faire le pain. Pendant que d'autres enfants construisaient des châteaux de sable à la plage d'Aïn Diab, elle, elle mélangeait la farine avec le sucre et le miel et la confiture et produisait des sculptures qui auraient fait pâlir d'envie ces artistes auxquels on ne comprend rien.

Avec le temps, Essabâr s'est soumis au commandement d'Allah. Le feu de la souffrance s'est petit à petit assagi. Il n'était plus qu'une braise avec laquelle il a décidé de composer, en attendant que le sort lui apporte consolation. Il est redevenu le père qu'il avait promis d'être. Sur son lit de mort, la mère de Hanane lui avait fait jurer sur le Coran qu'il allait élever sa fille jusqu'à ce qu'elle devienne femme.

Et effectivement, Hanane a grandi comme une fleur. Elle était éclatante de santé. Son visage irradiait la lumière de *Sidi Rabbi*. En la voyant, on n'aurait pas dit que cette fille avait perdu sa mère et traversé des souffrances plus grandes que sa tête d'enfant.

Et puis, un matin, en la croisant dans les escaliers, son sac de cours sur le dos, je me suis aperçue qu'elle avait perdu du poids. Elle devait avoir seize ans. Je me suis interrogée. *Yak ma*, son père ne lui donne pas assez à manger ? J'ai décidé de la sonder. Je l'ai invitée à prendre le thé après le lycée. Je lui ai servi les petits gâteaux dont elle raffolait et je l'ai observée. Elle ne faisait que chasser les miettes dans son assiette. Derrière ses paupières, je voyais passer l'ombre d'un souci. Bien sûr, je lui ai demandé ce qui la tracassait. Elle m'a dit : rien, *Ah khalti*, tout va bien. Ce qui ne m'a pas empêchée de garder un œil sur son tour de taille. Chaque jour, sa chair fondait un peu plus, ses os pointaient, sa peau jaunissait. Imaginez alors ma peine de la regarder, impuissante, dépérir de jour en jour. *Yak labas*, qu'y a-t-il, ma fille ? Tu sais que tu peux tout me dire, lui rappelais-je chaque jour. *Oualou* ! Rien, ma tante, me répétait-elle comme une automate. Le mur pouvait parler, mais de cette fille, je n'obtenais aucune réponse. Du jour au lendemain, elle a cessé de sortir de chez elle. Il est devenu rare de la croiser sur le palier ou alors furtivement. Elle n'ouvrait sa porte qu'à la sage-femme, Nabila ou moi. Et encore, c'était avant qu'Essabâr ne nous bannisse, ma fille et moi. Alors, que faisait-elle là, deux ans plus tard, en dehors de sa loge, à me suivre dans les escaliers ? Je m'impatientais de le découvrir.

Arrivée à mon étage, j'ai ouvert la porte et invité Hanane à rentrer. En ôtant ma djellaba, je lui ai demandé ce qui l'amenait chez moi. Elle s'est mordillé l'intérieur des joues. Finalement, elle a lâché :

–Je veux t'aider.

–M'aider ?

–Oui.

Elle a baissé la tête, probablement consciente du ridicule de sa requête.

–M'aider à faire quoi ?

–À faire la cuisine… pour le mariage de Saïda.

–Mais ! Tu détestes manger !

–Je ne déteste pas cuisiner.

–Est-ce que tu vas au moins y assister, à ce mariage ? On ne t'a pas vue mettre le nez dehors depuis presque deux ans.

Elle a secoué la tête, un écran de larmes recouvrant ses pupilles.

– Non, je ne vais pas y assister, mais je peux participer aux préparatifs !

Je suis demeurée perplexe une minute :

–Et Essabâr ? Tu y as pensé ? Après avoir traité mon fils de pervers, ma fille, de pute et moi, de femme adultère, tu crois sincèrement qu'il va te laisser travailler dans ma maison ?

–Il ne saura pas.

Je l'ai examinée longuement. À part Essabâr, on ne lui connaissait aucune famille. La sage-femme l'a toujours traitée comme sa petite-fille, et moi, je l'ai autant gâtée que mes propres enfants. Tout de même, ce qu'elle me demandait était impossible.

–Il ne peut pas ne pas savoir, Hanane. Ton père sait tout. Il a des yeux collés aux plafonds et des oreilles qui poussent sur les murs comme des champignons.

Elle s'est agrippée à ma manche :

–Je t'en supplie, *Ah khalti*, je travaillerai gratuitement, je ferai n'importe quoi, tout ce que tu voudras…

–Gratuitement ! Tu veux qu'en plus, il m'accuse de t'exploiter ! Non, n'insiste pas !

Hanane a caché son visage entre ses mains et éclaté en sanglots. J'étais abasourdie. Il est vrai qu'en dix ans, Essabâr s'était métamorphosé. Il ne se préoccupait plus que de prière et de religion, il était devenu bourru, intolérant et aussi friand de ragots qu'une mégère. Son esprit avait rétréci au point que sa vision du monde s'était réduite à un trou de mites. Malgré cela, à ma connaissance, Essabâr couvait Hanane d'autant d'amour que s'il avait été une maman. Elle était tout ce qui lui restait de sa défunte épouse, qu'il adorait comme la perle qui gouttait de ses yeux.

Le doute s'est insinué dans mon esprit. Je lui ai posé une main sur l'épaule :

–Qu'est-ce qui se passe chez toi pour que tu aies autant envie de t'échapper ?

Hanane a fixé ses chaussures avec résolution.

–Il est violent avec toi ?

–Non.

–Il t'affame ?

–Non.

Je n'ai pas pu m'empêcher de craindre le pire :

– Est-ce qu'il te force à faire le *haram*, le péché ?

Elle m'a regardée avec des yeux horrifiés. J'ai persisté :

–Est-ce qu'il vient dans ta chambre, la nuit ?

Elle a hurlé :

–Non !

–Alors quoi ? Parle, ma fille, tu m'as épuisée !

Vendredi 25 août 2017, dans le salon de Lalla Zoubida

Ivre de soulagement à l'idée de pouvoir parler à Hanane, le commissaire Massoud, suit Lalla Zoubida à l'intérieur de sa maison. Son appartement est similaire à celui de la sage-femme, mais il est beaucoup mieux entretenu. Celui de la vieille dame lui avait paru fané avec ses meubles vieillots et ternes. Sa propreté superficielle. À l'inverse, l'intérieur de Lalla Zoubida respire l'ordre et la sérénité. Les tissus des banquettes pétaradent de couleurs. Des édredons sont étendus sur le balcon, afin de prendre l'air et le soleil. Les carrelages brillent et les faïences sur les murs semblent tout juste sorties de chez l'artisan. Lalla Zoubida le conduit dans le salon dépoussiéré et bien rangé, puis lui demande de patienter. Hanane le rejoindra dès qu'elle aura fini. Elle disparaît dans un couloir étroit. De la cuisine, il entend le claquement métallique et régulier d'une paire de ciseaux. Il s'assoit et laisse son regard errer sur les meubles. À sa droite, se trouve la *mida*, la table ronde. En face, le poste de télévision repose sur un meuble recouvert d'un tissu brodé. Une armoire sur le côté expose à travers ses portes vitrées une vaisselle en porcelaine comme si c'était les bijoux de la reine.

La voix de Lalla Zoubida lui parvient, lointaine : « Dis-moi, ma fille, ça ne va pas de couper le persil aux ciseaux ? Tu vas nous le servir en gros morceaux ! Tu nous prends pour des vaches ? » Le commissaire entend la voix presque enfantine de Hanane s'excuser : « Je ne savais pas, *Ah khalti.* », « Ce n'est pas grave, la rassure Lalla Zoubida, ne pleure pas, bon, tu sais quoi : repose-toi, tu es épuisée... »

Les murmures de la cuisine se taisent subitement. Les yeux du commissaire continuent leur inspection des lieux quand soudain, ils se posent sur une petite table d'artisanat nichée dans un coin. Un sac à main est posé dessus, ouvert. Il ne comprend pas pourquoi les femmes laissent toujours leurs sacs à main ouverts. Après, elles s'étonnent de se faire voler ! Son regard est aimanté vers le sac. Non, non, il ne peut pas faire ça. Mais la curiosité est plus forte. Il se glisse sur la banquette pour se rapprocher de la table. Il lance un œil dans le sac en faux crocodile. De là où il se trouve, il aperçoit un porte-monnaie, un téléphone portable, un Coran miniature, un tube de rouge à lèvres et une brosse à cheveux. D'autres objets traînent dans le fond qu'il ne parvient pas à identifier. Dans la poche latérale, deux bouts de papier imprimés dépassent. Massoud allonge le cou. Il ne parvient pas à déterminer leur nature. Il est obligé de tendre la main. Un petit geste innocent. De rien du tout. Le cœur battant, il plonge la main dans le sac et retire les deux papiers rectangulaires en carton mou. Il se dépêche d'en déchiffrer le contenu. Le sang court de plus en plus vite dans ses veines. Il sent ses joues devenir chaudes.

Des billets de train ! Un aller-retour pour Marrakech dans la journée. Il regarde la date, l'enregistre dans son cerveau, puis remet les billets à leur place. Le dix juillet. Il réfléchit. Essabâr est mort le 15 juillet. Lalla Zoubida est allée à Marrakech cinq jours avant le drame. Qu'est-elle allée y faire ? Voir sa famille ? Pour une journée ? Ce n'est pas possible ! Enfant, quand sa mère l'emmenait voir la famille à Beni Mellal, ils étaient obligés d'y rester au moins trois semaines, sinon les grands-parents se vexaient, les oncles et les tantes jasaient, les cousins pensaient qu'on les snobait. Aucune famille qu'il connaît ne verrait d'un bon œil une visite expresse d'un jour. Ils auraient le sentiment qu'ils ne valent pas mieux.

Un chuchotement de savates s'approche enfin, suivi d'un frôlement de semelles. Massoud a juste le temps de reprendre sa place loin du sac avant que les deux femmes n'apparaissent. On ne lui aurait pas dit que Hanane avait presque dix-huit ans, il lui en aurait donné douze. La jeune femme a un corps de petite fille. Son pantalon en toile fine gondole autour de ses genoux, sa chemise d'homme flotte autour de ses jambes grêles. Ses yeux sont creusés comme ceux d'un cadavre et ses pommettes pointent. Massoud ne parvient pas à détacher ses yeux de cette créature qui menace de se disloquer sous ses yeux. Sa fragilité lui fait monter les larmes aux yeux. Il lui semble voir en la jeune femme un reflet de lui-même. Certes, il n'est pas aussi maigre, ni affamé, ni même malheureux. Mais il voit en elle le même dénuement, le même décharnement.

La jeune femme s'assied sur le rebord de la banquette et évite son regard. Massoud cherche les questions qui se sont échappées de son esprit. Il déglutit, puis commence :

–Toutes mes condoléances. Que les jours ravis à votre père se rajoutent aux vôtres.

Hanane ne répond pas à la formule d'usage. Elle attend, tête baissée, l'interrogatoire, comme si elle appréhendait le début d'un examen.

Massoud tente d'emprunter sa voix la plus rassurante :

–Si j'ai bien compris, Essabâr était le mari de votre défunte mère, n'est-ce pas ?

Hanane hoche la tête.

–Quel genre de beau-père était-il ?

–Il était *meziane* avec moi.

–Il était gentil avec vous, mais d'après ce qu'on m'a dit, il vous a interdit de fréquenter la famille de Lalla Zoubida.

Hanane baisse la tête et ne dit rien. Massoud l'examine. Il soupire, puis reprend :

–Il a empêché Nabila de continuer à vous rendre visite. Savez-vous pourquoi ?

–Il avait peur qu'elle soit de mauvaise influence sur moi.

Massoud marque une pause. S'attendait-il à ce que Hanane déballe les vices cachés de son père, alors que les traces de ses larmes n'ont pas fini de sécher sur ses joues ? Il ne peut pas se reposer sur ses paroles qu'elle débite d'une voix monotone.

Il ne se décourage pas :

–Nabila m'a dit que ses visites ont cessé début mars. Vous n'avez pas eu de compagnie pendant trois mois et demi à peu près. Puis, un beau jour, vers la fin du ramadan, donc, disons aux alentours du 27 juin, vous sortez de votre loge. Vous allez proposer votre aide à Lalla Zoubida en cuisine. Dix-huit jours plus tard, le 15 juillet, Essabâr meurt.

–Je voulais participer aux préparatifs du mariage de Saïda.

–Vous étiez invitée à ce mariage ?

Ses yeux continuent à scruter le sol :

–Je ne pouvais pas y aller.

–Pourquoi ?

–Vous avez vu mon état ?

–Justement, vu votre faiblesse, je suis étonné que Lalla Zoubida ait accepté de vous faire travailler !

Lalla Zoubida qui n'avait pas quitté la pièce, se défend :

–La nourriture est le meilleur moyen de se soigner ! En suivant mes recettes, elle est bien obligée de tremper le bout de sa langue dans la cuillère ! Pas à pas, Allah amène la baraka, n'est-ce pas ? Je n'allais pas rater cette occasion ! J'ai accepté de lui apprendre à cuisiner pour lui sauver la vie. Vous comprenez ? J'ai levé le pied à la boutique d'Essi Jawad pour m'occuper d'elle.

Massoud darde un regard à Lalla Zoubida. Elle lui fait l'effet d'une gardienne de prison. Elle surveille chaque mot qui pourrait s'évader de la bouche de Hanane. Elle tente de noyer le commissaire de paroles afin de brouiller son jugement. Il détourne les yeux de la maîtresse de maison et revient vers Hanane :

–Et votre père, était-il au courant que vous travailliez avec Lalla Zoubida en cuisine ?

Hanane hésite quelques secondes avant de secouer la tête. Elle baisse les yeux honteusement, comme si Essabâr était toujours là pour la juger.

–Vous comptiez travailler en cachette indéfiniment ?

–Je ne sais pas.

–Vous ne savez pas ?

–Je comptais sur Dieu pour trouver une solution.

–Si je comprends bien, Dieu vous a fourni la solution : Essabâr est mort. Durant cette même cérémonie pour laquelle vous avez cuisiné auprès de Lalla Zoubida.

Lalla Zoubida pointe vers lui un doigt courroucé :

–Vous êtes en train d'insinuer quoi, monsieur le commissaire ? Vous avez vu la détresse dans laquelle se trouve Hanane ? Vous croyez vraiment qu'elle aurait tué son père juste pour pouvoir s'échapper quelques heures par-ci, par-là et venir cuisiner à mes côtés ?

Massoud examine Lalla Zoubida longuement. Non. Elle a raison. Cela n'a pas de sens. Il y a autre chose.

Il se lève et lui dit :

–Encore une question, Ah Lalla Zoubida, et cette fois-ci, elle est pour vous. Où étiez-vous la semaine qui a précédé la mort d'Essabâr ?

–À votre avis ? Je m'affairais entre mon travail, Hanane et les préparatifs du mariage. Vous croyez que j'avais le temps d'aller me balader.

–Vous n'avez pas quitté Casablanca ?

–Bien sûr que non !

–À aucun moment ?

Un trouble passe dans le regard de Lalla Zoubida. Elle redresse le buste et affirme :

–À aucun moment.

Hanane

Je n'aurais jamais songé à quitter ma loge si Nabila n'avait pas cessé du jour au lendemain ses visites. Ce n'était pas les tajines de sa mère qui me manquaient, c'était sa compagnie. Son bavardage me distrayait de mes douleurs. Elle me montrait les photos qu'elle prenait d'elle-même, chaque fois dans une nouvelle pose, souriante, grimaçante, comique, aguichante, envoyant un baiser à l'écran. D'autres clichés se succédaient, où on la voyait danser avec Saleha à des festivals gnawa. Elle me racontait le périple du copain ghanéen de Saleha qui avait traversé le désert, bravé les terroristes, les milices et les trafiquants d'humains pour arriver jusqu'à Casablanca. Elle me parlait de son *houb,* son amoureux secret, un jeune Marocain de Dubaï, qui lui avait promis le mariage en échange de sa virginité, mais qui repoussait tout le temps le moment d'honorer sa part du marché.

Nabila me provoquait parfois, comme elle le faisait naguère lorsqu'elle avait douze ans et moi huit. Elle a toujours voulu me montrer qu'elle me dépassait de quelques ruses. Cette fois-ci, elle évoquait ces ouvrières qui grillaient le sperme de leurs copains au *mejmar* pour les ensorceler. Elle en riait et s'amusait de mon air choqué. Sa vie tumultueuse contrastait avec la mienne, grise et plate comme un ciel tout bas. Je n'avais aucun récit en réserve qui m'aurait permis de lui rendre la pareille. Ma bouche restait cousue, tellement j'avais peur de l'ennuyer. De l'aspirer dans le vide qui sifflait dans mon âme. Ses aventures me transportaient hors de mes murs. J'en faisais un chapelet de pierres précieuses. La nuit, je me les répétais dans ma tête, comme d'autres vont au cinéma ou au théâtre.

Quatre mois avant sa mort, Essabâr a interdit à Nabila de me rendre visite. Il est rentré un jour en me disant : « Je ne veux plus que cette dévergondée mette les pieds dans cette maison. D'ailleurs, je ne veux plus voir la face d'aucun membre de cette famille de dépravés. Nous n'avons besoin ni de leurs tajines ni de leur compassion. Il n'y a qu'Essi Brahim qui suive encore le droit chemin. Mais il est totalement dépassé, le pauvre ! *Ouallah*, il fait de la peine. »

Depuis que Nabila a cessé ses visites, les démons sont revenus m'assaillir. Dans les replis de la nuit, j'entendais les chiens hurler à Dieu qui les a créés. Je me réveillais, agitée, me débattant contre des bras invisibles. J'imaginais *Azraïn*, l'ange de la mort, assis à mon chevet, me soufflant des idées pour me transporter dans l'au-delà. *Tu peux toujours t'ouvrir les veines, tu sais, ou encore mieux, te pendre, avaler de la mort aux rats ou te poignarder.* Je secouais la tête, paniquée. Aucune de ces pratiques ne me paraissait dénuée de souffrance. Je ne savais pas à quoi m'attendre, de l'autre côté. On m'a toujours dit que le suicide était *haram*. Seul Dieu a droit de vie et de mort sur ses créatures. Dans un *Hadith* que j'avais écouté, l'imam énumérait les méthodes de torture dans l'au-delà. En Enfer, on ne se contente pas de vous brûler une fois. Chaque fois que la peau est cramoisie, elle se renouvelle pour accueillir de nouvelles flammes.

Tous les matins, Essabâr préparait le petit déjeuner. De la baguette, du beurre, des olives noires, du thé à la menthe. Il me suppliait d'avaler une bouchée. Il invoquait la tombe de ma mère, la pitié d'Allah pour son âme. Il insistait, la mie de pain suspendue devant ma bouche, comme si je n'étais qu'un bébé entêté. Sa main finissait par trembler. Les veines sous sa peau gonflaient. Il me pressait un verre de lait caillé bien gras contre la bouche. Je gardais les dents serrées. Ouvre, m'ordonnait-il, ouvre, je te dis ! Je ne parvenais pas à céder le passage à ce breuvage écœurant. Je détournais la tête. Je voyais bien qu'il s'impatientait. Que le temps était compté. Mes dix-huit ans approchaient. Il fallait vite m'engraisser ! Devant mon refus, son regard durcissait au point de le rendre méconnaissable. Il lâchait de grands râles de frustration. Se tapait le front avec son poing, fracassait les verres et les assiettes par terre.

Je me contentais de garder la tête baissée et les lèvres scellées, honteuse de ne pouvoir le satisfaire, calmer ses spasmes de colère.

Lorsqu'il partait, je ramassais les débris de vaisselle cassée, pliais ses couvertures sur le canapé, lavais sa tasse de café et nettoyais les miettes de sa baguette de pain. Une fois le rangement terminé, je me recroquevillais sur une chaise face à la fenêtre et passais mes journées à lutter contre cette armée de diablotins qui chuchotaient sans répit à mes oreilles.

Il n'y avait pas une personne qui déambulait sous ma fenêtre que je n'enviais pas. La mère de famille avec sa djellaba et son panier sur la tête, le marchand ambulant de bouteilles en plastique, le conducteur de carriole qui fouette son âne, les gamins qui jouent au foot au milieu de la circulation, les voitures qui sautillent sur les trous de la chaussée. Et pourtant, impossible de sortir, de mettre un pied dans cette rue où rôdent les loups.

Je suffoquais dans cette loge dont j'avais fait une prison. Je voulais déchiqueter ma tunique, tellement l'air me manquait. Si j'avais pu, je me serais lancée dans la rue et j'aurais couru comme une *mahboula*. À force de rester cloîtrée, il me semblait que les murs de la loge se rapprochaient de jour en jour, et que bientôt, ils allaient former un tout petit cube, pas plus gros qu'un morceau de Knorr. Il me faudrait bientôt me plier et m'enrouler plusieurs fois sur moi-même pour pouvoir y tenir.

L'absence de Nabila me torturait. Elle seule était capable de me délivrer l'espace d'une petite heure, de ces voix qui faisaient voler ma cervelle en éclats.

Dès le lendemain de l'*Aïd El Fitr*, la fête qui marque la fin du ramadan, j'ai entendu la vie qui grondait autour de moi comme les rouleaux déchaînés d'un océan. On montait et on descendait les escaliers, on traînait des objets lourds, on rayait les murs, on plantait des clous, on transportait des caisses de vaisselle, on faisait venir du marché des cageots de légumes et de dattes, on recevait des tatoueuses de henné et des *neggafats* avec des bijoux dorés. Mon père qui avait aidé à monter la marquise, m'a appris qu'on préparait le mariage de Saïda la simplette, sur le toit. Il s'est lamenté :

–*Ouallah,* je n'ai jamais vu des gens qui se marient aussi vite ! Ils se sont rencontrés, il y a à peine deux mois ! Et puis pourquoi la sage-femme se croit-elle obligée de m'inviter ? Je n'ai aucune envie d'y aller ! Tout le monde sait qu'après une journée de travail, je n'aspire qu'au calme de Sidi Rabbi !

Après un silence pensif, il m'a demandé, les sourcils rapprochés : « Tu ne comptais pas y aller à ce mariage, dis-moi ? »

Rien ne m'aurait plus ravi que de voir des gens danser sur les tamtams des Gnawa et une mariée aussi belle que Saïda crouler sous une cascade de bijoux.

Malgré cela, j'ai secoué la tête.

Subitement, comme si une main invisible était passée devant son visage pour le transformer, Essabâr m'a projeté un regard meurtrier. Pour la première fois de ma vie, j'y ai lu une haine prête à exploser. Il a sifflé :

–Tu me rassures. Tu as vu la *chouha* que tu es devenue ? On dirait un cadavre ambulant ! Tu m'attires la honte et le déshonneur ! Il vaut mieux que tu restes cachée en attendant que Dieu m'envoie un miracle !

La peur me paralysait, me clouait les pieds au sol, mais dans ma tête, mes neurones s'agitaient. De savoir la vie se déployer au-dehors, tandis que moi, je moisissais dans ma cellule, j'ai cru devenir folle. J'étais devenue comme le chien enchaîné qui tire sur sa laisse. Tous les jours, je guettais le va-et-vient des gens par le judas. Je les guettais comme le naufragé qui attend le passage d'un navire. Plus que quinze jours avant le mariage. Plus que trois mois avant mes dix-huit ans. Ma vie était suspendue aux aiguilles du temps. Je savais très bien pourquoi Essabâr avait besoin que je reprenne mes formes d'antan, mais il n'en était pas question. Pourtant, impossible de lui en parler. Il me semblait qu'en prononçant les mots de mon cauchemar, j'allais précipiter son apparition.

C'était un vendredi à l'heure de la prière. Essabâr était à la mosquée. J'ai aperçu Lalla Zoubida qui revenait du marché avec ses paniers. Sous le coup d'une impulsion, j'ai ouvert la porte de ma loge et me suis précipitée vers elle. Je n'avais aucune idée de ce que j'allais lui demander.

Samedi 26 août 2017

À peine descendu à la gare de Marrakech, le commissaire Massoud prend un taxi qui le dépose à l'entrée du vieux quartier juif du Mellah. Il marche dans le bruit étourdissant de la circulation, des bus, des motos, des calèches et des cars de touristes. Le long des façades rosâtres pend une multitude de tapis. En dessous, les commerces foisonnent, avec leurs pyramides d'épices colorées et d'olives marinées. Marrakech en plein mois d'août est une fournaise.

Il avait demandé à Hamid, son stagiaire, de lui trouver le nom et l'adresse de la famille de Lalla Zoubida, à Marrakech. Son papier à la main, il s'engouffre dans le marché couvert d'un toit voûté et demande à plusieurs gamins son chemin jusqu'à la maison de Hajj El Mâati. On le conduit devant une porte en bois cloutée. Il actionne le grand heurtoir en forme de main de Fatma. Une femme d'âge moyen entrouvre la porte et l'examine avec suspicion. Il lui montre sa carte de commissaire. Elle porte un caftan usé et un foulard noué au-dessus de la tête. Elle ressemble à Lalla Zoubida en beaucoup moins jolie. Le teint de sa peau est brouillé, criblé de cicatrices mal soignées. Elle a des rides marquées, des yeux fatigués. Il lui demande si elle connaît une certaine Lalla Zoubida Bent El Mâati. Elle écarquille les yeux : oui, c'est ma sœur, lui est-il arrivé quelque chose ? Non, non, la rassure Massoud. Je voulais juste savoir si elle est venue vous rendre visite dans la journée du 10 juillet.

La femme est rejointe par une flopée de gamins curieux qui ont tous moins de dix ans. Elle enroule les doigts autour de son menton, puis se lance dans une longue lamentation, cela fait des années que nous n'avons entendu ni bruissement ni murmure de la part de notre sœur Zoubida. Elle n'a assisté à la naissance d'aucun de nos enfants, à aucune circoncision ni à aucun Aïd. Elle n'envoie même pas de cadeaux pour Achoura.

Massoud qui n'avait pas cherché à en savoir autant, demande :

–Est-ce qu'elle a des amis à Marrakech ?

–Elle a renié tout le monde, je vous dis, cette *kafra*, cette mécréante.

–Il n'y a pas un autre membre de votre famille qu'elle fréquente, ou fréquentait, du temps où elle vivait ici ?

La sœur réfléchit longuement, les yeux au ciel, puis elle déclare :

–Il y a ce vieil oncle du côté de notre mère. Personne ne le voit jamais. On dit de lui que c'est un guérisseur, mais tout le monde sait qu'en vérité, c'est un *sehar*, un sorcier. Quand nous étions petites, mes sœurs et moi, nous nous imaginions que ses serpents quittaient leurs cages pour venir ramper sous nos draps. Mon père nous interdisait d'aller voir ses spectacles à la place Jemaa El Fnaa. Mais Zoubida, ma sœur, qui n'a jamais eu peur de rien, s'enfuyait pour aller le retrouver.

En entendant ces propos, le cœur du commissaire bat au point de lui donner le tournis. Il est excité de se sentir si près d'une réponse, et ce, pour la première fois depuis le début de l'enquête.

Il se perd dans l'entrelacs des ruelles au milieu des échoppes et des bazars, chaque boutique semblable à l'autre. Les devantures croulent sous les articles d'artisanat en tous genres, gandouras, *kechabas*, babouches, ceintures, tapis, maroquinerie, bijoux, bibelots. Dieu seul sait comment les marchands parviennent à écouler ces montagnes de breloques. Des claquements de sabots lui font faire un bond de côté. Un *cochi* pénètre dans la cohue et négocie son chemin, brinqueballant des touristes aux yeux émerveillés.

La place Jemaa El Fnaa est noyée dans la fumée qui monte des stands de méchouis, répandant leurs parfums de graisses brûlées. Le bruit des claquettes, castagnettes et *derbouga* se mêle aux acclamations des spectateurs et aux cloches des vendeurs d'eau ambulants.

Massoud avance vers les charmeurs de serpents. Il se faufile entre les promeneurs, joue des coudes, rabroue les gamins qui mendient. Il suit les sons de flûte. L'homme qu'il recherche n'est nulle part en vue. Il demande à chaque saltimbanque sur la place s'il connaît un certain Hajj Issa Ben Moumen.

Un gamin collant comme une mouche entêtée lui tire sur la manche : Moi, moi, je sais où il habite, El Hajj Issa. Je vous emmène chez lui contre dix dirhams.

Massoud donne une pièce au gosse qui se met aussitôt à courir. Il se lance à sa poursuite, gardant un œil sur sa casquette Lee Yankee afin de ne pas le perdre dans la foule. Après avoir passé une succession de portes ouvragées, fermées sur les secrets de palais insoupçonnés, ils arrivent dans une ruelle délabrée.

Massoud frappe à une porte en bois craquelé. Un vieillard ouvre. Il est vêtu d'une djellaba en laine et d'une *rezza* qui fait plusieurs fois le tour de sa tête.

–*Essalam Alaykoum,* dit Massoud.

–*Wa Alaykoum Essalam.*

–Êtes-vous l'oncle de Lalla Zoubida, fille de Hajj El Mâati ?

–Oui. C'est la seule personne de ma famille qui se souvienne encore de mon existence. Que désire votre humeur ?

Massoud fait un geste pour sortir sa carte, mais se ravise. Il ne veut pas tout gâcher si près du but. Il se souvient des paroles de la sœur de Lalla Zoubida : On dit de lui que c'est un guérisseur. Il décide de mentir :

–Je la cherche, car, apparemment, elle a un remède à l'un de mes maux.

Le vieillard le scrute de haut en bas :

–En effet, vous avez l'air maladif.

Il s'écarte pour le laisser entrer.

La demeure du charmeur de serpents est constituée d'une seule pièce carrée. Les murs sont ocres, couleur de sable. À part un tapis berbère, il n'y a nulle part où s'assoir. Les yeux du commissaire s'habituant à l'obscurité, il distingue à présent une grande cage en verre posée sur une planche. Il lui faut encore quelques secondes pour réaliser qu'il s'agit d'un vivarium. Dedans, les serpents sont enroulés les uns autour des autres dans un nœud inextricable. Leurs têtes aux crochets pointus émergent de cet amas pour lancer des sifflements qui lui hérissent les poils sur la peau.

Le vieillard le renseigne tout en se dirigeant vers un coin où repose un réchaud à gaz.

–Zoubida est la fille de Lalla Hadda, ma sœur, que Dieu ait pitié de son âme.

Massoud pose enfin la question qui le préoccupe :

–Est-elle venue vous voir récemment ?

–Oui, elle m'a fait cet honneur, que Dieu la préserve et rallonge sa vie.

–Il y a combien de temps ?

–Vous savez, je vis en reclus, j'ai perdu le décompte du temps.

–Vous diriez un mois et demi ?

–Quelque chose comme ça.

Le gargouillement de l'eau qui bout envahit le silence. Le vieillard s'absorbe dans l'opération qui consiste à verser le thé dans les verres. Pendant ce temps-là, Massoud laisse son regard errer, soucieux de ne pas se montrer trop empressé. Sur une étagère fixée au mur, s'alignent des jarres emplies de monstruosités. Des crochets, des peaux de serpent, des lézards empaillés. De minuscules fœtus d'animaux baignent dans un liquide jaunâtre, entourés de filaments. Massoud frissonne. Le vieillard lui fait face à nouveau en lui tendant le breuvage fumant qui sent la menthe chaude et sucrée. Une lampe nue, suspendue au plafond, diffuse une lumière fantomatique sur ses traits. Des serpes d'ombre lui tailladent le visage. Massoud avale une gorgée qui lui brûle la langue, puis enchaîne :

–Elle est venue chercher quoi, au juste ?

Le vieillard le dévisage d'un air perplexe :

–Dieu me laisse supposer que c'est votre remède qu'elle est venue chercher, non ?

Malgré le liquide qui lui coule dans la gorge, Massoud sent sa bouche s'assécher. Il n'a pas intérêt à soulever la moindre suspicion. Il avale sa salive et se lance :

–Savez-vous quel type de remède elle compte utiliser pour soigner mon mal ?

–Un remède peu connu, mais encore plus efficace que la chimiothérapie pour le cancer ou la morphine pour les douleurs. À condition de savoir l'utiliser, bien sûr ! Il faut l'injecter à des doses minimales. Mais Lalla Zoubida a suffisamment passé de temps en ma compagnie pour avoir appris les bons gestes. N'ayez donc aucune crainte. Vous serez bien soigné.

–Et ce remède est…

–Le venin de cobra.

Lundi 28 août 2017

Bien que l'automne approche, il fait encore une chaleur à vous liquéfier. Le commissaire Massoud est installé depuis le début de l'après-midi sur la chaise vide d'Essabâr, devant l'entrée de l'immeuble vieux comme l'ancêtre des fourmis. Il se pousse contre le mur afin de bénéficier d'un soupçon d'ombre. Le métier de gardien doit vraiment être pénible. Le spectacle de la rue devient forcément lassant au bout d'un moment. Il comprend pourquoi un homme qui doit rester cloué sur une chaise toute la journée, s'occupe l'esprit avec le souk d'autrui. Qui est rentré, qui est sorti, qui a fait quoi.

Massoud en est à ces pensées, s'imaginant à la place du gardien, lorsqu'il voit descendre Ossmane. Celui-ci est habillé dans un style qui ne lui est pas coutumier. Chemise blanche, pantalon noir en toile. Massoud le salue. Le jeune homme sursaute de le trouver là. Il se tient le cœur et respire bruyamment :

–*Ah sahbi,* mon ami, tu as failli me provoquer une crise cardiaque ! J'ai cru qu'Essabâr était revenu de chez les morts. Qu'est-ce que tu fais-là ?

–J'attends ta mère.

–Ma mère ? Mais pourquoi ? Tu ne serais pas obsédé par elle ?

Massoud se contente de sourire. Il demande :

–Tu es chic aujourd'hui, tu te rends à un rendez-vous important ?

Ossmane hausse les épaules :

–Je cherche du travail.

–Tu n'as qu'à essayer de passer le concours de la gendarmerie.

–Pour finir comme toi, à persécuter les honnêtes gens ?

Ossmane continue son chemin. Massoud l'observe jusqu'à ce qu'il tourne au coin de la rue. Le temps lui semble long, interminable. Il chasse les mouches, inhale la poussière que les voitures soulèvent en passant, s'absorbe dans le spectacle d'une chatte qui s'enroule autour de ses petits chatons. Le moteur d'une voiture qui se gare au bout de la rue ronronne. Sans pouvoir s'en empêcher, il tend le cou. Nabila, installée sur le siège passager, se penche vers le conducteur, un brun à moustaches, et l'embrasse longuement. Elle se détache de lui avec peine, puis sort de la voiture. Elle regarde à droite et à gauche, puis se dirige vers l'immeuble. Arrivée à sa hauteur, elle s'arrête :

–Essi le commissaire ? Qu'est-ce que vous faites-là ? Vous êtes devenu notre nouveau gardien d'immeuble ?

–J'attends votre mère.

–Qu'est-ce que vous lui voulez encore ?

–Je voudrais qu'elle m'explique une ou deux petites choses.

–À quel sujet ?

Il hausse les épaules.

Nabila l'observe, perplexe, puis secoue la tête :

–Vous n'avez rien trouvé d'autre à faire de votre temps ?

Elle remonte. Il ne se passe rien. Il a dû s'assoupir, car il est réveillé une éternité plus tard par une main qui lui secoue l'épaule. C'est le docteur Sahraoui. Massoud se redresse, se masse le cou et cligne des yeux pour s'acclimater à la lumière. Le médecin lui demande :

–Que faites-vous là, à la place d'Essabâr, que Dieu ait son âme ?

–J'attends Lalla Zoubida.

–Encore ?

Le policier se contente d'observer le docteur :

–Vous habitez ici, vous, maintenant ?

–Oui, la sage-femme est trop vieille. Saïda et moi avons décidé de venir vivre avec elle.

Lorsque le médecin disparaît avec sa mallette, Massoud regarde l'heure. Lalla Zoubida ne devrait pas tarder. Le jour décline. La rue baigne dans le bleu pourpre du crépuscule. Il entend le vrombissement d'une mobylette. Une minute plus tard, Essi Brahim apparaît, une main tenant le guidon et l'autre, le col de son veston.

Il se lève d'un bond, puis s'en va en accélérant le pas. Il s'enfuit comme l'amant qui a peur d'être surpris par le mari. Pourtant, il ne devrait pas craindre de croiser Essi Brahim. Il ne fait que son travail.

Au loin, Lalla Zoubida descend du tramway. Il se dirige vers elle d'un pas rapide, n'en croyant pas sa chance. En l'apercevant, elle s'arrête. Elle n'a même pas l'air surpris de le voir. Son khôl s'étend comme de la suie autour de ses paupières, le rouge sur ses lèvres se craquèle et ses cheveux frisent. Il ne l'a jamais vue aussi épuisée. Il doit être plus de dix-neuf heures.

–Je suppose que vous n'êtes pas là par hasard ? lui demande-t-elle d'une voix qui tranche comme le rasoir.

–Je vous ai attendue toute la journée.

–Ici ?

–Devant chez vous.

–Pourquoi ? Je vous ai manqué à ce point ?

Pour la première fois, Massoud ne se laisse pas troubler par ses provocations. Il est évident depuis longtemps que personne ne le prend au sérieux. On a fini par s'habituer à sa présence qui est devenue, peu à peu, familière. On satisfait sa curiosité comme on donne une mie de pain au chien sous la table, on lui délivre les informations au compte-gouttes, on refait sa vie en même temps qu'on la lui raconte. Il dévisage Lalla

Zoubida, presque à regret, puis annonce. Il faut que nous parlions. Il s'assoit sur le banc en face des rails du tramway et lui suggère d'en faire autant.

Elle reste debout :

–De quoi voulez-vous parler ?

–De Marrakech. Le dix juillet.

La désinvolture de Lalla Zoubida s'évanouit. Elle s'écroule sur le banc et se tourne vers lui.

–*Ouallah*, vous n'êtes pas un être humain, mais un djinn. Comment vous avez découvert pour Marrakech ?

C'est au tour du commissaire de se sentir flatté :

–Je suis de la police.

–Je suis allée voir ma famille, c'est interdit ?

–Alors que vous étiez en plein préparatifs de mariage, en plus de votre travail ! Sans parler de Hanane que vous aviez accepté de prendre sous votre aile !

–Ma sœur était souffrante.

–Votre sœur était en pleine forme. Nous avons bien bavardé, elle et moi. D'ailleurs, elle ne vous passe pas le bonjour.

–Vous êtes allé jusqu'à Marrakech pour interroger ma sœur ?

–Oui. J'ai interrogé votre sœur, ainsi que votre oncle.

Lalla Zoubida ne dit rien. Elle reste immobile. Massoud peut voir les ailerons de la peur frétiller dans son regard. Il poursuit :

–Un homme charmant. Il m'a beaucoup instruit. J'ai appris par exemple que le venin de cobra soignait même le cancer.

Lalla Zoubida est paralysée. Les mèches autour de son visage vibrent comme si elles étaient animées par une secousse souterraine. Elle attaque :

–Oui, eh bien, il vous a dit la vérité. C'est un remède comme un autre. À petites doses, il n'est pas mortel.

Massoud penche sa tête vers elle. Il écarte les cinq doigts de sa main et entreprend d'énumérer les faits :

–Hanane vient chercher votre protection, vous l'acceptez dans votre cuisine malgré le risque qu'Essabâr vous surprenne, quelques jours plus tard, vous allez à Marrakech pour la journée, vous revenez avec du poison, vous cuisinez pour le mariage de Saïda et, comme par hasard, Essabâr meurt empoisonné. Tout ça en l'espace de quinze jours, trois semaines ?

Un long silence s'écoule, puis subitement, les épaules de Lalla Zoubida s'affaissent :

–Vous avez emporté vos menottes ?

Il sourit.

–Et si vous me disiez pourquoi vous l'avez tué ?

–Vous pouvez compter sur vos dix doigts jusqu'à ce que vous vous fatiguiez, il vous manque l'essentiel. Vous avez le corps ? Vous avez fait une autopsie ? Comment pouvez-vous affirmer que l'homme est mort empoisonné ?

Mardi 29 août 2017

Cette fois-ci, ce ne sont pas des cauchemars confus qui l'accablent, mais des faits réels. Le commissaire Massoud se sent comme le vieillard qui a subitement retrouvé ses dents. Il a de la matière à cogiter. Des faits qui s'alignent comme des perles noires sur le comptoir d'un bijoutier. Pourtant, leur assemblage est trop simple pour être vrai. Il y a quelque chose qui ne tient pas. On ne tue pas les gens comme on se débarrasse d'un frelon obstiné.

Lalla Zoubida n'est pas psychopathe. Bien que le mobile ne cesse de s'épaissir aux yeux du commissaire, il n'est toujours pas suffisamment solide pour justifier un crime. Si Lalla Zoubida avait dû tuer Essabâr pour tout le mal qu'il a dit d'elle et de sa famille, elle l'aurait fait il y a belle lurette. Elle n'a souffert d'aucun préjudice sérieux du fait de ses accusations. Son mari est trop amoureux d'elle pour la quitter. Nabila a perdu son travail, mais elle se console auprès de son amoureux de Dubaï. La romance d'Ossmane avec la pharmacienne était de toutes les façons, vouée à l'échec. Aucun mal n'a été commis que le temps ne puisse réparer.

Le mobile se trouve ailleurs. Hanane a dû confier à Lalla Zoubida un obscur secret. Une calamité. Qu'est-ce qu'Essabâr a bien pu faire à Hanane pour que Lalla Zoubida aille jusqu'à le tuer ?

Massoud se lève avant l'aube. Il s'habille et s'assoit sur son lit. Il se sent, lui aussi, prisonnier dans sa propre chambre. Avant que sa mère ne soit levée, il ne peut pas en sortir. Sa mère dort dans ce petit cube qu'ils appellent pompeusement salon. Elle est allongée sur la même banquette qui leur sert dans la journée pour manger, regarder la télé et assister au temps qui passe. Souvent, la nuit, il l'entend respirer, grogner, ronfler et marmonner dans son sommeil. Il l'entend même sursauter, lorsque sa masse la fait basculer. Dans un espace pas plus grand qu'un placard, en face de sa chambre, se trouve la salle d'eau, avec des toilettes turques et une bassine. Le réchaud à gaz et le garde-manger sont coincés dans un minuscule couloir. Ils n'ont pas la place pour un réfrigérateur. Tous les matins, Massoud part avec une liste de courses qu'il doit mémoriser et, tous les soirs, il doit rentrer avec des provisions. Sa mère ne sort pas. Remonter les escaliers représente pour elle l'ascension du Toubkal. Chaque pas lui arrache des tonneaux de sueur.

Il regarde l'heure sur son téléphone Nokia. Un téléphone qui ne lui sert à rien du tout, à part passer ou recevoir des coups de fil. Il comprend maintenant pourquoi le plus pauvre des pauvres se trimballe avec un *smartphone*. S'il en avait un, il se serait branché sur un million de réseaux. Il se serait évadé par de multiples voies. Il aurait vécu simultanément plusieurs vies.

Il entend enfin des mouvements. Le pas de sa mère qui brosse le carrelage. Elle ne peut pas lever le pied. La porte de la salle d'eau qui s'ouvre et se referme dans un craquement de bois. Le ruissellement de l'eau dans le robinet à faible pression. Le chuchotement de la flamme qui jaillit du réchaud.

Lorsque les assiettes se posent sur la toile en plastique, le commissaire sort enfin de sa chambre. Il est toujours trop tôt pour partir. Il prend place sur la banquette à côté de sa mère. Celle-ci lui pose les questions d'usage. Est-ce qu'il a bien dormi ? Dans quelle forme cette aube l'a-t-elle trouvé ? Est-il bien reposé ? Que désire-t-il manger pour son dîner ? Il répond mécaniquement, en alternant une gorgée de café avec une bouchée de pain. Un silence s'interpose, ce qui n'est jamais bon signe. Sa mère finit par régurgiter la pensée qui a tourbillonné dans sa tête toute la nuit :

–Tu te souviens de cette fille dont je t'ai parlé ?

–Mère, cesse, je t'en supplie, de m'importuner avec ce sujet !

–Ah *wouldi*, mon fils, tu as trente ans ! Tu sais quel âge avait ton père quand il m'a épousée ?

–Je sais ! Il avait dix-huit ans et c'est sûrement pour ça qu'il t'a jetée comme un déchet. Il n'était pas prêt !

Sa mère se fige. Ses yeux durcissent. Elle cesse de respirer. Elle pose sur lui un regard meurtri :

–Est-ce que tu viens de m'insulter ?

S'apercevant de l'horreur de ce qu'il vient de dire, il tombe à genoux devant sa mère, prend ses mains potelées entre les siennes, les embrasse et demande pardon. C'est le diable qui l'a rusé, qui s'est exprimé par sa bouche ! Sa mère balaie l'incident :

–Alors, que Dieu maudisse le diable !

Puis après un autre silence, tout aussi lesté :

–Cela me chagrine de te voir solitaire à ton âge. J'ai envie de connaître la joie d'avoir des petits-enfants, une bru avec qui partager les corvées du quotidien.

Massoud se relève, passe la main dans ses cheveux.

–Mère, à supposer que je me marie, je vais la mettre où, cette femme ? Où est-ce que je vais la loger ?

–Eh bien, ici, évidemment !

Il regarde sa mère, sa corpulence. Ses chairs occupant chaque recoin de la bicoque.

–Il n'y a pas de place !

–L'espace est dans les cœurs, mon fils.

–L'espace est dans les lieux !

–Ce toit, c'est tout ce que Dieu nous a donné. Que veux-tu y faire ? Attendre que je meure pour te marier ?

Il ne sait pas quoi dire. Les mots se dérobent. Prenant son hésitation pour un aveu, sa mère s'emporte, empruntant cette voix aux intonations hystériques qu'il redoute tant :

–Tu veux que je meure, c'est ça ?

–Mais non !

–Je vois bien que c'est ce que tu attends ! Je suis finie, je ne te sers plus à rien, à part encombrer ton espace !

–Mère !

–Tu n'as qu'à me mettre à la rue, qu'est-ce que tu attends ?

–Mère, arrête ! Je t'en supplie, plaide-t-il en se bouchant les oreilles.

Puis, en jetant un œil sur sa montre :

–Je dois y aller.

Il ouvre la porte et descend les escaliers précipitamment. Il entame un sprint régulier et sans interruption tout le long de sa rue, puis le long du boulevard. Indifférent à la curiosité des gens qui regardent cet homme faire son sport en costume. Il sautille au croisement et n'attend pas le feu rouge pour traverser, zigzague entre les voitures, puis continue au pas de course, à travers les ruelles, les terrains vagues, les chemins boueux. Ses coudes se balancent d'avant en arrière comme deux pendules qui se croisent, ses foulées sont de plus en plus pressées. Il grimpe sur les trottoirs quand ils existent, puis retombe sur la route, disputant le chemin aux automobilistes et aux motards. Il foule les emballages en papier qui traînent dans les caniveaux et les feuilles de palmier qu'on a coupées, mais qu'on n'a pas daigné ramasser.

Massoud arrive devant la loge de Hanane, dégoulinant de sueur. Il s'appuie d'une main contre l'encadrement de la porte et se donne le temps de reprendre son souffle. La porte s'ouvre avant que sa respiration ne redevienne normale. Il n'avait pas encore frappé. Hanane se tient devant lui, frêle comme une petite vieille, enveloppée dans un peignoir épais. Des mèches brunes et sèches dépassent de ses barrettes. Ses yeux noirs paraissent immenses dans leurs orbites creuses. Elle s'excuse :

–Je vous ai vu arriver par la fenêtre.

Il est interloqué. C'est lui qui devrait s'excuser. Il avait déjà commencé à préparer dans sa tête les mots pour demander pardon de cette intrusion. Il se passe un bras sur le front pour essuyer la sueur :

–Qu'avez-vous confié à Lalla Zoubida pour qu'elle prenne le risque de vous embaucher malgré ses différends avec Essabâr ?

–Rien.

–Votre père n'aurait pas supporté l'idée que vous travailliez chez des gens qu'il détestait tant !

–Lalla Zoubida n'a peur de personne.

Il veut bien le croire. Cependant, il est certain qu'un drame a eu lieu dans la loge du concierge qui a poussé Hanane à chercher refuge auprès de Lalla Zoubida. Essabâr a dû l'effrayer d'une manière ou d'une autre. Est-ce qu'il l'a menacée, tapée, assaillie, violée ? Massoud a vu tellement de calamités défiler au poste de police que rien ne l'étonnerait.

–Et votre père ne s'est jamais aperçu que vous travailliez chez Lalla Zoubida ?

Hanane hésite un long moment.

C'est une hésitation qui veut dire oui. Essabâr a découvert Hanane chez Lalla Zoubida. Ni Hanane ni Lalla Zoubida ne l'avaient mentionné au commissaire. C'était une information qu'elles comptaient garder secrète. Il ne sert à rien d'insister. Tout ce que Massoud va gagner, c'est que Hanane lui ferme la porte au nez. Il penche la tête et laisse passer un silence. Un silence qui s'emplit vite des rumeurs de l'immeuble. Une cocotte qui siffle là-haut, dans les étages. Une porte qui claque. Il relève la tête :

–De quoi étiez-vous menacée, Hanane ? Qu'est-ce que vous aviez envie de fuir ?

Hanane frissonne. Elle resserre les pans de son peignoir contre ses os décharnés. Ses épaules sont saisies de secousses. Elle se couvre le visage de ses doigts squelettiques et sanglote.

–Hanane, qu'est-ce qu'il vous a fait ?

Elle découvre son visage livide, baigné de larmes. Ses yeux luisants sont immobiles. Elle s'écrie :

–C'est moi ! C'est moi qui ai été ingrate ! Les paroles que je lui ai dites avant sa mort ! Elles étaient immondes !

Hanane

Après la mort de ma mère, les années se sont envolées. La foi d'Essabâr en Dieu l'a aidé à supporter sa douleur. Il avait besoin d'imaginer ma mère au Paradis. Ses allers-retours à la mosquée étaient devenus pour lui le rituel qui allait lui permettre de paver son chemin vers l'au-delà, en vue de leurs futures retrouvailles.

Il ne ratait plus aucune prière, ne trichait plus pendant le ramadan, allait à la mosquée tous les jours, économisait pour aller à la Mecque, accomplissait son *zakat*, son devoir de charité, en s'occupant de moi, alors qu'aucune loi ne l'y obligeait.

Les années passant, mon corps s'est peu à peu transformé. J'ai commencé à partager le calvaire mensuel de toutes les femmes, mes seins ont poussé et mes hanches se sont arrondies. Malgré cela, aucun changement dans le comportement d'Essabâr n'est survenu. Il a continué à me traiter avec respect et affection, à tel point que même moi, j'oubliais qu'il n'était pas mon père de sang.

Il y a deux ans, je devais avoir peut-être seize ans, on a sonné à la porte. J'ai ouvert. J'ai découvert El Pacha. Un homme que je connaissais bien, car il venait une ou deux fois par an inspecter l'état de l'immeuble et s'entretenir avec mon père. Je ne l'aimais pas à cause de son apparence de voyou. Quel homme de soixante ans se couvre les bras de tatouages à la façon des loubards ? Il portait ses chaînes et ses bagues sur sa peau poilue. Je ne comprenais pas comment un homme comme lui avait pu s'enrichir dans les affaires. Qui a bien pu le prendre au sérieux ? De plus, j'avais entendu par la rumeur qu'il avait des mœurs dissolues. Cela ne m'étonnait pas le moins du monde. Depuis que je suis toute petite, son regard de prédateur m'effraie. Aussi loin que je me souvienne, à chaque fois que je l'ai croisé, je me suis sentie déshabillée par son regard insistant, léchée, salie. Il posait toujours une main moite sur mon épaule, mon bras, partout où il apercevait un morceau de chair nue. Il arborait un sourire faussement idiot, afin de faire passer ses attouchements pour des gestes de tonton affectueux. Je n'oublierai jamais le jour où il a posé ses yeux sur mes petits bourgeons qui commençaient à peine à pointer sous mon maillot. Ce jour-là, il m'a fait détester de grandir. D'être une femme en devenir.

En plus du vice qui grésillait dans ses yeux comme la mèche d'un pétard, il m'insupportait de voir mon père, lui d'habitude si fier, se transformer en paillasson dès qu'il se trouvait en sa présence. Il se courbait et perdait quelques centimètres et devenait affable, comme s'il recevait la visite du Messie. Il le remerciait à tout bout de champ, pour la moindre parole, la moindre faveur invisible : *Nâam* Ah Sidi, *Mâaloume* Ah Sidi, bien sûr, tout de suite, à vos ordres, mon seigneur… Une telle soumission, ça me mettait la rage.

Ce jour-là, El Pacha m'a examinée de la pointe des cheveux jusqu'aux orteils avec ses yeux pénétrants. J'avais la désagréable sensation qu'il pouvait voir jusqu'à l'intérieur de mon squelette. Quand il a fini de me scanner, il a demandé à voir Essabâr. Il n'a pas dit : ton père. Il a dit Essabâr.

Essabâr est arrivé. Il a paru surpris de sa visite, mais il l'a reçu avec effusion. Il m'a congédiée dans la cuisine pour préparer le thé, mais l'homme a dit que ce n'était pas nécessaire. Il voulait parler seul à seul avec mon père. Essabâr m'a fait signe de disparaître dans ma chambre. J'ai obéi, mais la curiosité m'a contrainte de coller mon oreille contre la porte. Je me souviens de leur discussion comme si chaque mot était un coup de talon qui avait laissé une trace indélébile dans ma mémoire.

Mon père s'est enquis :

–Ah, Essi El Pacha, que me vaut l'honneur de votre visite ?

La voix du Pacha m'est parvenue étouffée à travers l'épaisseur de la porte, mais elle était suffisamment puissante pour que je puisse en détacher le moindre mot.

–Quelles sont les nouvelles de l'immeuble ?

–Très bonnes, Ah Essi El Pacha ! Il y avait de l'humidité qui sortait dans les murs au deuxième étage, mais j'ai réparé la fuite, j'ai replâtré le plafond du dernier qui s'effritait, j'ai repeint, puis j'ai changé les fusibles qui faisaient tout le temps sauter les plombs…

–Bien, bien et tu as récupéré les loyers ?

–Oui, la sage-femme a payé avec un peu de retard, car ses patientes oublient parfois de la rémunérer…

–Sinon, à part ça, tout est en ordre ?

–Oui, bien sûr, enfin…

–Essabâr, que se passe-t-il ? Tu sais bien que je veux tout savoir…

–Ossmane, le fils Bensaleh, il traîne avec des chômeurs qui trafiquent des produits de contrebande et des voitures venues de l'étranger, il se fait fournir de la *h'chicha* par son copain Fouad gratuitement et en échange, il en vend un peu.

–Ah ! En quelle quantité ?

–Je ne sais pas…

–Il en cache dans l'immeuble ?

–Absolument pas ! Je l'aurais repéré !

–La police n'est jamais venue fouiller ?

–Non, non, non, que Dieu place un mur entre la police et nous.

–Oui, donc, c'est un petit revendeur de rien du tout ! Pas de quoi s'affoler. Garde un œil quand même. Bon, tu n'as rien d'autre à m'annoncer ?

–Non, je ne vois pas...

–Personne n'a eu l'idée d'aller dans la cave ?

–C'est impossible. La cave est scellée selon vos ordres.

–Personne ne pose de question ?

–Cette cave n'intéresse personne, je vous jure. Elle est pleine d'humidité, de moisissure et de vermine.

–Bien, fais en sorte qu'ils s'en tiennent éloignés.

Au silence qui a suivi, j'ai imaginé mon père regardant ses souliers.

La voix du Pacha a résonné à nouveau, forte et enrouée par le cigare et l'alcool :

–Bon, écoute, c'est pour un tout autre sujet que je suis venu te voir aujourd'hui.

–Tout ce que vous voudrez, je l'accomplirai sur ma tête et sur mes yeux.

–Cela fait un moment que j'observe ta fille lors de ses trajets entre l'immeuble et le lycée.

–Qu'a-t-elle fait ? Dites-le moi, que j'aille tout de suite la corriger !

–Justement, elle n'a rien fait. C'est tellement rare de nos jours une beauté qui marche dans la rue en regardant droit devant elle, sans chercher à attirer l'attention ni à aguicher les garçons !

Mon père est resté sans voix, sans doute perplexe. Mon cœur battait si fort que j'ai eu peur qu'il ne s'entende de l'autre côté de la porte. Mon père a balbutié, incertain :

–Euh… je vous remercie… quelle joie de vous l'entendre dire…

El Pacha l'a coupé :

–Je veux que tu me la donnes.

–Quoi ?

–Donne-moi ta fille !

–Vous donner ma fille ?

–Oui. Donne-moi Hanane en mariage.

J'ai cru que j'allais m'évanouir. Mes oreilles refusaient d'assimiler ce qu'elles venaient d'entendre. Je gardais la panique à distance. Mon père n'allait pas laisser faire.

Après un moment de stupéfaction, mon père s'est écrié :

–Ce n'est pas possible !

–Et pourquoi donc ? Je ne suis pas assez bien pour elle ?

–Si, si, bien sûr, je n'ai jamais voulu insinuer une chose pareille, Dieu m'est témoin !

–Alors ? Qu'est-ce qui te retient ?

–Vous avez soixante ans et Hanane en a seize.

–Et alors ? Ne vois-tu pas que je lui fais un honneur ! Ou bien préfères-tu qu'elle passe sa vie à passer la serpillère chez les gens.

–Que Dieu augmente votre fortune, Ah Essi El Pacha, mais, n'êtes-vous pas déjà marié ?

–Oui, mais ma femme est usée. Elle est tellement liftée et botoxée qu'elle ressemble à un boxeur à la fin d'un match. Elle ne peut plus rigoler sans risquer de faire sauter ses coutures. Quand le réveil me frappe en pleine nuit, j'ai l'impression de trouver à mes côtés un mannequin de cire échappé du musée Grévin. Tu connais le musée Grévin, toi ?

–Euh…

–Non, bien sûr, tu ne peux pas connaître ! Même ses paupières, elles restent ouvertes quand elle dort. Un vrai cauchemar ! Sans parler de l'odeur. Elle peut s'asperger autant qu'elle veut des parfums les plus chers, elle étourdit ses interlocuteurs avec son haleine pleine de whisky et de tabac froid. Donc, tu vois, ma femme, je ne peux plus la supporter, même pas pour la grâce de Dieu. Je vais la renvoyer dans le Nord, dans l'une de mes résidences secondaires au bord de la mer. Elle pourra s'entourer de sa petite cour de copines accros au bistouri et s'amuser avec le prof d'aquagym. Elle sera très heureuse là-bas. Quant à moi, je suis encore en pleine forme, j'ai toute la vie devant moi. Je rêve de croquer une petite jeunesse. Une fraîcheur sans passé, sans chirurgie esthétique, sans amertume et sans états d'âme.

Dans ma chambre où j'étais confinée, j'avais envie de hurler : « Je ne suis pas un morceau de viande ! »

Bien que catastrophée, au fond de moi, je demeurais confiante. Je respirais et me raisonnais : Essabâr n'allait jamais consentir à une telle folie. Les paroles qui sont sorties de sa bouche m'ont quelque peu confortée dans cette idée :

–L'âge légal du mariage est de dix-huit ans.

–Si tu es si soucieux de la loi, on peut très bien faire un mariage de *Ourfa.* C'est complètement halal et en plus, ça nous éviterait la paperasse. Il suffit de réunir douze témoins. Je peux les rassembler en un claquement de doigt.

–Un mariage de *Ourfa* ? Mais ça ne donnerait aucun droit à ma fille !

–Ah, maintenant tu penses à l'argent ?

–Non, non, pas du tout, je maudis le diable… c'est juste que…

–Juste que quoi ? Tu ne penses pas que tu me le dois bien ?

–Vos bienfaits m'inondent et ma dette envers vous pendra à mon cou jusqu'à la fin de mes jours. C'est juste que… Hanane est pour moi une enfant.

El Pacha a soupiré tellement fort que le bruit de son souffle excédé m'est parvenu à travers l'épaisseur de la porte :

–Écoute-moi bien, Essabâr, je crois que tu ne m'as pas compris. Si ce n'était grâce à moi, Essabâr n'existerait même pas. Tu me suis ? Tu ne serais pas là aujourd'hui à regarder

Hanane grandir et devenir cette belle gazelle qui a volé mon regard !

Oui, sans lui, mon père aurait encore été en train d'errer dans les rues à mendier sa pitance, mais ce n'était pas une raison de le lui rappeler à la moindre occasion ! Je ne sais pas si mon père a pleuré, car je ne pouvais pas le voir, mais j'ai clairement entendu sa voix se briser.

–Ma gratitude pour vous est sans limites, mais donner ma fille…

–Elle n'est même pas ta fille ! Pourquoi t'en soucies-tu !

Je n'en revenais pas de ce cœur sec comme une roche du désert !

El Pacha a achevé mon père avec les mots suivants :

–Des Essabâr comme toi, j'en ai des tonnes à disposition. La petite vie que tu mènes tranquille, sur ta chaise de gardien, à régner sur les gens de l'immeuble, je peux te la retirer en une fraction de seconde.

Mon père est resté muet pendant un long moment. En attendant son verdict, mon cœur cognait et mes mains tremblaient.

–Je vous en supplie…

Le son de ses sanglots étouffés m'écorchait le cœur. Chaque hoquet était un coup de poing lancé contre ma dignité.

Après un moment d'agonie, j'ai reconnu la voix hachée de mon père :

– Que Dieu protège vos enfants, qu'Il ait pitié de vos aïeux, qu'Il vous ouvre les portes du Paradis… Attendez que Hanane ait dix-huit ans… Sa mère me l'a fait jurer sur le Coran. Il est péché de revenir sur une promesse faite à un mourant… si je la trahis, Allah va me punir, son spectre va me poursuivre…

El Pacha a marqué une pause longue comme une sentence à vie. Enfin, il a décrété :

–C'est bon, c'est bon, cesse de pleurnicher comme une femmelette, tu sais bien que je déteste la *chouha* et les grandes effusions. Je t'accorde deux ans. En attendant, tu veilles à ce qu'elle reste vierge. Je la veux pure comme un diamant.

–Il ne sera fait que selon votre désir.

–Avec moi, il n'y a pas de rigolade. Tu sais ce qui t'attend si tu essaies de me ruser !

–Vous ruser ! Jamais de la vie, que Dieu me donne la cécité si une telle pensée me traverse l'esprit !

–D'accord, *safi, safi,* ça suffit. Je te laisse en paix pour aujourd'hui. Prends bien soin d'elle. Je compte sur toi. Allez, au revoir.

Dès l'instant où la porte s'est refermée sur le départ du Pacha, mon corps s'est verrouillé. Plus rien ne pouvait y entrer. La nourriture n'a plus jamais retrouvé le chemin de mon estomac. J'étais devenue incapable d'ingurgiter la moindre miette, tout juste si je pouvais avaler quelques gouttes d'eau. En me forçant, je pouvais croquer dans une datte, mais tout de suite après, mon estomac se révoltait, se soulevait, me contraignait à l'expulser. Cesser de manger était une tentative désespérée de mon corps pour arrêter la course du temps. De me figer dans le moment. Ce dernier instant avant la chute. La dernière seconde de ma vie que j'ai habitée en tant que Hanane, la fille d'Essabâr. La dernière bulle de sécurité, avant d'être propulsée vers une réalité insoutenable. Je voulais rester dans cette bulle pour toujours.

De la même manière, aucune parole n'a pu franchir mes lèvres. Impossible de parler de ce que j'avais entendu derrière la porte. Essabâr n'a jamais su que je savais. Nous n'en avons jamais parlé. Il me semblait que si je gardais le silence, le cauchemar allait s'évanouir de lui-même, comme l'aube chasse les mauvais songes. J'ai vécu avec la croyance absurde que ma parole avait le pouvoir de matérialiser le monstre, de le rendre vivant, réel. De précipiter mon sacrifice. J'étais devenue incapable de mettre un pied dehors. Dès que j'ouvrais la porte, un ouragan menaçait de m'entraîner. Le palier vacillait sous mes pieds. La terre allait s'ouvrir et m'engloutir. Dehors, les loups rôdaient. La sage-femme m'avait bien mise en garde. J'allais me faire dévorer. La terre ferme qu'Essabâr avait toujours été pour moi était devenue un sable mouvant. Dans ma tête, je vivais une apocalypse constante. Alors que je n'avais jamais vu en lui la différence entre un père et un beau-père, je ne voyais plus désormais que ce tiret entre le beau et le père. Une fêlure de tremblement de terre qui sépare le monde en deux. J'avais gardé le beau et perdu le père. Cette perte a été pour moi encore plus insupportable que la perte de ma propre mère.

Si je parlais, si je le défiais, si je me révoltais, qu'est-ce qui pouvait l'empêcher de me donner tout de suite au Pacha ? Il m'avait fait une faveur en me négociant un sursis de deux ans, alors que rien ne l'obligeait. Je n'avais nulle part d'autre où aller, nulle part où m'enfuir. Mon père n'était plus mon refuge. Il n'y avait plus de lien. Je n'étais plus sa fille. Il n'y avait plus que le silence qui nous liait. Et le temps immobile.

Mercredi 30 août 2017

La journée du commissaire Massoud est occupée par les délits habituels. En début d'après-midi, l'action devient plus intéressante. Grâce au rapport d'un agent infiltré sous l'habit d'un gardien de voitures, la police vient d'arrêter un entremetteur qui arrange des mariages dits de joie. Un réseau de prostitution… légal. Le coupable permet à des hommes d'affaires du *Khalij*, du Moyen-Orient, d'épouser des jeunes filles mineures, le temps d'une fornication *halal*, puis de les répudier dès que leur affaire est terminée.

Massoud interroge l'homme en question. Celui-ci n'en démord pas. Ces mariages sont autorisés par la Charia. Massoud lui demande s'il croit sincèrement qu'il peut ruser Allah avec son immonde petit trafic. Mais ce sont les parents qui me vendent leurs filles ! Que voulez-vous que j'y fasse ? se justifie l'entremetteur. Le commissaire se tape le front avec le plat de la main. Il n'y a pas de limite au mal qui défile sous son nez.

Une chaîne ininterrompue de malfaiteurs occupe la chaise en face de lui, armés de mensonges, de justifications, d'excuses, de déni. Finalement, le jour se mue en soirée. À travers sa fenêtre à barreaux, le ciel mauve est strié de rose.

Massoud saute dans le premier bus qui passe, puis descend à la Corniche. De là, il longe la mer en direction du Morocco Mall.

Une fois à l'intérieur du centre commercial, il monte l'escalier roulant et s'installe à la terrasse de Jawahir Jawad.

Des gens entrent et sortent avec des gâteaux emballés dans des petits cartons à rubans. Une serveuse en tablier blanc à franges lui demande s'il veut boire quelque chose. Il dit : Je veux voir Lalla Zoubida.

–C'est pour une commande ?

–Dites-lui que c'est urgent.

La serveuse disparaît quelques instants. Massoud suit des yeux un défilé de gens de toutes sortes. Plus de la moitié des femmes porte le foulard. Il n'arrive pas à imaginer à quoi pouvait bien ressembler le monde sans foulards. Sa mère lui a parlé d'une époque où seules les très vieilles femmes de la campagne portaient *l'tham,* une sorte de voile noir sur leurs visages. Et encore, cela demeurait un spectacle rare. La majorité des femmes allait et venait, tête découverte. Il a toujours eu du mal à le croire, sauf lorsqu'il tombe par hasard sur des classiques égyptiens dans les chaînes arabes. Des films d'amour d'Abd El Halim Hafez ou Farid El Atrach. Les femmes étaient toutes vêtues à l'occidentale. Dans les comédies musicales, elles dansaient en plumes et en paillettes exactement comme dans les revues du Moulin Rouge.

La serveuse revient, cheveux dégringolant sur le côté en une longue tresse. Une rescapée d'un autre temps. Un temps sans prédicateurs, sans divisions, sans aberrations, sans détecteurs de métal, sans méfiance.

Lalla Zoubida apparaît enfin. Massoud la reconnaît à peine. Des cernes bruns s'étalent sous ses yeux comme des traînées d'ombre, sa peau est flasque, jaunie, les commissures de ses lèvres sont tirées vers le bas. Tout son être subit l'attraction terrestre. Quand elle s'abat sur la chaise en face de lui, elle lui fait presque pitié. Il lui dit :

–Vous travaillez trop.

Elle sourit avec lassitude. Massoud se penche vers elle :

–Lalla Zoubida, vous êtes une femme de caractère, mais vous avez aussi de la compassion au cœur. Hanane a voulu vous offrir son aide, mais en réalité, c'est votre aide qu'elle est venue chercher. Vous saviez très bien les risques que vous preniez en acceptant de lui apprendre votre métier. Mais vous l'avez fait.

Vous l'avez fait pour la sauver. De quoi deviez-vous la sauver ? Que vous a-t-elle confié ?

Les yeux de Lalla Zoubida larmoient de fatigue. Elle fixe un point au loin, comme si elle contemplait un passé qui se rejouait sous ses yeux. Elle dit, toujours sans le regarder :

–Ce jour où elle s'est précipitée vers moi dans les escaliers pour me proposer son aide, j'ai lu dans son regard une panique noire. J'y voyais plus l'urgence de fuir un incendie qu'une soudaine envie de se mettre aux fourneaux. Je l'ai donc pressée de questions. Je ne l'ai pas lâchée jusqu'à ce qu'elle finisse par me cracher la vérité. Quand elle avait seize ans, son père avait promis de la marier à son patron, El Pacha, dès qu'elle aurait atteint l'âge de dix-huit ans. Or, à présent, Hanane était sur le point d'avoir dix-huit ans. Elle avait vécu deux ans dans l'angoisse de rejoindre la vie carcérale de ce nabab qui lui faisait peur comme un ogre. Elle s'est affamée pour ne pas lui laisser le moindre bout de gras auquel s'accrocher. Elle ne voulait lui offrir que ses os saillants et ses yeux enterrés au fond de leurs orbites. Elle voulait qu'il ait envie de fuir en la voyant. Essabâr avait beau essayer de la gaver, sa gorge était cadenassée. Il n'y a rien qu'il n'ait tenté. Il l'a suppliée, grondée, sermonnée. Son âme devant la nourriture est demeurée morte.

Massoud se donne un moment pour absorber une telle information. Il se souvient du Pacha en question. Un homme arrogant, sans pudeur, qui s'était présenté devant lui tous poils dehors, comme pour lui signifier son mépris. Il se rappelle la leçon d'économie qu'il lui a infligée, mais aussi ses questions. Il voulait savoir de quoi souffrait Hanane. Il soupçonnait Essabâr de la cacher.

El Pacha avait vu juste. En effet, Essabâr cachait sa fille. Il avait peur que son patron ne découvre sa maigreur. Essabâr avait peut-être peur du Pacha. Peur de sa déception, de son courroux. Des hommes comme lui tiennent la vie des petites gens dans le creux de leur main. Il leur suffit de serrer le poing pour les écrabouiller. Leur regard suffit pour les réduire en carpette. Le timbre de leur voix leur passe dessus comme un rouleau compresseur. Massoud en ressent de l'indignation même si lui-même, grâce à son métier, n'a pas à subir ce genre de pression. D'ailleurs, c'est exactement la raison pour laquelle il a choisi de rejoindre la police nationale. Dans la police, son supérieur peut le harceler, l'insulter, le malmener, mais au bout du compte, il reste un pauvre type comme lui. Appartenant au même monde. Il n'y a pas de condescendance, juste un jeu de hiérarchie.

Massoud revient de ses pensées. Mais comment est-ce que tout cela a conduit à la mort d'Essabâr ? Il manque un chaînon. Il repose son regard sur Lalla Zoubida :

–Qu'attendait, au juste, Hanane, en venant travailler chez vous ? Et ne me dites pas qu'elle voulait juste participer aux préparatifs du mariage de Saïda.

– Ses dix-huit ans approchaient et elle commençait à sentir l'agitation la gagner. Comme les chevaux qui piétinent quand l'orage s'annonce au loin. Elle m'a demandé de l'aider à fuguer. Connaissais-je quelqu'un qui avait besoin d'une bonne ? Quelqu'un dans une autre ville ? À Marrakech, peut-être ? Elle parlait sans le moindre jugement, comme si elle avait oublié que, dans son état, personne ne l'embaucherait, même pas pour agiter un plumeau à poussière. Bien sûr, je lui répondais : il n'en est pas question. Quand bien même elle aurait eu la force de travailler, je n'allais certainement pas la pousser sous les semelles d'une maîtresse de maison impitoyable. Je savais comment mes clientes traitaient leurs boniches, surtout quand elles étaient jeunes, esseulées et démunies. Un grand nombre de filles qui s'enfuient finissent dans la rue à mendier, ou pire, à vendre leur corps.

–Elle vous a écoutée ?

–Elle était désespérée ! Son esprit tourbillonnait dans tous les sens. Et moi, j'essayais de gagner du temps.

Massoud imagine Hanane gesticulant dans la cuisine de Lalla Zoubida, le désespoir s'échappant d'elle comme les braises d'un *mejmar*. Il imagine Lalla Zoubida tentant de la raisonner. Après un silence pensif, il s'entend suggérer :

–Essabâr a fini par faire irruption dans votre cuisine, n'est-ce pas ? Il a découvert que Hanane réfugiée chez vous…

Une larme s'écoule de l'œil de Lalla Zoubida et glisse sur sa joue.

–Et si vous me racontiez tout depuis le début ? lui propose-t-il sur un ton doux.

Lalla Zoubida le dévisage avec crainte. Il lui dit, pour l'inciter :

–Vous avez dit par vous-même que je n'avais aucune preuve. Il faudrait déterrer le cadavre d'Essabâr pour savoir s'il a effectivement été empoisonné. Les procédures sont insurmontables. Qui voudrait se donner cette peine ?

Lalla Zoubila le fixe, toujours pas convaincue. Massoud vide ses poches. Il pose sur la table son badge, son paquet de cigarettes, sa boîte d'allumettes, son portefeuille, les pièces de monnaie qui traînent au fond de sa poche, ainsi que son portable.

–Je ne vais pas vous enregistrer en secret.

Elle pose son regard sur son mobile :

–C'est ça votre téléphone ?

Il hoche la tête.

–Un Nokia ?

–Oui.

Elle sourit malgré elle.

Lalla Zoubida

La seule façon que j'avais trouvée pour ralentir les pensées effrénées de Hanane, c'était de fixer son attention sur la cuisine. Je lui répétais : « Si tu veux pouvoir travailler dans une maison, il faut que tu commences par apprendre à concocter des petits plats. Les bonnes qui savent cuisiner sont très recherchées. C'est pour ça que tu es venue, non ? Alors concentre-toi et laisse Allah t'apporter une solution. »

Une semaine avant le mariage, le 9 juillet exactement, il a frappé des petits coups discrets, presque timides. J'ai pensé que c'était la sage-femme ou Saïda qui venait chercher du sel, de la farine ou du persil. Essabâr a poussé la porte si fort que j'ai cru qu'il allait m'encastrer dans le mur. Il est entré comme un *ghoul* des forêts, les pectoraux bombés et le menton en avant. Où est-elle ? a-t-il grondé. Il ne m'a pas laissé le temps de répondre. Ses pas, en se dirigeant vers la cuisine, ont fait trembler la maison. Hanane qui était occupée à gratter des oignons dans la marmite, s'est retournée, surprise. Je lui avais appris à cuisiner plusieurs *ch'hiwates*. Salades de cervelle marinée, tomates confites au sésame et au miel, épinards à l'ail et au citron. Essabâr s'est arrêté au pas de la porte. Il l'a considérée un long moment, sidéré. Puis comme si quelqu'un avait appuyé sur un bouton, il s'est dirigé vers elle, les sourcils cousus l'un à l'autre. Il s'est penché sur elle au point de l'allonger sur la table de travail, puis il a rugi :

–Est-ce que tu es en train de cuisiner ou bien tu te moques de moi ? Tu refuses de mettre une miette de pain dans ta bouche et à côté de ça, tu confectionnes de multiples plats !

Hanane, incapable de parler, ne faisait que bégayer. J'ai tenté de le tirer par le bras pour le faire reculer, mais c'était comme d'essayer de déplacer un mur. Sous mes yeux horrifiés, il a agrippé la mâchoire de Hanane. Il a appuyé si fort qu'elle a été forcée d'ouvrir la bouche. De son autre main, il a attrapé d'énormes bouchées dégoulinantes de salades, puis les a enfoncées les unes après les autres dans la gorge de sa fille.

Hanane hoquetait, moi, je hurlais : laisse-la tranquille ! Tu vas l'étouffer ! Il ne m'écoutait pas. Il était possédé. Tout ce qu'il trouvait sur la table comme nourriture, il l'attrapait et le lui enfournait dans le gosier. La pauvre fille pleurait, crachotait, s'étranglait. Rien n'y faisait, l'homme la gavait comme si elle n'était qu'une oie caquetante. Il hurlait : *koul, dinnomock*, mange ! Il insultait la race de sa mère. La rage jaillissait de lui en gerbes brûlantes, acides. Il fumait. Fustigeait.

–Toutes ces années à lutter contre le sort pour te nourrir, te faire grandir, faire de toi une femme ! Et toi ? Comment tu me remercies ? En refusant la baraka dont Dieu nous fait la grâce ! Et maintenant, mademoiselle qui rejette le pain que je mets sur la table, cuisine pour cette impie de Lalla Zoubida. Cette femme qui n'a jamais versé une seule goutte de sueur pour t'élever ! Allez ! Mange, je te dis ! Avale ou je t'explose ta sale figure de martyre.

En débitant ces mots, il lui rentrait le bras dans la bouche quasiment jusqu'au coude. Je voyais le moment où il allait lui faire éclater le foie. Hanane suffoquait, émettait les râles d'un noyé, ses pupilles menaçaient de s'éjecter.

Craignant que l'âme de la fille ne vienne à tomber sur le sol de ma cuisine, j'ai attrapé une cuillère en bois et tapé sur la tête d'Essabâr en plaidant : aie pitié, tu vas la tuer !

Lorsqu'il a enfin lâché Hanane, celle-ci est tombée par terre, à genoux puis elle s'est mise à vomir. De longs gargarismes profonds, caverneux, émergeaient d'elle. Une bouillie marronnasse s'est répandue sur le sol.

Essabâr a tourné sa colère vers moi. Il m'a attrapée par le cou et m'a soulevée contre le mur, mes pieds se balançant à quelques centimètres du sol. Il m'a postillonné au visage :

–Pour qui tu te prends, pour croire que tu peux pervertir ma fille ? Toi et ta tribu, vous vous comportez comme des parvenus ! Tu forniques avec un amant qui roule en 4x4, ton fils s'invente une vie de richard pour piéger les filles qui sont trop bien pour lui et ta fille se prostitue aux Américains pour un tour en break ! Vous vous croyez où, ma parole ? À Hollywood ? Laisse-moi te ramener sur terre : Toi, tu n'es qu'une pauvrette de Hay El Hassani qui se fait exploiter par son patron, Ossmane, un violeur au chômage qui divague et Nabila, une *kahba*, une pétasse qui s'habille chez Zara pour aller à la pêche aux étrangers.

Essabâr m'a relâchée, mais l'empreinte de ses serres est restée longtemps incrustée dans ma chair. Hanane qui avait cessé de vomir, a levé la tête. Son visage était transformé. Les os, visibles sous sa peau, paraissaient encore plus pointus. Son regard était devenu aussi dur et lisse qu'une pierre noire. Elle s'est relevée avec peine, puis en s'appuyant à la table, elle a crié en direction de son père :

–Je sais pourquoi tu veux me gaver ! C'est pour me marier à ton Pacha, ce vieux bandit ridicule avec ses tatouages et ses bijoux qui brillent !

Essabâr est demeuré sans voix. Elle a repris :

–Je vous ai entendus, il y a deux ans, quand il est venu frapper à notre porte. Eh bien, non, je ne vais pas te laisser m'engraisser pour que tu puisses me donner en pâture à ce type dégoûtant ! Je suis ta fille, tu te souviens ? Ta fille ! Je l'ai été jusqu'à ce que ce maudit Pacha vienne me réclamer comme un dû ! Un paiement pour sa supposée générosité.

Essabâr a martelé le sol dans sa direction. En collant son nez contre le sien, il a craché :

–Tu n'es pas ma fille ! Tu ne l'as jamais été. Je t'ai élevée dans le seul but d'accomplir une bonne action envers Allah ! J'étais loin de me douter que tu allais devenir ce petit raton gringalet. Qu'est-ce que je vais dire maintenant au Pacha qui t'attend avec dix yeux ! Comment allons-nous vivre, si le Pacha nous met à la rue ? Tu y as pensé ? Toute une vie de sacrifice pour finir mendiant dans la rue, avec une fille cadavérique à mes côtés !

Les lèvres de Hanane se sont écartées pour montrer ses gencives. Elle a sifflé :

–Tu n'as rien sacrifié pour moi. La seule raison pour laquelle tu ne t'es pas remarié, c'est pour t'éviter une deuxième humiliation ! Si tu échoues à mettre une nouvelle femme enceinte, tu ne pourras plus cacher au monde ta stérilité !

Dans la fente entre ses cils, les pupilles d'Essabâr crépitaient comme une boule de charbon incandescent. Les veines autour de ses tempes se sont enflées, la sueur a dégouliné de son front, ses doigts gesticulaient comme s'ils étaient faits en acier. Avant que je ne puisse le retenir, il a asséné une claque à Hanane qui était si puissante que la jeune fille a décollé. Elle a pirouetté sur elle-même avant d'aller percuter le mur. En glissant au sol, une traînée de sang a maculé le carrelage de ma cuisine. Sans s'inquiéter de savoir s'il l'avait tuée, il a craché au sol, un gros crachat dégoûtant, puis il est reparti.

Mercredi 30 août 2017, au Morocco Mall

Le commissaire Massoud dévisage intensément Lalla Zoubida, pendant qu'elle lui relate cette abominable scène. Ses paroles s'engouffrent en lui comme un nuage de cendres. Lalla Zoubida entrelace ses doigts nerveusement et poursuit :

Hanane avait vécu pendant deux ans dans la terreur d'atteindre ses dix-huit ans. Dans la terreur de devoir épouser El Pacha, un homme qu'elle n'avait jamais vu autrement que comme un tyran qui réduisait son père en servitude.

Malgré cela, elle s'est relevée en titubant. Encore étourdie par la claque qu'elle venait de recevoir, elle s'est retenue aux meubles pour ne pas tomber. Je me suis précipitée vers elle avec un torchon de cuisine afin d'arrêter le sang qui suintait de sa plaie derrière la tête. Elle a repoussé ma main d'un geste brusque, puis, en cherchant son équilibre, elle a suivi son père dans la cage d'escaliers. Elle a tellement culpabilisé d'avoir prononcé ces mots qui ont déchiqueté sa dignité, qu'elle se serait joyeusement jetée dans les flammes de l'Enfer. Elle a boité derrière lui en pleurant et en l'implorant de lui pardonner. Oui, elle allait épouser El Pacha. Bien sûr. Mais où avait-elle la tête ? C'était un homme honorable dont toute femme rêverait. Elle n'était qu'une ingrate ! Elle avait laissé le diable jouer dans son esprit. Elle allait se forcer à manger. Elle allait redevenir cette jeune fille d'antan qui avait ravi l'œil du propriétaire. Leur bienfaiteur. Essabâr a continué de descendre, en lui tournant le dos, comme si la véritable victime dans cette histoire, c'était lui et non pas elle.

J'ai failli me lancer à leur poursuite. Défendre Hanane. Rendre la raison à son père. Mais je me suis ravisée. Ce n'était pas un homme avec qui il était possible de discuter. Il était asservi jusqu'aux tréfonds de son âme. Rien n'était plus important pour lui que de satisfaire le désir de son maître, honorer sa promesse. Recevoir une petite caresse sur la tête en guise de récompense. Il était prêt à donner sa fille, sa mère, son père et toute sa tribu pour une approbation de sa part.

Un silence s'installe entre Massoud et Lalla Zoubida. Les lumières du centre commercial s'éteignent les unes après les autres. Lalla Zoubida baisse les yeux dans la pénombre. Les lignes de son visage s'estompent. Ses traits s'adoucissent :

Ce drame a eu lieu dans ma cuisine, six jours avant le mariage de Saïda. Cette nuit-là, impossible de m'endormir. Je me suis tournée et retournée dans mon lit comme si mes chairs cuisaient. Les images de cette scène me bombardaient. Essabâr qui force son poing dans la gorge de Hanane. Je ressentais les poils de ses bras dans ma propre bouche, et jusque dans mes entrailles. Moi aussi, j'avais envie de vomir. Cette intrusion dans le corps de Hanane était aussi insoutenable pour moi que si je l'avais personnellement vécue. Il l'aurait violée sous mes yeux, je l'aurais ressenti de la même manière.

Toute la nuit, j'ai lutté contre le fantôme de ses doigts enroulés autour de mon cou. Ce n'étaient pas ses mots qui me salissaient. Ces mots n'étaient que les fouets avec lesquels il s'auto-flagellait. Ils dévoilaient son âme aigrie, assujettie. Ce qui continuait à m'étreindre, c'était l'humiliation. Personne n'avait jamais osé porter la main sur moi, pas même mon propre père. Personne n'avait jamais craché à mon visage. Je me suis sentie comme une ordure qu'on écrase dans la rue. Il m'a éclaboussée de sa haine rance. Sa haine de ma vie. De la vie, tout court. Nous étions peut-être des gens pauvres, mais nous étions des gens libres, libres de vivre selon notre conscience, à jongler entre nos désirs et nos devoirs, occupés à trouver l'équilibre entre nos rêves et notre réalité. Tandis que lui, toute sa vie, il l'avait vécue les poings liés par les chaînes d'un esclavage muet.

Lorsqu'il est reparti, Hanane trottant derrière lui comme une chienne en laisse, j'avais l'impression qu'il avait planté les barreaux de sa prison dans ma cuisine. Il m'avait vaincue, au milieu d'un carnage de nourriture et de vomi.

Il ne me restait qu'une seule option pour recouvrir mon honneur.

Le lendemain, à l'aube, j'ai pris le train pour Marrakech. Je suis allée trouver mon oncle. Je lui ai acheté du poison, en prétendant que c'était pour un remède. Il ne m'a pas posé de questions. Je suis revenue. J'ai cuisiné pour le mariage de Saïda. Pendant la fête, j'ai injecté une forte dose de poison dans le café d'Essabâr, puis je l'ai donné à Ossmane pour qu'il le lui serve.

Les vigiles font leur ronde pour s'assurer que tout le monde quitte les lieux. Un garde braque sur eux une lampe torche. Les ombres se dissipent sur le visage de Lalla Zoubida. Massoud montre sa carte de policier. Le vigile s'excuse et repart.

Une autre population vient hanter les couloirs du centre commercial. Celle des femmes de ménage. Les lumières se rallument dans les magasins où elles pénètrent, précédées de leurs seaux et de leurs serpillères. Massoud qui les avait observées d'un œil absent, repose son regard sur Lalla Zoubida.

–Hanane, elle sait que vous avez tué son père ?

Les yeux de Lalla Zoubida s'élargissent. Elle crie et sa voix s'étend sur le silence qui règne : Non.

Effrayée par l'écho qu'elle vient de produire, elle baisse la tête vers Massoud, ses yeux cherchant à s'emparer des siens.

–Non ! Elle ne sait pas. Il ne faut absolument pas qu'elle le sache. Essabâr lui a peut-être fait vivre un enfer, mais sa loyauté envers lui est aussi incompréhensible qu'admirable. Elle passe son temps à se maudire et à lui trouver des excuses. Si elle apprend que je l'ai tué, même si c'est pour son bien, jamais elle ne me pardonnera.

Massoud laisse le silence retomber. Il cherche au fond de son âme une jubilation, un ego doré en forme de trophée, un jaillissement de promesses, la grosse capture, un meurtre résolu, une promotion, des félicitations, des tapes dans le dos. Mais il ne trouve rien. Il ne trouve qu'un désert. Le même vide qui le hantait au début de son enquête. Essabâr est mort. Il n'a rien laissé. Pas même un cadavre. Juste une jeune fille brisée dont les os ne tiennent que par un fil.

–Commissaire ?

Ses pensées se refixent sur Lalla Zoubida, dont le regard était resté suspendu au sien :

–Allez-vous m'arrêter ?

À moins de la contraindre de se rendre au commissariat pour avouer son crime, Massoud ne voit pas sous quel motif l'arrêter. Il n'a pas de preuve, pas de corps, pas d'autopsie, pas de plainte. Il n'a même pas enregistré ses aveux. Pour être tout à fait honnête, il ne ressent aucun désir de la malmener. Il n'a jamais eu envie d'emprisonner qui que ce soit, d'ailleurs. Il n'a jamais été mu que par la vérité. À présent qu'il y est parvenu, il aurait pu savourer le repos du conquérant. Or, l'insatisfaction continue à lui ronger l'âme. Il ressent la soif du bédouin égaré qu'aucun breuvage ne parvient à étancher.

Il n'arrête pas Lalla Zoubida. En revanche, il lui demande de lui organiser un rendez-vous avec Hanane :

–Je veux qu'elle me dise tout sur la relation de son père avec El Pacha. Essabâr est mort, mais El Pacha est toujours là. À mon avis, il ne va pas renoncer à sa promise aussi facilement. Vous seule pouvez la convaincre de parler.

Le visage de Lalla Zoubida se tord comme sous l'effet d'une douleur. Elle pose ses poignets sur la table :

–Autant me mettre les menottes tout de suite. Hanane ne parlera pas.

–Mais pourquoi ? s'étonne Massoud. C'est dans son intérêt !

–Elle est rongée par la culpabilité. Elle n'ouvre la bouche que pour psalmodier des louanges à Essabâr. Elle ne vous apprendra rien qui risque d'entacher la mémoire de son père.

–Il faut la convaincre. Elle n'a pas le choix. C'est sa dernière chance si elle veut échapper au Pacha. J'attends votre appel.

Lundi 25 septembre 2017

Le commissaire Massoud se tient devant la porte. Il ferme les yeux et respire profondément. Cela le contrarie de se sentir aussi anxieux, alors qu'il n'en voit pas la raison. Les détectives dans les films affichent toujours le même air impassible, qu'ils soient au milieu d'une explosion ou à l'intersection d'un tir de mitraillettes. Alors que lui, un rien le met dans tous ses états.

Il avait refusé de renoncer à l'espoir, mais au bout d'un temps qui lui avait paru infini, il avait dû se résoudre à l'évidence. Son enquête était finie. Pourquoi refusait-il de la laisser chavirer sur les flots du passé ? Il avait surmonté l'ennui des délits qui affluaient chaque jour au commissariat, jusqu'au jour où son portable a sonné. Lalla Zoubida l'avait fait agoniser pendant trois semaines avant de l'appeler.

Il toussote, puis frappe quelques coups. De l'autre côté de la porte, des pas semblent à peine frôler le sol. Son rythme cardiaque s'accélère légèrement. Pourtant, il ne devrait avoir aucune crainte. Cette fois-ci, il est attendu. Hanane a enfin accepté de lui parler. Pourquoi a-t-elle mis tant de temps ? Qu'est-ce qui l'a enfin décidé ? Était-ce les talents persuasifs de Lalla Zoubida ou bien se sentait-elle menacée ?

La présence de Hanane derrière la porte lui parvient dans un chuchotement, comme si l'air qu'elle respirait voyageait sur des ondes invisibles. Et si elle avait changé d'avis ? Jugé qu'après tout, elle n'avait rien à lui dire. Pourquoi accepterait-elle de divulguer les secrets de son père ?

Le clic mécanique d'une serrure le fait sursauter. La porte s'ouvre. Hanane se tient devant lui, une mèche qui frisotte coincée à la hâte dans une épingle. Son corps est si menu que ses vêtements semblent tenir tout seuls. Il ne peut s'empêcher d'éprouver une peine immense devant ses membres filiformes. Elle remet nerveusement sa mèche entêtée derrière son oreille. Ce geste d'une coquetterie superflue l'émeut presqu'aux larmes. Il ne comprend pas cette marée de tristesse qu'elle fait remonter des tréfonds de son âme. Il a l'impression de se voir lui-même, petit enfant terré quelque part entre l'estomac et le foie, recroquevillé, peureux, refusant de remonter à la surface.

Il se passe la main sur le visage afin de chasser le diable qui blablate au creux de son oreille. Il tend la main à Hanane. Sa poigne est molle, elle l'effleure, telle un pétale égaré. Son *Essalam Alaykoum* est inaudible. Elle l'entraîne dans le petit vestibule qui sert aussi de salon. Sa loge est si méticuleusement rangée qu'on l'aurait crue inhabitée. Massoud prend place sur la banquette. Hanane reste debout, ne sachant que faire de ses membres qui gigotent. Bien qu'elle soit chez elle, c'est le commissaire qui lui propose de s'asseoir. Elle obéit. Dos penché, coudes sur les genoux, il commence :

–Hanane, vous savez bien que je ne désire en aucun cas vous inquiéter. La seule chose qui m'importe, c'est de rendre justice à votre père.

–C'est moi qui l'ai tué.

–Comment ?

–C'est moi qui l'ai tué.

Massoud se fige. Les mots se bloquent dans sa gorge. Des millions de questions l'assaillent. Il secoue la tête :

–Que voulez-vous dire ?

–Il est mort par ma faute, je l'ai trahi et, en plus, je l'ai achevé avec mes paroles immondes !

–Vous l'avez trahi comment ?

Sans s'annoncer, des larmes ruissellent sur son visage.

Elle hoquète :

–Il a promis ma main à El Pacha… pour lui, c'était important… il risquait sa maison, sa vie… et moi… et moi… au lieu de l'aider… j'ai… j'ai… arrêté de manger… il est mort de la peine que je lui ai causée, du déshonneur…

Massoud, qui n'a jamais su quoi faire avec les larmes des autres, remue sur son bout de banquette, se penche davantage, ses doigts s'entrecroisent, puis, sans s'en apercevoir, sa main vole pour se poser sur le bras de Hanane :

–Hanane, vous ne l'avez pas trahi.

Les larmes de la jeune fille ne tarissent pas. Il se sent médiocre. Incapable de la consoler. Il tente :

–Allah ne contraint aucune âme à agir contre son gré !

Décidément, face à la souffrance d'autrui, il manque de ressources. Il ne semble pouvoir compter que sur les proverbes et les phrases toutes faites. Vaincu, il attend patiemment que Hanane déverse son chagrin. Il retire sa main, gêné de s'être laissé aller à ce geste familier.

Lorsqu'elle a fini de s'essuyer le visage avec le pan de sa chemise, elle repose son regard encore humide sur lui. Ses yeux ressemblent à un crépuscule après la pluie.

Massoud se racle la gorge. Il énumère mentalement les faits que lui a relatés Lalla Zoubida : El Pacha est venu, il y a deux ans, rendre visite à Essabâr. Hanane, confinée dans sa chambre, a entendu leur conversation. El Pacha exigeait de son père qu'il la lui donne en mariage. Essabâr a tenté de refuser, mais El Pacha l'a menacé de le mettre dehors. Coincé, Essabâr a prié El Pacha d'attendre que Hanane ait dix-huit ans.

Seulement, il semble au commissaire qu'en dessous de ces faits, s'étend un abîme aux ramifications obscures. Il dit :

–Hanane, savez-vous comment Essabâr et El Pacha se sont rencontrés ?

–Je n'étais qu'un bébé !

—Que vous racontait Essabâr ?

—Essabâr ne me racontait rien, mais parfois, El Pacha plaisantait en me pinçant les joues : « Vous en avez une belle loge ! Tu sais, c'est grâce à moi. Ton père, je l'ai sorti du caniveau ! »

Massoud étouffe un cri choqué.

—Il vous disait ça en présence d'Essabâr ?

—Il ne se gênait pas !

—Et Essabâr ne s'en offusquait pas ?

Hanane lève les yeux vers un point invisible au plafond. Elle hoche la tête, comme si les murs venaient de lui fournir une réponse :

—Vous savez pourquoi je détestais El Pacha ?

Massoud attend. Hanane poursuit :

—Parce qu'il me faisait détester mon père.

Puis après une courte pause :

—J'aurais voulu qu'Essabâr se mette en colère ! Au lieu de cela, il se courbait et lançait des louanges à l'homme qui l'avait sauvé de la misère !

—Et El Pacha, a-t-il réellement sorti votre père de la misère ?

— Essabâr vivotait des petits métiers de la rue. Il nettoyait les parebrises, cirait les chaussures, portait les courses. La nuit, il se recroquevillait sous les porches des immeubles pour dormir. Il se bagarrait avec les voleurs et gagnait ainsi l'indulgence des habitants, à la façon des chats qui dératisent les alentours. Ma mère, de son côté, n'était pas mieux lotie. Elle errait de maison en maison à la recherche de travail. Personne ne voulait l'employer avec son enfant du péché accrochée dans le dos.

—Donc, si je comprends bien, El Pacha a eu pitié d'eux.

–Il a offert à Essabâr une loge, un salaire, ses noces avec ma mère. Lorsque ma mère est tombée malade, El Pacha a payé ses frais médicaux, puis plus tard, ses funérailles.

–Qu'est-ce qui justifie une telle générosité à votre avis ?

–Il disait souvent, de sa voix tonitruante : je suis comme ça, moi ! Je prends soin des gens qui travaillent pour moi !

–Je comprends qu'Essabâr lui ait été reconnaissant de toutes ces faveurs, mais était-il obligé de s'écraser à ce point ? Jusqu'à vous sacrifier, vous, sa belle-fille !

–Ce que le Pacha donnait à mon père, il pouvait le lui retirer en un claquement de doigts ! Or, Essabâr ne pouvait pas envisager une vie sans sa fonction ! Sur sa chaise, au pied de l'immeuble, on le respectait. Tout le monde craignait son jugement. Si, en réalité, il était une mouche écrasée sous la semelle du Pacha, une fois qu'il montait sur son trône de gardien, il devenait tout-puissant. Sa mission le remplissait d'orgueil.

Les doigts du commissaire pianotent sur ses genoux. Il fait claquer sa langue de frustration. Quelque chose lui échappe.

–Je sais qu'il entretenait l'immeuble, gardait l'entrée, surveillait les agissements des habitants de l'immeuble.

Massoud s'arrête, réfléchit, puis continue :

–Les faveurs que le Pacha octroyait à votre père étaient disproportionnées par rapport aux services qu'il recevait en échange. Pourquoi tenait-il tant à ce que ses locataires se tiennent à carreau ? Pourquoi craignait-il qu'ils n'attirent l'attention sur le bâtiment ? Cache-t-il quelque chose entre ses murs ?

Hanane secoue la tête, comme si elle ne comprenait pas.

–Souvenez-vous, dans les conversations que vous avez écoutées derrière les portes. Est-ce qu'il a déjà fait mention d'un lieu quelconque ? Une marchandise ? Avez-vous assisté à des mouvements, la nuit, des allers et venues, pendant que tout le monde dormait.

Hanane laisse errer son regard. Elle hésite, puis balbutie :

–Le jour où El Pacha est venu demander ma main…

–Oui ? l'encourage le commissaire.

–Il a commencé par s'enquérir des nouvelles de l'immeuble.

–Et ?

–J'ai cru entendre parler de la cave.

Le commissaire se gratte le menton, en tentant d'évaluer l'importance de cette nouvelle information.

–Savez-vous ce qu'il y a dans cette cave ?

–Rien à ma connaissance. À part des cafards et des rats.

–Y êtes-vous déjà allée ?

–Ah, non ! Jamais. Dès que le Pacha a racheté l'immeuble, il l'a fait sceller.

–Et pourquoi El Pacha aurait-il parlé de cette cave avec votre père ?

–Aucune idée. Il voulait juste s'assurer que personne ne s'en approche.

Un silence s'installe. Massoud se redresse :

–Pouvez-vous me la montrer, cette cave ?

Hanane se lève avec sa lenteur habituelle. Une lenteur qui traduit plus la faiblesse qui habite son corps qu'une quelconque nonchalance. Elle enfile un peignoir qui lui donne l'allure d'une grand-mère et le guide vers la porte d'entrée. Il aurait voulu lui donner le bras pour la soutenir, mais n'ose pas. Il la suit, pas à pas. Elle ouvre, puis s'aventure dans le couloir désert. Elle contourne la montée d'escaliers. Derrière le bloc de béton qui soutient les marches, dans un petit renfoncement mal éclairé, elle lui montre un mur. Elle dit :

–C'est là.

–Là ?

Massoud a beau plisser les yeux, il ne voit rien. Juste un mur blanc.

Hanane explique :

–Avant, il y avait une porte. El Pacha a demandé à mon père de remplacer la porte par un mur.

Massoud donne quelques coups dans le mur avec son poing. Un faible écho lui revient. Le mur est creux. Il a été scellé avec une épaisse planche en bois. La peinture qui la recouvre conjuguée à l'ombre du couloir derrière les escaliers donne l'illusion d'un mur solide.

–Vous m'avez dit que le Pacha a condamné l'entrée de la cave dès qu'il a racheté l'immeuble ?

–J'étais toute petite, mais il me semble que c'est la première chose qu'il a fait faire à mon père quand il est venu habiter dans la loge.

–Cela veut dire que le Pacha lui-même n'y a pas remis les pieds depuis quinze ans.

–Oui, j'imagine.

–Donc, l'histoire des vermines est peut-être vraie…

–Oui, les locataires ont toujours dit que depuis le rachat de l'immeuble et l'arrivée d'Essabâr, leur vie a changé. Le bâtiment est mieux entretenu, les couloirs sont propres, il n'y a plus de rats ni de cafards.

–Et pourquoi El Pacha tient à ce que personne ne s'en approche ? Le bien-être des habitants ne peut pas lui importer à ce point ?

Hanane hausse ses épaules osseuses en signe d'ignorance.

Massoud raccompagne Hanane jusqu'à la porte de chez elle, mais ne parvient pas à partir. Il a l'impression d'abandonner un nourrisson sur le bord d'une route de voyage. Il l'imagine retourner dans sa solitude, entre ces murs bien trop grands pour sa petite carcasse. Il aimerait lui prendre les mains, mais se discipline. Une dernière question lui vient à l'esprit :

–Qu'est-ce qui vous a enfin décidée à me parler ?

Hanane l'observe, indécise.

–S'est-il passé quelque chose récemment ?

Son corps tremble du tumulte des paroles qu'elle retient.

Elle n'en dira pas plus. Massoud l'implore du regard. Vaincu, il se surprend à lui demander :

–Hanane, qu'est-ce que vous allez devenir ?

Hanane

Le commissaire est reparti en marchant lentement, les mains derrière le dos. Je suis restée devant la porte. J'ai failli me lancer à sa poursuite, mais sa question m'a laissée sans voix. Qu'allais-je devenir ?

C'était la question qui m'accueillait au lever du jour et m'accompagnait jusqu'au crépuscule. C'était la question qui me repêchait des abîmes du sommeil pour me tarauder jusqu'à l'aube. J'avais peur de la solitude, du silence, de la rue, de la cruauté du monde, de la pauvreté et du dénuement. Me voilà sans père ni mère. J'étais l'arbre flottant dont les racines avaient été sciées. Le diable me rappelait sans cesse qu'Essabâr comptait me sacrifier au harem du Pacha afin de conserver sa chaise de gardien. J'étais assaillie par des images d'Essabâr enfonçant son poing au fond ma gorge. Me gavant avec une rage qui le rendait monstrueux. Mais une autre voix me réprimandait : Il a seulement voulu te sauver de la misère. Une misère qu'il n'a lui-même que trop connue. Il t'a obtenu deux ans de sursis. Ne l'oublie pas.

Je vivais dans la terreur de voir revenir El Pacha. Comment allait-il réagir devant mon corps décharné ? Allait-il me battre ? Me gaver ? Me mettre à la rue ? À chaque fois que je me rendais chez Lalla Zoubida, je lui faisais part de mes craintes. Lalla Zoubida m'attrapait les deux bras et plongeait son regard dans le mien. Selon elle, il était indispensable que je me livre au commissaire en toute franchise. Je répondais : Pas question ! Que Dieu me coupe la langue si jamais on me contraint à dire du mal de mon père ! « Personne ne te coupera la langue, au contraire, on te fera pousser des ailes. » m'assurait-elle. Malgré cela, je redoutais les questions qui m'obligeraient à évoquer les humiliations d'Essabâr, sa servitude, sa soumission.

Tout ce que je haïssais chez lui. Tout ce qui faisait émerger sa face méconnaissable.

J'étais déterminée à lui tenir tête jusqu'au jour où l'on est venu frapper à ma porte.

Je dormais d'un sommeil aussi profond que le trépas. Au bout d'une éternité, un tambourinement m'a ramenée parmi les vivants. J'ai mis quelques secondes à me situer dans l'univers. Le tambourinement continuait à secouer ma porte. Une voix rocailleuse m'est parvenue : « Ouvre, je sais que tu es là, montre-toi ! Essabâr n'est plus là pour te cacher, ni toi ni ta maladie ! Je te rappelle que tu es chez moi ! Cette loge m'appartient. Les quarante jours de deuil sont finis. Tu n'as plus d'excuses. »

Je suis restée prostrée sur ma banquette, à trembler comme un animal battu. Je me mordais la bouche pour retenir mes sanglots. J'aurais voulu m'ensevelir dans le sommeil afin de retrouver la tranquillité des morts. J'attendais que la porte se détache de ses gongs pour voir apparaître El Pacha fulminant. Je l'imaginais écarter les lèvres pour montrer ses crocs dégoulinants. Fondre sur moi pour me réclamer sienne ou bien me jeter dans la rue comme si je ne valais pas un goudron. J'ai plaqué mes mains sur mes oreilles dans l'espoir de m'isoler de ce cauchemar, le faire disparaître derrière un mur de silence. Au bout d'un moment, le vacarme de ses poings s'est estompé pour laisser place à une autre voix qui m'était autrement plus familière. C'était Lalla Zoubida que j'entendais à présent de l'autre côté de la porte. Elle grondait : « Qu'est-ce que c'est que ce raffut, Ah Essi El Pacha ? Vous vous croyez dans un souk ? »

–Je veux Hanane ! l'ai-je entendu réclamer.

–Je vous conseille vivement d'aller vous trouver un jouet ailleurs, Hanane pourrait être votre petite-fille ! N'avez-vous pas honte ? Bientôt, vous irez les chercher à la maternelle !

El Pacha a rétorqué que je lui étais promise. Cette loge lui appartenait ! Ni elle ni aucune vieille sorcière dans son genre ne l'empêcherait de venir prendre ce qui lui était dû. Il a promis de revenir, de défoncer ma porte et de m'emporter contre mon gré, à moins que je n'aie la peste ou la gale, auquel cas, il me mettrait directement à la rue.

Dès qu'il est parti, Lalla Zoubida a gratté le bois. Elle a chuchoté doucement : « Ouvre, *Ah benti,* ma fille, c'est moi ». Le mot *benti* a agi comme un sésame sur mon cœur. Je me suis précipitée vers la porte et je l'ai ouverte en grand. Je suis tombée dans ses bras et j'ai libéré tous les sanglots qui se bousculaient derrière ma gorge. Lalla Zoubida m'a gardée contre elle jusqu'à ce que je me fatigue, puis elle m'a poussée à l'intérieur. Elle m'a fait prendre place en face d'elle et parlé avec gravité :

–Ce Pacha est une menace. Ton seul espoir est le commissaire.

–Mais que peut le commissaire contre El Pacha ? me suis-je écriée. Il ne va pas l'arrêter, juste parce qu'il a demandé ma main ? D'après la connaissance que je tiens d'Allah, la loi ne punit pas l'écart d'âge ! Je ne vais rien gagner, à part susciter sa colère.

–Réponds à ses questions en toute honnêteté et laisse-le suivre les traces de sa proie. Ton salut dépend de lui.

Voilà pourquoi j'ai finalement accepté de subir un nouvel interrogatoire. Le commissaire était devenu mon seul espoir. Mon dernier rempart contre El Pacha. Dès le lendemain, Lalla Zoubida a rappelé le commissaire.

Certes, il ne me déplaisait pas de revoir le commissaire. Ses manières douces et polies me l'avaient fait entrer dans le cœur. Mais lorsque par le passé, j'avais dû répondre à ses questions, chaque mot qui sortait de ma bouche me semblait aussi lourd qu'un rocher. Ma parole pouvait écraser quelqu'un sur son chemin. Elle pouvait à mon insu changer le cours du destin. Jamais le fait de parler ne m'avait paru aussi périlleux.

Le commissaire est arrivé à l'heure. Sa présence derrière la porte était silencieuse, comme s'il attendait le moment exact pour frapper. Mon cœur battait avec anarchie.

Dès que j'ai ouvert, toutes mes craintes se sont envolées. Il avait une ébauche de sourire qui lui plissait les yeux. Son visage était marqué par les drames quotidiens dont ses yeux étaient témoins. Comment pouvais-je me méfier d'un homme qui faisait lui-même pitié ? Je lui ai serré la main et je suis restée, penaude, devant lui, ne sachant que faire de mes dix doigts. Il m'a proposé de m'asseoir avant même que je ne songe à lui offrir un verre de thé.

Après quelques politesses d'usage, doucement, il a entamé son questionnement. Comme me l'avait enjoint Lalla Zoubida, j'ai répondu docilement. Je lui ai raconté tous mes griefs contre ce Pacha qui asservissait mon père et contre mon père qui cédait à ses chantages. Ma langue m'a trahie et j'ai laissé glisser dans mes propos des traits qui déformaient le visage d'Essabâr. Je l'ai dépeint comme un lâche qui craint son maître, mais n'éprouve aucune honte à tyranniser ses semblables. Une fois que les mots étaient sortis, je ne pouvais plus les ravaler.

Pour finir, j'ai montré au commissaire l'emplacement de cette cave condamnée qui n'a jamais intéressé personne.

Que va-t-il faire de tous ces aveux que je lui ai servis sur un plateau ? Pas grand-chose, à mon avis. Ce n'est pas un petit mur creux qui donne sur une cave abandonnée qui va me sauver.

Je lui ai probablement dit plus que ma conscience ne me le permettait et en même temps, je ne lui ai pas dit l'essentiel. Pourtant, il en a eu l'intuition. Il me l'a même demandé :

Pourquoi avais-je subitement décidé de lui parler ? Qu'est-ce qui s'était passé ?

Mes lèvres sont restées collées l'une à l'autre. Je ne lui ai pas parlé des assauts du Pacha contre la porte de ma loge. De quoi avais-je peur ? De révéler ma lâcheté ? Oui, vraiment, qu'est-ce qui m'empêchait de lui tenir tête, à ce tyran, comme le faisait si bien Lalla Zoubida ! Qu'est-ce qui m'empêchait de m'enfuir et d'affronter la vie, comme une grande ?

Ce n'était pas tant ma faiblesse que je redoutais de dévoiler, mais une autre peur, beaucoup plus sournoise, plus inattendue. Une peur qui s'est insinuée en moi sans s'annoncer.

J'avais peur pour le commissaire Massoud.

Peur de ce qu'El Pacha ferait pour se débarrasser du commissaire, si celui-ci se mettait en travers de son chemin. Peur qu'on retrouve son cadavre sous les montagnes de détritus qui jonchent les terrains vagues. Je ne pouvais envisager de revivre un second deuil.

Lundi 9 octobre 2017

Le commissaire Massoud refuse toujours que son stagiaire installe une table supplémentaire dans son bureau, de sorte que le pauvre Hamid est obligé d'errer de pièce en pièce et de travailler là où on lui octroie une chaise. Il est tantôt relégué au bureau de la secrétaire, qui s'est prise d'affection pour lui, tantôt au service informatique, où on le laisse regarder des vidéos sur YouTube. La plupart du temps, il traîne dans la cour, les yeux rivés sur son téléphone portable. L'oisiveté ne semble pas le contrarier, mais il ne rechigne pas pour autant à s'acquitter d'une tâche lorsqu'on le sollicite. Les rares fois où il a montré une ambition particulière, c'est lorsqu'il a demandé au commissaire quelle était cette affaire qui l'occupait tant à l'extérieur. Le commissaire l'a congédié d'un geste de la main : « Rien qui te concerne. »

Jusqu'à quand Massoud peut-il continuer à enquêter sur le Pacha sans attirer l'attention sur ses absences injustifiées ? Il ne sait quelle devrait être sa prochaine étape. Interroger le despote ? Seulement s'il veut se faire jeter dehors par deux colosses ou se faire dénoncer à ses supérieurs. Il donnerait cher pour aller voir ce qui se cache derrière ce mur qui scelle la cave de l'immeuble. Il s'en mordrait les poings jusqu'au sang, tellement la frustration le tourmente. Mais il se sent aussi entravé que les criminels qu'il a maintes fois menottés. Comment ordonner une perquisition alors que son enquête est clandestine ? Comment la formaliser sans risquer de faire emprisonner Lalla Zoubida ? Partout où il se tourne, il ne rencontre que des obstacles. Il aurait aussi bien pu être lui-même derrière les barreaux.

Il repense à Hanane devant la porte de sa loge, la dernière fois qu'il l'a quittée, il y a bientôt deux semaines. La culpabilité s'immisce en lui, comme s'il avait été responsable de sa solitude. Il ne peut secouer cette impression de l'avoir abandonnée. Pourtant, qu'aurait-il bien pu faire ? S'installer chez elle, mettre une chaise devant son immeuble et veiller à sa sécurité ? Il aurait pu au moins passer de temps à autre prendre de ses nouvelles. Mais à quel titre ? Il n'était ni son père, ni son frère, ni aucun membre de sa famille. Que s'imaginerait-elle ? Qu'il la harcèle ?

Il arpente son bureau et s'arrête devant les grilles de sa fenêtre. Dans la cour, Hamid est adossé à une poutre, son pouce sautillant mollement sur l'écran de son Samsung. La présence de ce jeune stagiaire lui pèse sur la conscience. Il ne s'occupe pas assez de lui. Il aurait voulu que ce soit un garçon désagréable, qui revendique sa filiation avec un haut responsable pour exiger une attention particulière. Le commissaire n'aurait eu alors aucun scrupule à le laisser mariner dans son exaspération. Or, Hamid est comme un roseau, il se plie aux exigences du moment. Le commissaire l'appelle : Allez, viens, j'ai du travail pour toi.

Le garçon glisse l'appareil dans sa poche et se détache de la poutre.

Lorsque Hamid pousse la porte de son bureau, Massoud l'installe devant son ordinateur et lui donne des instructions : « Je veux que tu écoutes les conversations téléphoniques de ce garçon de Hay Ben Elmsik. Je te préviens, c'est long et laborieux. La plupart du temps, il parle avec ses potes de foot, de filles ou de séries télé. De temps en temps, il trafique du *h'chiche*, mais ça, tu ne t'en occupes pas. Tu me repères seulement les conversations qui te paraissent inhabituelles, tu notes les mots bizarres qui reviennent tout le temps, au cas où ce serait des messages codés. Tu enregistres tout ce qui fait référence à une quelconque allégeance à Daech. Compris ? »

Hamid hoche la tête avec enthousiasme.

Content d'avoir fait un heureux, Massoud décide de s'en aller. Il va faire plaisir à sa mère en allant déjeuner avec elle comme elle le lui a demandé avec insistance ce matin.

Il aurait dû s'en douter et pourtant, il ne peut s'empêcher d'être surpris. Devant la porte de chez lui, des voix lui parviennent de l'intérieur. S'il avait été plus avisé, il aurait rebroussé chemin. Il tourne la clef dans la serrure.

Dès qu'il apparaît, sa mère s'exclame ! *El hamdoulillah*, tu es là ! Quel bon augure ! C'est le destin qui t'a conduit.

Massoud balaie la pièce des yeux. Sa mère occupe à elle seule tout un pan de la banquette. Sur la banquette perpendiculaire, une femme corpulente, mais pas autant que sa mère, se tient serrée dans une djellaba austère. Sur un pouf, une jeune femme en foulard et en djellaba garde la tête résolument baissée. La mère du commissaire poursuit :

–C'est un grand jour, mon fils ! Viens faire la connaissance de Fatima, la nièce de la femme de ton oncle. Et voici sa maman, Lalla Nouzha.

S'il n'avait pas peur de paraître impoli, Massoud houspillerait sa mère. Il ravale sa colère et décide de subir le guet-apens. Il se prêtera au jeu et écourtera son agonie en prétextant devoir retourner au travail. Une autre voix lui dit : tant qu'à faire, regarde à quoi ressemble cette fiancée potentielle. Garde l'esprit ouvert. Tout en s'approchant, il dévisage la jeune fille qui baisse de plus en plus la tête. Elle semble forte et bien portante, malgré son long vêtement qui avale le contour de ses hanches. Il la trouve étonnamment séduisante. Son visage est rond, presque enfantin. Son regard est abrité sous un auvent de cils épais. Massoud salue la mère, puis tend la main à la jeune femme. Fatima garde les bras noués et dissimulés dans les manches évasées de sa djellaba. Elle ne lève pas les yeux.

Massoud se sent ridicule avec sa main tendue dans le vide. La mère de la jeune femme lui explique :

–Nous n'avons pas de filles dans notre famille qui serrent la main aux hommes. Normalement, nos filles ne rencontrent leurs époux que le jour de leur mariage. Nous sommes ainsi, nous, les gens de l'Atlas. Nous sommes un peuple de traditions qui suit les préceptes d'Allah. Nous n'avons accepté de venir que pour honorer le sang qui nous relie à ta famille par le biais de ton oncle Ammar. Comme ta mère nous a dit qu'elle était souffrante, plainte à Dieu, nous nous sommes déplacées sans paresser et sans rechigner. Alors, dis-moi, mon fils, où comptes-tu faire vivre ma fille et combien gagnes-tu par mois ? Si nous avons été bien renseignées, tu es policier ? N'est-ce pas un métier dangereux ?

Massoud n'était pas préparé à un tel tir de questions. Même quand il interroge ses suspects, il ne les bombarde pas sans répit. Il tente de se souvenir de chaque interrogation dans l'ordre. Il aime bien que les pensées soient bien rangées. Le désordre mental le rend anxieux, comme c'est souvent le cas au milieu d'une enquête, lorsque tous les faits disparates forment un nœud inextricable.

–Je n'ai pas d'autre demeure que celle dans laquelle vous vous trouvez. C'est tout ce que Dieu nous a accordé, à ma mère et à moi. Mon salaire n'autorise pas de largesses, mais grâce à Dieu, il nous permet de vivre dans la décence et le contentement. Je suis commissaire et, en effet, mon métier est dangereux, éprouvant, mais avant tout…

Il allait dire « passionnant », mais ce n'est pas le mot juste. Intéressant ? Trop faible. Prenant ? Tous les métiers le sont.

–Aliénant, s'entend-il ajouter.

Massoud contemple un moment l'incompréhension qui s'étale sur le visage de la prétendue future belle-mère, puis se lève brusquement.

–Mesdames, vous m'excuserez, mais je n'ai qu'une très courte pause pour déjeuner.

–Et le couscous de la baraka !

Massoud se sauve avant que sa mère ne menace de le maudire.

Comme en réalité, il n'est pas pressé de retourner au travail, il décide de marcher. Entre midi et deux, la circulation n'est qu'un amas de voitures enchevêtrées, englouties dans un brouillard de fumée et de klaxons. Lorsque les gens arrivent chez eux, leurs gorges sont pleines de mazout et leurs oreilles résonnent de la cacophonie des carrefours. Ils avalent leurs tajines à toute vitesse, prenant soin de nettoyer toute la sauce avec leur mie de pain, puis retournent travailler, somnolents et le ventre gonflé. Massoud, lui, peut tenir une journée entière avec du thé et des dattes.

Sans qu'il le leur ordonne, ses pas le guident vers Hay El Hassani. Son rythme cardiaque s'accélère légèrement au fur et à mesure qu'il s'enfonce dans ses dédales poussiéreux. Il tourne au coin de la rue qui mène à l'immeuble du Pacha. De loin, il aperçoit un amas de brocante qui lui paraît suspect. Il se serait cru à la *Joutya* du marché aux puces. Un mauvais pressentiment le saisit. Il imprime à ses pas de petites foulées. Arrivé devant la porte du bâtiment, il s'arrête. Sur le trottoir, juste sous la fenêtre de la loge de Hanane, gisent une banquette de salon, une table basse, un matelas, un vieux tapis, un chandelier rouillé. Ces objets lui sont douloureusement familiers. Sans s'en rendre compte, il avait enregistré mentalement tous les détails qui meublaient la tanière de Hanane. Il reconnaît les fleurs jaunes fanées qui ornent le tissu de la banquette, l'usure qui ronge les pieds de la table, les rainures du tapis berbère. Le commissaire se précipite dans les escaliers et grimpe plusieurs marches à la fois. Arrivé devant la porte de Lalla Zoubida, il cogne plus fort qu'il ne l'aurait voulu. Il entend le pas déterminé de la cuisinière. Elle demande, méfiante, *chkoune* ? Qui est-ce ? Il crie : *El coummissire.* Elle marmonne : « Ce n'était pas trop tôt ! ». Elle ouvre.

Sans attendre qu'elle l'y invite, Massoud pénètre dans l'appartement. Il tourne la tête à droite et à gauche. Hanane est là, allongée sur une banquette, une couverture sur les genoux. Le choc et le désarroi semblent l'avoir dépouillée de toute couleur. Son visage est blanchi par les larmes séchées. Massoud s'assoit à ses côtés. Il se retient de justesse de lui prendre la main. Il se tourne vers Lalla Zoubida :

–Que s'est-il passé ?

–À votre avis ?

–El Pacha !

Une étrange voix se fait entendre. Massoud réalise qu'elle sort de la bouche de Hanane.

Hanane s'exprime avec un calme d'outre-tombe, comme si elle n'était pas du tout concernée par les tracas du monde. Se pourrait-il qu'une fois le pire arrivé, elle n'ait plus rien à craindre ? L'angoisse l'aurait enfin quittée. Elle entame son récit sur un ton monocorde :

–Cette fois-ci, il est revenu avec une clef et deux acolytes. Il a ouvert sans se soucier de savoir si j'étais vêtue ou si j'étais nue. J'étais comme à mon habitude, recroquevillée sur ma banquette, écoutant les gémissements de mes os. Il est demeuré un long moment, interdit, à m'observer. Ses yeux m'ont parcourue de la tête aux pieds et des pieds à la tête. Je n'ai pas remué. C'était comme si, soudain, Dieu m'avait insufflé la force. J'ai soutenu son regard qui oscillait entre le dégoût et la déception. Alors que j'aurais dû m'effondrer, je savourais ce moment qui avait pour moi un goût de revanche. Il a attendu deux années entières pour pouvoir m'épouser. Pendant deux ans, il a dû me rêver, me magnifier, m'extrapoler, saliver au souvenir de mes courbes d'antan. Et moi, pendant ce temps-là, je me suis évertuée à démolir cette poupée qu'il s'impatientait de posséder. Lorsqu'il a enfin cru ses noces arrivées, il a trouvé « ça » !

Hanane désigne de la main son corps émacié.

Lalla Zoubida

Lorsque le commissaire a découvert la vérité, l'angoisse m'a saisie. Allait-il m'arrêter et me jeter en prison ? Je n'étais pas femme à être capturée ni à être enfermée dans une cage. Essabâr l'a appris à ses dépens. En voulant confiner nos vies dans un étau, il s'est condamné lui-même à la peine capitale.

Ne pensez pas que je ne l'aie jamais regretté. Mon cœur n'est pas fait de caillasse et, de temps à autre, le remords s'abat sur mon âme. Mon humeur noircit comme la suie et, dans mes tajines, je retrouve un goût de poussière. Heureusement que Hanane était venue proposer son aide, car les jours où le spectre de son père pesait sur mon cœur, je lui passais la marmite. À travers ses mains innocentes, les épices s'ouvraient pour exhaler leurs saveurs et les salades à l'eau de rose et à la fleur d'oranger sentaient comme un jardin au printemps. On croyait entendre chanter les oiseaux dans les assiettes.

Je l'ai regretté, certes, mais je savais que si c'était à refaire, j'aurais tout refait pareil.

En échange de ma liberté, le commissaire m'a demandé de convaincre Hanane d'accepter un nouvel interrogatoire. C'était un prix ridicule par rapport à la gravité de mon acte. Pourtant, persuader Hanane s'est révélé beaucoup plus compliqué que je ne le croyais. Il a fallu qu'El Pacha revienne et menace de défoncer la porte de sa loge pour qu'elle comprenne enfin la nécessité de coopérer avec la police.

Le soulagement que j'ai ressenti était sans fin. Non seulement je venais de gagner ma liberté, mais j'étais curieuse de savoir sur quel chemin les aveux de Hanane allaient lancer le commissaire. La soumission d'Essâbar au Pacha m'a toujours paru louche.

À chaque fois qu'El Pacha rendait visite au concierge, j'ai laissé pendre mon oreille dans les escaliers. Quel ton emploie-t-il pour engendrer la soumission ? Ce timbre qui transmet les ondes de la peur est-il un don, un talent, ou le fruit d'un long entraînement ? Pour ma part, j'ai beau crier sur mes enfants, je ne parviens pas à remuer en eux la moindre inquiétude. Et surtout, ce qui m'intriguait, c'était la jouissance qui transpirait dans les vibrations de sa voix ! Même si je n'avais toujours pas percé le mystère de l'autorité, j'ai noté la façon dont Essabâr paniquait à chaque fois qu'El Pacha s'adressait à lui à la troisième personne. « Sans moi, Essabâr n'existerait pas ! Alors, maintenant, tu te dépêches de me faire ceci ou cela… » lui disait-il à chaque fois qu'Essabâr mettait plus de deux secondes à obéir. Cela suffisait pour que le gardien rapetisse et tremblote comme un chevreau.

À présent, Essabâr est mort et ses secrets sont partis avec lui. Heureusement, la vie continue et petit à petit, Allah ramène la paix sur les quartiers.

Un après-midi, je passais la serpillère quand j'ai entendu le bruit d'objets volumineux qu'on jette par terre. Des voix d'hommes beuglaient, *balak*, *balak*, attention à droite, attention à gauche ! J'ai tout de suite compris.

Je suis descendue avec mes mains qui dégoulinaient encore d'eau de javel. Hanane était debout, dans le couloir de l'immeuble, enveloppée dans son peignoir de grand-mère, observant avec un calme de statue les hommes du Pacha jeter un à un tous ses meubles dans la rue. Ses vêtements gisaient à ses pieds, entassés en boule dans un baluchon. Deux hommes à l'allure de déménageurs luttaient contre la porte de la loge pour sortir la banquette au tissu à fleurs. Les pieds du meuble griffaient le carrelage et ses coins écorchaient les murs. Les hommes suaient sous les instructions du Pacha qui veillait à l'évacuation de la loge. Il se tenait les jambes écartées, vêtu d'un short militaire et d'un Marcel qui exhibait ses bras tatoués. Son crâne luisait de sueur, bien qu'on fût presque en hiver. Il avait la mine excédée et la bouche tordue dans une expression de dégoût.

Je me suis précipitée vers Hanane. Je l'ai entourée de mes bras, m'attendant à ce qu'elle s'effondre. Mais la fille était figée comme si elle avait été taillée dans du marbre. Je lui ai glissé dans la main la clef de mon appartement et lui ai ordonné de monter. Elle n'a pas cillé. Monte, je t'ai dit, ai-je insisté. Elle m'a obéi à contrecœur. En se dirigeant vers les escaliers, elle s'est arrêtée pour lancer un regard de défi au Pacha. Un regard destiné à faire frire le poison qui marinait dans son cœur.

Dès qu'elle a disparu, ma cervelle m'est sortie de la tête. Je me suis plantée en face du despote et j'ai hurlé :

–Mais ça ne va pas de mettre à la rue une jeune femme qui vient de perdre son père ? N'avez-vous aucune pitié dans le cœur ? Je vous rappelle que Hanane est la fille de votre soi-disant ami ! Un homme avec qui vous avez partagé des douceurs et des amertumes dans cette vie. Il vous était dévoué corps et âme et faisait passer vos désirs avant sa propre famille. Il vous aurait donné ses yeux si vous les lui aviez demandés ! C'est comme ça que vous honorez sa mémoire ?

Entre ses dents, El Pacha a sifflé :

–Il m'a menti et il m'a trahi. Il m'a laissé attendre une chimère. Il m'a promis une gazelle et je me retrouve avec un crapaud. Pourquoi est-ce qu'il l'a laissée dépérir à ce point ? Il aurait dû au moins m'avertir. J'aurais pu épouser dix femmes en l'espace de deux ans ! J'ai soixante ans ! Serviteurs d'Allah ! Soixante ans ! La vie me file entre les doigts. Il m'a fait perdre un temps précieux ! Il m'a laissé attendre le vent et le néant.

–Vous ne vous êtes pas dit que Hanane était peut-être une victime dans votre petite transaction ?

–Une victime ? Je crois rêver ! Alors que je m'apprêtais à la sortir de son trou miteux ! À la sauver d'un destin de boniche ? Qui peut prétendre à sa chance ? Les filles de Casa sont prêtes à se marcher les unes sur les autres pour capter ne serait-ce qu'un regard de ma part ! Pour qui se prend cette Hanane pour se croire au-dessus de la fortune que je lui offre ? C'est ce qui s'appelle donner du pois chiche à celui qui n'a pas de dents !

–Elle n'a peut-être pas de fortune, mais elle a son honneur !

–Son honneur ? Qu'a-t-elle gagné avec son honneur ? Regarde-la maintenant ! On ne lui donnerait pas un verre d'eau si on la trouvait en train de mendier dans la rue. D'ailleurs, elle a bien travaillé pour se donner le physique de l'emploi. Même les zombis ont l'air plus repu ! Si je la mets dans mon lit, elle va me donner des cauchemars. Je vais me croire dans *Thriller*. Tu connais *Thriller* ? Non, bien sûr, tu ne peux pas connaître.

El Pacha a conclu sa tirade avec une grimace de mépris, puis il a houspillé ses molosses : allez, allez, plus vite, *serbina*, je suis poursuivi par d'autres occupations.

Après avoir jeté la dernière breloque sur le trottoir, ils ont laissé la loge si vide qu'on y entendait siffler le vent. Les deux sbires se sont affairés avec une perceuse à changer la serrure.

El Pacha s'est tourné vers moi :

–Maintenant, préparez-vous à recevoir votre nouvel Essabâr.

–Notre nouvel Essâbar ?

–Eh bien, oui. Un autre peintre en bâtiment ! Et soyez reconnaissants ! Je veille à ce que cet immeuble ne s'effondre pas sur vos têtes.

Après le départ du Pacha, j'ai observé les meubles de Hanane gisant sur le trottoir comme la carcasse déglinguée d'un éléphant. J'ai mis longtemps avant de remonter dans mon appartement. Une pensée me tracassait. Puis, soudain, une idée m'a frappée. Il m'a semblé revenir d'un long sommeil :

Essabâr n'était pas le vrai nom de notre gardien. Essabâr veut dire peintre. Je n'avais jamais songé à faire le lien, même si à présent, il me semble évident. Beaucoup de gens s'appellent par des noms de métiers. Ennajar pour Le Menuisier. El Khayat pour Le Couturier. Et pourquoi pas Essabâr pour Le Peintre ? El Pacha ne s'est même pas donné la peine de lui trouver un vrai pseudonyme. Il l'a juste appelé par ce qu'il savait le mieux faire : peindre. Mais alors, qui était vraiment Essabâr ?

Mardi 10 octobre 2017

Le commissaire Massoud se met en travers de la route pour arrêter un taxi. Les pneus du véhicule crissent devant ses genoux, manquant de le renverser. Le chauffeur de taxi s'éjecte de sa voiture, furieux contre ce *h'mar*, cet imbécile qui se jette sous ses roues comme un âne. Massoud ignore ses insultes et brandit sa carte de police. Le chauffeur de taxi se calme, sans pour autant cesser de maugréer : « Vous m'avez causé la peur de ma vie, ah *sahbi,* mon ami. Si je vous avais, ne serait-ce qu'égratigné, c'est moi qui serais allé en prison. » Massoud ne l'écoute pas. Il ouvre la portière et se glisse sur le siège passager, sans se soucier des voyageurs collés les uns aux autres à l'arrière. En prenant le volant, le chauffeur leur conseille de se trouver un autre taxi, s'ils ne veulent pas se retrouver dans une course poursuite comme dans les films d'action. Les passagers s'échappent du véhicule sans protester. Massoud est obligé de décevoir le conducteur. Il doit simplement se rendre chez le menuisier le plus proche.

Toujours armé de sa carte, il arrache le menuisier à son travail et le somme de le suivre. Il lui suggère d'obéir, sinon il lui collera un inspecteur des impôts sur le dos. Tous les commerçants craignent les inspecteurs des impôts, même les innocents. « Équipez-vous de tout le matériel nécessaire pour démonter une cloison. »

Le menuisier range ses outils dans une grande boîte et le suit. Avant de quitter la boutique, il annonce son prix. Massoud ne peut décemment pas payer une telle somme de sa poche, alors que cela fait des années qu'il repousse les travaux dans son propre appartement. Il demande à l'artisan de mettre la facture sur le compte de la préfecture. « Elles ne sont pas un peu inhabituelles, vos méthodes ? » Massoud se contente de le diriger vers le taxi qui attend dehors.

Il ne sait pas encore comment il va justifier cette facture qui arrivera au service des finances. Pour l'instant, une idée domine toutes les autres. Découvrir ce que le Pacha cache dans cette cave. Il ne détient pas de mandat de perquisition, il ne peut pas faire appel au juge d'instruction, vu que son enquête est, aux yeux de la loi, illégale. Il sait très bien qu'il risque sa carrière, mais à quoi cela lui sert-il d'être flic, si c'est pour rester les bras croisés devant l'injustice ? Enfermer de pauvres diables sans le sou et laisser libres des criminels qui jouissent de l'impunité des puissants ?

Sans que le commissaire le lui demande, le chauffeur de taxi profite de sa mission exceptionnelle pour zigzaguer entre les voitures, abuser de l'usage du klaxon, griller les feux rouges et rudoyer les piétons.

Arrivé devant l'immeuble du Pacha, Massoud paie le chauffeur de taxi et guide le menuisier devant la porte scellée de la cave. Le menuisier frappe quelques coups. Comme si les différents sons que produit le mur étaient issus d'une langue étrangère, il traduit au commissaire :

–La personne qui a construit cette cloison a utilisé des plaques de plâtre. À mon avis, elles sont montées sur des tasseaux de bois. Il faut que je repère s'il a utilisé des clous ou des vis. Dans le premier cas, je dois arracher les clous un à un sans casser la plaque. Si ce sont des vis, comme je l'espère, ce sera plus facile, mais le dévissage doit être fait avec beaucoup de soin, si on veut réutiliser le placo pour refermer. Alternativement, je dois couper avec une scie circulaire à six centimètres de la base pour essayer de préserver l'ossature. Ça va faire beaucoup de poussière. Ensuite, il faudra repeindre par-dessus. Je ne vous cache pas, ce sera le travail d'une journée.

–Écoute-moi, Ah Essi le menuisier, épargne-moi ta science, mets-toi au travail tout de suite, enlève-moi cette cloison en faisant le moins de dégâts possible. Voici mon numéro, appelle-moi dès que tu auras fini. Je serai au café à côté.

Massoud s'installe à la terrasse d'un café à deux rues de la place principale. L'agitation du marché Esselk se déverse dans les ruelles et sous ses yeux passent une multitude de femmes en djellaba et foulards, les bras tombant sous le poids de leurs paniers. Certaines portent leur fardeau en équilibre sur la tête. Vélomoteurs et piétons se faufilent entre les voitures. La frontière entre la route et le trottoir est floue. Les gardiens de voitures se disputent les places libres de stationnement dans l'espoir d'empocher quelques pièces. Le serveur pose le café court sur la table brinquebalante. Le regard du commissaire se noie dans le cercle rond où vibre le liquide noir. Une dentelle de mousse brune migre vers les rebords de la tasse. Son âme est aspirée vers ce puits obscur dont le fond s'apparente à un tunnel.

–Ah, Essi le commissaire ! Qu'est-ce que vous faites là ?

Massoud sursaute sur sa chaise. Il lève la tête. L'imam de la mosquée se tient devant lui, son sourire à moitié englouti par les épines argentées de sa barbe. Massoud se lève pour lui serrer la main et l'invite à prendre place sur la chaise libre à côté de lui. En réalité, il aurait préféré prolonger sa solitude, car sa tête est toute entière occupée par cette histoire de cave. Il n'est pas d'humeur à échanger des politesses.

L'imam commande à son tour un café et se tourne vers le commissaire :

–J'ai vu ce qui est arrivé à cette pauvre Hanane. Le propriétaire l'a fait sortir de sa loge ! Il a jeté ses affaires sur le trottoir ! Quel homme au cœur noir ! Il n'a pas peur du châtiment d'Allah ?

Massoud hoche la tête. La cruauté du Pacha se passe de commentaires. L'imam déclare :

–J'ai appris que Lalla Zoubida l'avait recueillie.

–Oui, affirme le policier.

L'imam marque une pause avant de poursuivre :

–Je n'aime pas du tout l'idée de savoir Hanane vivant sous le même toit qu'Ossmane. Vous êtes au courant qu'il y a à peu près neuf mois, il a abusé de Saïda la fille de la sage-femme ? Il l'a abîmée sans vergogne et ensuite, il a refusé de l'épouser.

Massoud lève enfin les yeux vers l'imam :

–Si vous le permettez, Ah Essi l'imam, Ossmane n'a pas abusé de Saïda. Le diable a peut-être joué dans leurs cerveaux, mais leur attirance était mutuelle. Je crois que la jeune fille s'était entichée de lui, avant que Dieu ne lui rende la cervelle.

–Ossmane est un garçon qui n'est épris que de sa propre personne. Il n'y a qu'à voir comment il s'habille et comment il se pavane dans la rue. Quoi qu'il en soit, sa cohabitation avec Hanane est dangereuse. Le diable rôde partout où se trouvent un homme et une femme réunis sous le même toit. Hanane ne peut pas rester chez Lalla Zoubida.

–Où voulez-vous qu'elle aille ?

–Elle n'a qu'à faire comme toutes les filles sans fortune. Travailler comme domestique dans une maison.

–Pour se faire maltraiter par des maîtresses de maison sans pitié ? Elle serait obligée de supporter toutes les humiliations, car elle n'aurait nulle part où se réfugier.

–Certaines bonnes que je connais ont trouvé des places enviables, chez des familles qui les respectent et les traitent comme si elles étaient des leurs.

–Vous avez vu Hanane récemment ? Elle n'est pas en état de travailler ni de supporter les corvées d'une maison.

–Je ne l'ai pas vue, mais on m'a parlé de sa maladie. Je ne comprends pas. Qu'a-t-elle au juste ?

–Elle n'a pas mangé pendant deux ans ou alors juste de quoi rester en vie.

–Et pourquoi elle a fait ça ?

–Pour ne pas épouser El Pacha.

–El Pacha voulait l'épouser ?

–Oui, son père la lui avait promise, dès qu'elle aurait atteint ses dix-huit ans.

–Et elle a craché sur cette aubaine ?

Massoud ravale les mots qui lui viennent à la bouche. Sa gorge se bloque. Il observe l'imam avec consternation :

–Vous pensez qu'elle aurait dû se réjouir à la perspective d'épouser El Pacha ?

–Est-elle sotte au point de penser qu'elle pourrait trouver mieux que lui ?

Massoud continue de dévisager l'imam :

–Si j'ai bien compris, vous condamnez une bonne action, comme celle de Lalla Zoubida, qui a recueilli Hanane, et vous consentez au mariage d'une adolescente avec un homme de quarante-deux ans son aîné, qui va la traiter comme un jouet, puis la jeter quand il l'aura brisée ?

–Et alors ? S'il s'agit d'une relation halal, approuvée par Allah !

–Mais El Pacha est un criminel !

–Qui sommes-nous pour le juger ? Seuls les anges sont habilités à consigner les bienfaits et les méfaits de chaque être dans leurs grands livres des comptes.

–Vous ne voyez pas la contradiction ?

–La Sunna et la Charia ne se discutent pas. Je suis en train de préparer une délégation pour aller voir Essi Brahim, le maître de maison et le contraindre à renvoyer la fille d'Essabâr vers son propre sort, avant qu'il ne voie un bâtard naître dans sa maison. N'oubliez pas que Hanane est elle-même fille du péché. Essabâr lui avait fait une faveur en l'élevant comme sa fille, alors que rien ne l'y obligeait.

Massoud tremble de la tête aux pieds. Il se lève en bousculant la table. La moitié de son café se déverse dans la soucoupe. Il ne répond pas à l'imam qui lui demande où il va comme ça, dans une telle précipitation. Il se joint à la cohue sur la route et se dirige vers l'immeuble du Pacha. Il devient de plus en plus urgent d'ouvrir cette cave. Il faut sauver Hanane.

Lorsque le commissaire monte les marches de l'immeuble du Pacha, il est accueilli par des cris stridents et des jappements, entrecoupés par la voix plus grave et plus posée de Lalla Zoubida. Arrivé sur le palier, il découvre Saïda, la simplette, en *tchamir* léger, complètement affolée, qui gesticule, sautille et glapit. Elle mitraille des mots incompréhensibles, mime des scénarios sans queue ni tête. Lalla Zoubida tente de la calmer : « Ne t'inquiète pas, le commissaire sait ce qu'il fait, on va maîtriser. » Le menuisier continue à scier dans le plâtre, imperturbable, malgré l'agacement qui s'inscrit sur chaque trait de son visage. Saïda saute pour venir se mettre en face du commissaire. Elle pose ses paumes ouvertes de chaque côté de sa tête, froisse le nez dans tous les sens et scande : *fâa…fâa…* Lalla Zoubida interprète pour le commissaire :

–Elle a peur des souris !

Fâr. Souris ! Il n'y avait pas pensé aux souris, lui ! Seulement à l'intérêt du Pacha pour cette cave ! Lalla Zoubida lui fait face :

–D'ailleurs, pouvez-vous m'expliquer ce que vous faites en ouvrant cette porte aux enfers ? Notre immeuble va être envahi par la vermine. Cela fait quinze ans que Dieu nous en préserve ! C'est le bruit strident de la scie qui nous a fait dresser les poils sur les bras !

Massoud explique à Lalla Zoubida et à Saïda que cette fouille est nécessaire pour arrêter El Pacha. Il leur promet que la cave sera refermée, aussitôt qu'il aura découvert ce que le trafiquant cache dedans.

Au même moment, le menuisier se lève en époussetant sa blouse. Il étire ses muscles et annonce :

–Je n'aurais pas terminé avant la fin de la journée, mais je vous ai scié un passage.

Massoud observe le trou carré qui s'ouvre au milieu du grand rectangle de l'ancienne porte. S'il avait été un grand balaise, il n'aurait pas pu passer à travers, mais avec son petit gabarit, il peut se glisser dans la cave sans souci.

Comme il s'y attendait, les escaliers sont recouverts d'une couche épaisse de poussière. Plus il s'enfonce dans le ventre de la terre, plus l'obscurité l'enveloppe. Il remonte pour demander au menuisier s'il a une lampe torche. Le menuisier secoue la tête. Lalla Zoubida lui tend son Samsung. Elle clique sur une application et la lumière se fait comme en plein jour. Massoud la remercie et reprend sa descente. Les murs sont noirs d'humidité et de moisi. L'odeur de renfermé manque de l'étouffer. Une grille minuscule qui donne sur la rue au niveau du trottoir permet un semblant d'air. Massoud dirige son faisceau de lumière dans toutes les directions. La pièce n'est pas grande. Il devrait être facile de trouver des objets suspects, comme de la drogue ou des armes. Plutôt des armes, car si c'était de la drogue, la marchandise n'aurait pas survécu à quinze ans d'emprisonnement. Ou peut-être des os. Les restes d'un cadavre de prostituée. Mais partout où les rondelles de lumières se posent, il ne rencontre que des murs sur lesquels poussent des champignons. Il braque sa lumière sur le sol. Une armée de petites créatures grises se disperse en couinant. Une rigole d'eau croupie coule entre ses pieds. Aux quatre coins il n'aperçoit que des trous de souris ou des armées de cafards. Si le sol n'avait pas été aussi dégoûtant, le commissaire se serait laissé tomber par terre et aurait déversé toutes les larmes de son corps.

Il n'y a rien, absolument rien. Cette cave qu'il avait imaginée pleine de secrets, de preuves, de pièces à conviction, de marchandises illégales, de vieux squelettes démantelés, n'est en réalité qu'un trou dans les entrailles de la ville où prolifèrent les bactéries. Un puits de désespoir, un tube sans fond. Il ne voit vraiment pas ce qu'il peut faire de plus pour piéger El Pacha, l'arrêter dans son entreprise de destruction.

Il laisse pendre sa tête et se résout à remonter, bredouille.

En se dirigeant vers les escaliers, il trébuche sur un objet dur. Il dirige la lampe du mobile vers ses pieds. Un coffre recouvert de la même épaisse couche de poussière gît comme un animal camouflé. Massoud pose un genou par terre, sans se soucier de salir son pantalon. Il passe sa main sur le métal et découvre une chaîne fermée par un cadenas. Il lève les yeux au plafond et réfléchit. Les méthodes qu'utilisent les voleurs de vélos lui reviennent en mémoire. Selon un jeune voyou qu'il avait interrogé, il suffit de tirer sur la chaîne pour exercer une pression sur le cadenas. Ensuite, à l'aide d'un marteau, il faut cogner assez fort pour déclencher le déverrouillage du mécanisme. Bien sûr, cela paraît trop simple pour être vrai, mais il ne perd rien à essayer. Massoud crie au menuisier de lui envoyer un marteau. L'outil dégringole les escaliers et atterrit dans une dune de poussière. L'homme n'a visiblement aucune envie de s'aventurer dans ce caveau qu'il imagine peuplé de djinns. Massoud applique la méthode de la pression, puis donne un coup sur le cadenas. Il ne se passe rien. Il frappe plusieurs fois, sans succès. Comme si les esprits habitants des lieux s'étaient emparés de sa raison, il saisit le marteau des deux mains et se met à cogner de toutes ses forces. Le tambourinement du métal s'étend dans toute la pièce et lui emplit les oreilles. Il frappe et il frappe jusqu'à ce que son front se couvre de sueur, que ses mains deviennent violettes, que ses veines menacent d'éclater sur ses tempes. Enfin, les chaînes se détachent et volent chacune d'un côté. Massoud s'essuie le front avec le bras, essoufflé. Il ouvre le coffre.

Comme dans une mauvaise plaisanterie, à l'intérieur de la boîte en métal, se trouve une autre boîte, en carton cette fois-ci. Les rebords sont scellés avec du gros adhésif marron. Massoud soupire d'agacement. Il lève la tête et ordonne en direction des escaliers : « ciseaux ». Un canif vole dans sa direction, manquant de l'assommer. À présent fébrile, il applique une longue incision à la bande de scotch et écarte les rabats du couvercle de la boîte. Il plonge le faisceau de la torche à l'intérieur du paquet, espérant contre toute raison, découvrir des pilules hallucinogènes, des pistolets, des diamants ou des liasses de billets.

À sa grande stupéfaction, il ne trouve qu'une pile de CD-Rom.

Mardi 10 octobre 2017, dans l'après-midi

Le commissaire Massoud pousse avec son épaule la porte de son bureau pour faire passer le vieux carton. Il est lui-même incommodé par l'odeur de moisi qui lui colle au corps. À chaque fois qu'il déglutit, la poussière lui racle le fond de la gorge. Il lui semble avoir des toiles d'araignée accrochées aux cheveux et des mites qui lui rongent la peau. Il empeste comme les grottes de Lucifer.

–Que vous est-il arrivé ?

Massoud sursaute en faisant tomber son paquet. Hamid, son stagiaire, est installé à son bureau, l'observant d'un air stupéfait. Il balbutie :

–Ce n'est rien, de vieux dossiers. Que fais-tu à mon bureau ? Tu te prends pour moi ? N'as-tu aucun travail qui t'attend ?

–Vous m'avez demandé d'écouter les conversations de ce garçon de Hay Ben Elmsik. Vous voulez un compte rendu ?

–Ah oui ! Plus tard, plus tard. Maintenant, va jouer dehors.

–Pardon ?

–Je veux dire… fais-toi une pause. Je t'appelle si j'ai besoin de toi.

Le stagiaire se lève, perplexe. En traversant le bureau, il essaie de jeter un œil sur le contenu du carton. Massoud rabat les couvercles. Dès que les pas du jeune homme s'éloignent, il se précipite vers son ordinateur. L'un des avantages d'être équipé de vieux ordinateurs, c'est que ces anciens modèles comprennent un lecteur de CD. Il clique sur l'icône de son écran qui représente un disque doré, puis actionne l'ouverture du lecteur. Un petit plateau carré émerge sur le côté. Massoud y insère le premier disque sur la pile qui gît au fond du carton et appuie sur lecture. À son grand désespoir, l'écran de son ordinateur se couvre d'une succession de codes informatiques et autres hiéroglyphes auxquels il ne comprend strictement rien. Il se prend la tête entre les mains afin de contenir son désespoir. Empêcher sa cervelle d'exploser en mille éclats de fureur. Il ne lui reste qu'un seul espoir. Il saisit son téléphone et compose le numéro de l'équipe technique. Il demande à la première personne qui lui répond de lui envoyer Nawfal Bakkali *daba, daba*, tout de suite.

Il y a quelques années, Nawfal avait été arrêté pour piratage informatique. Il était spécialisé dans les logiciels qui trouvent les mots de passe des consommateurs. Le pirate s'introduisait dans les transactions bancaires des utilisateurs, volait leurs numéros de cartes de crédit en créant de faux sites internet. La police s'était rendu compte que le jeune garçon, issu du peuple, sans grandes études ni diplômes, était en réalité un génie de l'informatique. Une fois sa peine de prison purgée, c'est le commissaire qui avait eu l'idée de le faire embaucher par la police. Il avait pensé qu'il serait plus utile à aider la police à accéder aux informations contenues dans les ordinateurs des groupes djihadistes et autres agitateurs, plutôt qu'à escroquer des pauvres gens qui faisaient confiance à leurs machines.

La porte s'ouvre et Nawfal entre. Massoud n'est pas surpris que ses collègues l'appellent Bo Ressort. Ses cheveux bouclés donnent à sa tête l'allure d'un champ de tire-bouchons. Le front plissé, il demande au policier ce que désire son humeur. Il a souvent l'air inquiet du type qui s'attend à tout moment à voir sa chance tourner.

Massoud lui fait signe d'approcher. Il lui chuchote à l'oreille :

–Que Dieu protège tes géniteurs : j'ai besoin de ton aide pour lire ces CD-Rom, mais il faut que ça reste entre toi et moi, d'accord ? N'oublie pas que je suis ton bienfaiteur ! Si tu me rends ce service, je mentionnerai ton nom lors des prochaines promotions.

–Il ne sera fait que selon ton désir, acquiesce le jeune homme dont le visage se détend. Quel est le problème ?

–À chaque fois que j'insère ce disque, l'ordinateur me sort un charabia qui donne mal à la tête.

Nawfal s'empare du disque et le retourne dans tous les sens.

–Il date de quand, ce CD-Rom ?

–D'il y a au moins quinze ans.

–C'est normal ! Le système d'exploitation de ces nouveaux PC n'est pas compatible avec les vieux disques.

–Quelle est la solution ?

–Quand Windows XP refuse de lire un vieux CD-Rom, il faut réinstaller un système d'exploitation archaïque avec l'assistant compatibilité des programmes.

–Tu peux me le faire, s'il te plaît, en m'épargnant ton jargon, car il ne fait qu'augmenter ma confusion.

–Ne t'en fais pas, je m'en charge.

Massoud, que toutes ces manipulations informatiques inquiètent et irritent en même temps, se lève pour laisser sa place au jeune homme. Il arpente son bureau avec impatience. Son estomac est serré, son cœur, comprimé. La sueur suinte dans chaque repli de sa peau. Il se sent fébrile, presque malade. Il aurait attendu sa sentence de vie ou de mort, il n'aurait pas été aussi anxieux. Des barreaux de son bureau, il peut voir les gens déambuler dans la cour, des pigeons atterrir à la recherche de la moindre miette coincée entre les dalles. Une fontaine se dresse au milieu des colonnes. Il ne se souvient pas avoir jamais vu l'eau roucouler sur ses flancs. Elle est sèche depuis des décennies.

Son téléphone portable l'arrache à sa méditation. Il décroche. Il met quelques instants à identifier son interlocuteur. C'est le menuisier. Il l'avait oublié, celui-là. L'artisan l'informe qu'il a fini de remettre la cloison et à présent, il veut être payé.

« C'est quoi, l'adresse de la préfecture de police ? Je compte y aller moi-même pour récupérer mon argent. »

La lecture des CD-Rom n'a encore rien révélé. Si ça se trouve, toute cette fouille aura été inutile. Massoud ne pourra pas révéler son enquête clandestine en brandissant le nom d'un coupable ni se faire pardonner ses méthodes inhabituelles. Il faut qu'il gagne du temps. Il répond :

–Pouvez-vous patienter quelques jours, que Dieu prenne vos aïeux en pitié ? Il faut que je prévienne le service des finances…

–….

–Oui, oui, je sais que vous y avez passé la journée…

–…

–Enfin, c'est juste une cloison qui donne sur une cave, je ne vous ai pas demandé de construire une maison ! Vous n'allez pas mourir de faim si vous devez attendre deux ou trois jours avant d'être payé…

Le menuisier énumère tous les employés qu'il doit rémunérer, le matériel qu'il a acheté à crédit, le loyer de la boutique, sa femme qui est malade à l'hôpital. Massoud éloigne son Nokia de son oreille. Les lamentations du menuisier lui vrillent le tympan. Il s'énerve :

–Écoutez, vous êtes par la loi obligé de coopérer avec la police. Alors, maintenant, vous remettez votre sort entre les mains de Dieu et attendez que je vous envoie votre paie !

Massoud raccroche d'un geste rageur. Nawfal lève un bref moment les yeux de l'écran pour lui jeter un regard. Massoud détourne les yeux et se poste devant la grille. Il aperçoit, collé contre le mur à droite de la fenêtre, Hamid, son stagiaire. Il lui a dit d'aller jouer ailleurs, mais le garçon n'a pas été très loin.

Agité, Massoud retourne se mettre derrière la chaise de Nawfal pour voir où il en est.

Espoir ! Une image apparaît. Mais elle est complètement brouillée. L'écran est traversé de zigzags et de granules.

Nawfal ouvre de nouvelles fenêtres, clique d'un doigté expert sur plusieurs options, fait naviguer le curseur de la souris dans les quatre recoins de l'écran, pianote sur le clavier pour entrer des formules qui semblent dictées par des voix venues de l'espace. Finalement, une image nette envahit l'écran. Une image qui bouge. Un film plus exactement.

Lorsque, peu à peu, l'action sur l'écran prend sens, la mâchoire du commissaire tombe de quelques centimètres. Inquiet, il tourne la tête vers Nawfal. Celui-ci lui darde un sourire en coin, les yeux brillant de malice.

Réalisant avec horreur ce que le jeune garçon doit penser, Massoud se justifie : ce n'est pas du tout ce que tu t'imagines ! Ces disques appartiennent à un suspect.

Nawfal se contente de ricaner, retrouvant son air canaille des garçons des rues.

Massoud arrache la souris à l'informaticien et clique sur le bouton Pause. Il se dépêche de l'expédier :

–Va maintenant, merci de ton aide.

–Pas de remerciement pour un devoir !

–Que ça reste entre nous, hein !

–Sois sans crainte.

Avant de refermer la porte derrière lui, Nawfal lui lance un regard complice :

–Amuse-toi bien.

À peine la porte refermée, Massoud focalise son attention sur l´écran. Avant d'appuyer à nouveau sur le bouton Marche, il se passe la main sur le visage en marmonnant : Je m'en remets à Dieu de Satan le maudit, je m'en remets à Dieu de Satan le maudit. Après avoir demandé l'absolution à Dieu au moins dix fois, il se résout à regarder ces images scandaleuses. Massoud n'a jamais visionné de films pornographiques de sa vie.

Le premier disque contient la vidéo d'une scène de fornication entre un homme et deux femmes. Les trois protagonistes lui sont inconnus. Bien qu'il ait peur de rater un détail important, Massoud ne peut s'empêcher de faire Avance Rapide tellement ces images le gênent et le remuent au plus profond de lui-même.

Dans un autre disque, c'est une femme qui est filmée avec trois hommes. Elle satisfait ses amants par tous les passages intimes de son corps. Massoud détourne les yeux et murmure une prière destinée à écarter le mal. Il ne peut pas laisser ces images lui troubler l'âme. Ouvrir la porte au diable pour qu'il vienne prendre possession de ses sens. Encore une fois, il fait avancer les scènes en mode accéléré. Les mouvements deviennent hachés et précipités, ce qui a le mérite de rendre l'action plus comique que dérangeante.

Il change de disque. La troisième vidéo montre des filles qui dansent sur un tapis dans des tenues légères de danseuses orientales. Massoud respire. Au moins, elles sont habillées. C'est plus acceptable. Ces images lui donnent un répit. Il peut les analyser sans craindre le châtiment de Dieu. Les filles sont dans un salon marocain, elles dansent sur un tapis en laine d'artisanat mauresque. Autour d'elles, sur les banquettes aux tissus luxuriants, des hommes tapent des mains en buvant du whisky. Ils lancent des billets en l'air qui pleuvent sur les filles.

Celles-ci les ramassent au vol pour les fourrer dans leur soutien-gorge sans cesser leurs déhanchements. Les plus habiles tentent de les faire atterrir sur le bout de leur langue. À chaque fois que l'une d'elles réussit, elle est applaudie et acclamée. Une paire de mains qui donne la cadence aux danseuses apparaît et disparaît dans le champ de la caméra, comme si le personnage tentait de rester caché. Massoud fait arrêt sur image. Il observe les avant-bras. Ils sont tatoués.

Massoud ne se souvient pas exactement des tatouages sur les bras du Pacha, mais il est sûr et certain que cette paire de mains qui orchestre l'ambiance lui appartient. Il remet le film.

Une nouvelle scène se déroule. Un groupe de jeunes filles arrive en file indienne. Elles doivent avoir entre quinze et seize ans. Elles sont habillées de façon ordinaire. Jeans, jupes plissées, pulls, baskets. Elles ressemblent plus à des collégiennes qu'à des prostituées. Elles ont les yeux hagards, comme si elles avaient été droguées. Elles marchent d'un pas mal assuré. Certaines trébuchent. À la façon craintive dont elles balayent la salle du regard, Massoud devine qu'elles ne sont pas venues de leur plein gré. Le commissaire approche son nez de l'écran.

L'apparition furtive d'un personnage capte son attention. Il arrête l'image sur l'homme qui semble pousser les filles à avancer. Il s'agit d'un jeune homme au physique quelconque, brun, yeux noirs, cheveux courts, frisés. Il aurait pu être n'importe quel badaud qui hante les rues. Il est mince, mais musclé. Son visage est balafré, comme un type qui a l'habitude de se bagarrer. Le commissaire donnerait cher pour savoir qui est ce type. Un maquereau ? Un chauffeur ? Un serviteur ? Il regarde la date en haut à droite de la vidéo. 12 mai 2002. Donc, quatre mois avant le meurtre de la fille Bournouss, début septembre de la même année. Meurtre commis par le chauffard qui avait soi-disant volé la voiture du Pacha. S'agit-il de la même personne ? Un serviteur chargé de partir à la chasse et de ramener des filles.

Massoud ouvre un tiroir et en tire un Ipad. Étant plus à l'aise sur le terrain qu'avec les appareils électroniques, il n'utilise que rarement ces applications qui donnent accès aux statistiques, relevés d'enquêtes, procédures, bases de données et autres informations personnelles sur les criminels. Il se sert de la tablette pour prendre une photo de l'homme immobilisé sur son écran d'ordinateur.

Il glisse dans le lecteur un nouveau disque. Celui-ci date du 18 mai 2002. Après une éprouvante succession de scènes où les corps s'entremêlent comme dans un nid de serpents, Massoud appuie sur Pause. Un autre individu attire son attention. Un homme d'âge mûr, aux chairs flasques qui s'accouple avec plusieurs adolescentes en même temps. Le policier se couvre à nouveau les yeux. Surmontant son embarras, il zoome sur le pervers. Son visage lui est familier. Le commissaire l'étudie un long moment. Soudain, ses yeux s'ouvrent en grand, son cœur palpite comme celui d'un enfant à qui on vient d'offrir une surprise d'Achoura. Ses mains tremblent quand elles saisissent à nouveau l'Ipad. Il prend de grandes inspirations pour calmer son excitation.

Massoud mitraille l'image avec sa tablette lorsque soudain, la porte de son bureau vole en éclats. Il lève la tête, éberlué.

Le juge Boutricha fait irruption dans son bureau, fulminant. Ce même juge qui, il y a quelques mois, avait nié connaître El Pacha, alors qu'il l'avait acquitté malgré ses crimes évidents. Ce même juge qui avait menacé de remettre le commissaire à la circulation, s'il s'acharnait à questionner son jugement ! Son visage est violacé par la colère, les veines bleues sur ses tempes palpitent, ses yeux pétaradent. Il pointe un doigt menaçant vers le commissaire et vocifère :

–Qui t'a permis d'aller casser les murs dans l'immeuble du Pacha ! Alors que je t'avais enjoint de te tenir à l'écart ! As-tu une plainte, un chef d'accusation, un mandat de perquisition ? Ou alors as-tu juste décidé de t'acharner sur un homme sans reproches ! J'ai bien fait de t'avoir à l'œil. Tu as commis une grave erreur ! Tu vas la payer très cher. Je vais te déchiqueter et te traîner dans la boue ! Je vais piétiner ta réputation ! Je vais détruire la baraque de ton père ! Allez, maintenant, dégage ! Dégage tout de suite !

Massoud observe le juge d'instruction, bouche bée. Quelle étrange coïncidence qu'il soit arrivé juste à ce moment-là ! Instinctivement, il jette un œil derrière son dos. À travers les barreaux de sa fenêtre, il aperçoit Hamid qui détourne aussitôt la tête et fait mine de s'absorber dans son téléphone. Il comprend maintenant pourquoi on lui a collé un stagiaire ! C'est le juge qui lui a flanqué un espion aux pattes.

–Allez ! Qu'est-ce que tu attends ? hurle le juge, espèce de *h'mar*, de mule, d'imbécile, de plouc qui se la joue Sherlok Holmes.

Massoud ne bouge pas. Un calme étrange vient de l'investir. Il s'octroie le droit de sourire, puis avec une lenteur délibérée, il rétorque :

–Je ne crois pas, monsieur le juge. À mon avis, après avoir vu ces vidéos, c'est vous qui allez prendre la porte.

–Comment oses-tu…

–Venez, venez, n'ayez pas peur, j'ai quelque chose à vous montrer.

L'expression du juge passe de la rage absolue à la stupéfaction. Ses sourcils s'accolent l'un à l'autre. D'un pas hésitant, il s'approche de l'ordinateur comme si c'était une bête féroce qui menaçait de le mordre. Massoud tourne l'écran dans sa direction pour qu'il puisse avoir tout loisir d'admirer l'image arrêtée. On y voit un homme au ventre distendu, le visage tordu par la jouissance, dans une position ridicule, tous membres exposés. Il est entouré de deux filles à la jeunesse étincelante, au corps androgyne que l'enfance n'a pas encore quitté. Ce qui bouleverse le policier, c'est la vacuité qui habite leur regard. Massoud assène :

–Vous reconnaissez cet homme ?

Le juge est figé comme si une foudre l'avait calcifié. Massoud insiste :

–*Kifache* ? Comment ? Vous ne vous reconnaissez pas vous-même ?

Mardi 10 Octobre 2017, dans le bureau du commissaire

Le juge Boutricha est à genoux devant le commissaire Massoud. Il baise ses chaussures encore couvertes des souillures de la cave. Il pleure et gémit : « Je vous en supplie, j'invoque la paix qui repose sur vos aïeux, gardez le secret sur ces images, c'est le diable qui m'a conduit dans ces lieux de perdition, si jamais ma femme les découvre, mes enfants, ma famille, ma belle-famille, mes collègues, mes supérieurs, tout le monde me désertera. Je serai fini, déshonoré, ma dignité achevée, il ne me restera plus qu'à me faire éclater la cervelle, me jeter sous un train… Autant m'achever tout de suite… »

Massoud ne fait rien pour relever le juge. Il le laisse lui lécher ses mocassins bon marché. Il savoure l'humiliation de l'homme. De temps à autre, sa conscience lui ordonne de mettre fin à son calvaire, mais lorsqu'il repense au visage juvénile des filles qui avaient leurs corps enroulés autour du sien, toutes dévouées à la satisfaction de ses appétits de chair fraîche, il a envie de poser son pied sur sa tête et de l'enfoncer encore plus dans le sol.

Lassé des larmoiements du juge, Massoud lui dit : assez !

D'un geste, il lui indique la chaise en face de son bureau. Le juge se relève, les yeux bouffis et la morve au nez. Il se dirige comme un bossu vers la chaise et s'assoit. Massoud déclare :

–Je vous protège à une condition.

–Tout ce que vous voudrez, Ah Essi le commissaire ! déclare le juge avec espoir.

–Cette vidéo date du 18 mai 2002, n'est-ce pas ?

–Oui, je crois, je ne sais plus…

–Vous étiez au courant de son existence ?

Le juge acquiesce en plongeant la tête entre ses mains.

Imperturbable, Massoud continue :

–Et si nous commencions par le début ? Comment connaissiez-vous El Pacha ?

–Il s'était introduit dans mon cercle de connaissances à travers un ami qui travaillait dans l'immobilier.

–Comment vous êtes-vous retrouvé dans cette soirée ?

–J'avais déjà entendu parler des soirées du Pacha dans la villa de Dar Bouazza que lui prête l'un de ses amis. Aussi, le jour où il m'a invité, pour moi, c'était un honneur.

–Un honneur ?

–Je vous jure, s'écrie le juge qui menace de se remettre à larmoyer, ce n'était pas du tout dans mes habitudes. Je m'attendais à une soirée ordinaire. Je n'imaginais rien de *haram* ni de sordide. Je n'étais pas le seul convié, nous étions plusieurs notables, mais je vous en supplie, ne me faites pas révéler leurs noms. Après nous avoir bien nourris et abreuvés, El Pacha nous a régalés avec un spectacle de danseuses du ventre.

Le juge autorise son regard à errer dans le lointain souvenir de cette *laïla* de débauche.

–Ensuite ? le presse Massoud.

–Le serviteur du Pacha nous a amené des filles…

–Le connaissiez-vous ?

–Pourquoi voulez-vous que je connaisse un serviteur ?

–Continuez.

–Que voulez-vous que je vous dise, de plus ? La suite, vous la connaissez.

–Essayez quand même.

–Les filles étaient belles, elles étaient consentantes…

–Elles étaient droguées, oui !

–Elles étaient dociles.

–Elles avaient quinze ans !

–Au moment où elles sont arrivées, j'avais les yeux brouillés.

–Vous étiez déjà bien éméché !

–La boisson est traitre.

–Trêve d'excuses. Saviez-vous que vous étiez filmé ?

Le juge secoue la tête en pressant ses doigts contre ses tempes.

–À quel moment l'avez-vous appris ?

–Quelques mois plus tard.

–À quelle occasion ?

–Le jour où…

–Je vous écoute.

–L'affaire Bournouss.

–L'affaire Bournouss ?

–L'homme dont la fille a disparu…

–Et qu'on a découverte assassinée dans un buisson.

–Oui.

–Si je me rappelle bien, dit Massoud, cette malheureuse affaire a eu lieu à peu près quatre mois après votre fameuse soirée. En septembre 2002.

–En effet.

–Le corps a été retrouvé, comme par hasard, à Dar Bouazza, près de la piste déserte qui mène à la villa où le Pacha organise ses soirées !

Le juge se contente de gémir. Massoud continue son inventaire des faits :

–Une voiture était dans le fossé quelques mètres plus loin. Elle était enregistrée au nom du Pacha.

Le juge se réfugie dans un silence coupable.

–En tant que juge d'instruction du tribunal affilié à son domicile de l'époque, vous avez été saisi de l'affaire. C'était embêtant, mais vous étiez obligé d'enquêter.

Les yeux du juge scrutent le vide.

–Pour vous, il était évident que le Pacha était impliqué. Vous saviez qu'il avait pour habitude de se faire livrer des filles pour les offrir à ses invités, puisque vous aviez vous-même accepté une invitation à l'une de ses soirées, quelques mois plus tôt.

Le juge acquiesce, comme si à chaque sentence, il recevait un coup sur la tête.

–Mais vous avez dû faire votre travail malgré tout, continue le commissaire. Vous avez dû le convoquer pour un interrogatoire, comme si de rien n'était. N'est-ce pas ? Dites-moi comment vous avez procédé.

–Je lui ai demandé s'il avait commandité cet enlèvement qui a mal tourné.

–A-t-il avoué ?

–Non. Il a maintenu que sa voiture avait été volée et qu'il n'y était pour rien.

–Vous l'avez cru ?

–Je savais qu'il mentait, et lui aussi, savait que je n'étais pas dupe.

–Comment expliquez-vous qu'il ait pu déclarer sa voiture volée le soir-même du meurtre ?

–Son serviteur a dû l'avertir dès que l'enlèvement a mal tourné.

–C'est la seule explication logique, nous sommes d'accord, convient Massoud.

Le juge refuse obstinément de croiser le regard du commissaire.

–En temps normal, poursuit Massoud, vous auriez traqué les appels téléphoniques du Pacha ce soir-là, pour savoir s'il avait reçu un coup de fil suspect et à quel moment il avait appelé la police pour déclarer sa voiture volée…

Le juge hoche la tête, résigné.

–Mais vous ne l'avez pas fait.

Il secoue la tête lentement.

–Pourquoi ? interroge Massoud.

La juge s'affaisse encore plus sur sa chaise. Massoud qui craint une énième avalanche de larmes, suggère :

–Il vous a fait chanter ?

Le juge relève les yeux en hoquetant.

–Il m'a dit que si je persistais dans mon enquête, il allait exposer ma perversité aux yeux de tous. C'est à ce moment-là que j'ai appris l'existence des CD-Rom. Ce soir maudit où je m'étais laissé entraîner par le diable, il avait tout filmé.

–Il avait bien calculé son coup, songe Massoud à haute voix. Sachant que vous exerciez dans le tribunal de son arrondissement, il vous a piégé en vous invitant à cette soirée. Par ces vidéos, il s'est assuré une impunité d'avance sur ses futurs crimes.

Massoud joint les doigts sous son menton. Les pièces disparates du tableau se rassemblent :

–L'affaire de la drogue dans les oranges, qui a eu lieu deux ans plus tard, vous l'avez également étouffée. Vous avez entravé l'enquête en retardant la perquisition et vous avez fini par classer le dossier. Vous aviez peur qu'il ne montre vos vidéos au monde entier, n'est-ce pas ?

Le juge fixe le sol, comme s'il espérait qu'un trou s'ouvre dedans pour qu'il puisse s'y engouffrer.

Massoud l'observe longuement. Pour la première fois depuis qu'il a croisé la dépouille d'Essabâr sur son chemin, en route vers le cimetière, il détient toutes les clefs du mystère. Enfin, presque. Il pose une dernière question :

–Et ce chauffeur qui a tué la jeune fille, l'a-t-on jamais retrouvé ?

–Non.

–Savez-vous qui c'est ?

–Non.

–Se pourrait-il que ce soit son ancien gardien de voitures ?

–La police a interrogé tous les gardiens de la rue. Leurs empreintes ont été prélevées. Elles ne correspondaient pas à celles retrouvées dans la voiture du Pacha.

–Vous avez donc rendu une ordonnance de non-lieu.

–C'est exact.

–Et la justice n'a jamais été rendue à cette jeune fille dont on a dérobé la vie. Qu'on a privée d'un futur.

Massoud observe les deux larmes parallèles qui roulent sur les joues du juge. Vaincu, il soupire devant le mal qui ronge le monde et pourrit l'âme des gens. Il retire le disque laser du lecteur, le range dans la boîte en carton et pose ses deux coudes sur le bureau. Il décrète :

–À présent, c'est moi qui détiens ces disques qui menacent de faire exploser votre vie en mille morceaux et de la réduire en miettes. Donc, c'est à moi que vous allez obéir. Je veux que vous ordonniez tout de suite la mise en examen du Pacha, avec comme chef d'accusation, trafic de drogue, proxénétisme et détournement de mineures.

–Mais… comment justifier… il n'y a pas de nouveaux éléments pour rouvrir l'enquête…

–Il y a un constat d'infraction par un commissaire de police. En l'occurrence, moi. Je vais soumettre les CD-Rom que j'ai trouvés dans la cave de l'immeuble de Hay El Hassani. Ces nouveaux indices suffisent pour rendre vraisemblable la culpabilité du Pacha.

La panique s'empare du juge d'instruction. Massoud le rassure :

–Sauf celui qui est daté du 18 mai 2002. C'est-à-dire celui sur lequel vous figurez.

Le juge essuie la sueur qui dégouline le long de ses tempes.

–Je veux que les enquêtes sur le meurtre de la jeune fille, ainsi que la saisie de marchandises truffées de résine de cannabis soient rouvertes, vu que c'est vous qui les avez classées prématurément et sans investigations poussées.

–Ce n'est pas si simple. Il faut que le procureur d'état me confie l'instruction pour que je puisse inculper El Pacha !

–Eh bien, vous allez le convaincre sans tarder, sinon, c'est moi qui vais lui envoyer une lettre accompagnée de pièces à conviction. De quoi vous faire éjecter de votre petit siège doré.

–D'accord, d'accord, j'ai compris…

–Vous allez donc mettre El Pacha en examen. Je veux que vous me déléguiez la commission rogatoire pour que je puisse effectuer des perquisitions de ses entrepôts, des interrogatoires, des expertises. Pendant ce temps-là, vous ordonnez sa détention provisoire. Il ne faut pas qu'il ait la possibilité de mettre la pression sur les témoins ou d'entraver le cours de la justice.

Le juge se lève. Il commence à quitter le bureau à petits pas résignés. Massoud l'interpelle :

–Je veux également consulter le dossier de l'affaire Bournouss.

Les paupières du juge se rabattent en signe de consentement.

–Ah oui, et une dernière chose : rappelez-moi votre adresse, s'il vous plaît !

–Je vous en supplie, laissez ma famille en dehors de ça !

–C'est pour vous envoyer la facture du menuisier.

Lundi 13 novembre 2017

Le commissaire Massoud prend la direction de Hay El Hassani. Son pas est assuré. Pour une fois, il a une bonne raison de rendre visite à Hanane, qu'il espère trouver chez Lalla Zoubida. Il a disséqué les faits depuis plus d'un mois et pourtant, son esprit est encore encombré par les images que le dossier Bournouss lui a plantées dans la tête. Il ne peut s'empêcher de ressasser le film de cette tragédie, telle qu'elle a été reconstituée par la police. D'après le scénario post-mortem, l'assassin a réussi à convaincre la jeune fille de monter dans la belle voiture qu'il conduisait. Il a dû lui proposer un bonbon ou un chocolat. Quoi qu'elle ait ingurgité, la sucrerie contenait de la drogue. L'autopsie a révélé des traces d'héroïne dans son organisme. La fille a probablement pris peur lorsqu'elle s'est retrouvée avec cet inconnu en pleine nuit dans un lieu désert. Elle a ouvert la portière de la voiture et tenté de s'échapper. Le chauffard a immédiatement arrêté le véhicule pour la rattraper. Il a essayé de la maîtriser. Elle s'est débattue. Le combat a dégénéré. L'homme s'est emparé d'un caillou et l'a frappée à la tête. Quand il s'est aperçu qu'il l'avait tuée, il est remonté dans la voiture pour s'enfuir. Dans sa précipitation, il a conduit le véhicule dans un fossé. Il a continué sa course à pied.

L'existence des CD-Rom témoigne des soirées de débauche, avec leurs arrivages de jeunes filles mineures, qu'organisait El Pacha. Il ne va pas être difficile de convaincre le tribunal que le Pacha avait commandité cet enlèvement qui avait mal tourné. Il avait probablement jeté son dévolu sur la fille Bournouss avant d'envoyer son serviteur la chercher. Il la voulait soit pour lui-même, soit pour l'offrir en bakchich à l'un de ces notables qui servent à couvrir son trafic de drogue.

En s'engageant dans la rue de Hanane, Massoud tente de chasser ce film d'horreur de sa tête, comme s'il craignait de la contaminer.

Les affaires de Hanane sur le trottoir ont été pillées. Il ne reste que le matelas noirci par la pluie et l'humidité. Pour une raison qui leur reste obscure, les gens répugnent à dormir sur un matelas qui a appartenu à d'autres. C'est un objet qui semble renfermer une multitude de secrets. On ne sait jamais qui a dormi dessus, ce que ses occupants lui ont infligé. A-t-il supporté le poids de leurs amours, leurs ébats, leurs humeurs, leurs jouissances solitaires, leurs sueurs nocturnes, leurs fièvres, leurs maladies, leurs insomnies ? Dormir sur le matelas usé d'un inconnu, c'est comme revêtir ses sous-vêtements, faire une incursion dans son intimité, son histoire. Aussi, Massoud n'est pas étonné que ce meuble soit toujours là, sur le trottoir, comme un animal abandonné.

Il monte les marches de l'immeuble et sonne à la porte de Lalla Zoubida. Celle-ci ouvre avec les mains remplies de farce au persil et à la coriandre. Elle s'écrie : *Ahlan, ahlan, marhaba,* bienvenue !

Avant qu'il ne découvre son crime, Lalla Zoubida le recevait à contrecœur, comme s'il avait été *Azraïn* en personne. À présent, elle l'accueillerait presque avec des youyous.

–Si vous voulez bien m'excuser, je vais me laver les mains de toute cette *chermoula*, et je reviens. Asseyez-vous. Faites comme chez vous.

Massoud s'installe. Il pose à côté de lui une pochette. L'écoulement de l'eau du robinet lui parvient, suivi d'un léger bruit de mouvement. Lalla Zoubida revient les mains propres, les cheveux recoiffés et la tunique déplissée. Elle demande des nouvelles de sa santé, de sa mère, même si elle ne la connaît pas, ainsi que de toute sa tribu du bled. Massoud ne lui dit pas que sa mère refuse toujours de lui adresser la parole. Elle ne lui pardonne pas de l'avoir embarrassée devant sa lointaine cousine. La pauvre dame avait traversé tout le Maroc pour venir lui présenter sa fille. Franchement, elle voudrait bien savoir ce qu'il a trouvé à lui reprocher, à cette jeune Berbère de l'Atlas, qui n'est autre qu'une perle rare arrachée aux flancs des montagnes.

Massoud répond aux questions de Lalla Zoubida poliment. *El Hamdoulillah*, tout le monde va bien. À son tour, il s'enquiert de toute sa famille, un par un. Il apprend ainsi que Ossmane a décidé de repasser son bac, sans craindre de passer pour un attardé, selon les dires de sa mère. Nabila a trouvé un poste d'hôtesse d'accueil à la société Danone. Lalla Zoubida a démissionné de Jawahir Jawad. Elle songe à monter sa propre affaire.

Massoud se réjouit de toutes ces nouvelles, et pourtant, il peine à prononcer le nom de la personne dont le sort lui importe le plus. Comme pour prolonger son supplice, Lalla Zoubida lui suggère :

–Voulez-vous un thé, un café ?

Massoud décline.

Sans tenir compte de son refus, Lalla Zoubida se lève et disparaît dans le couloir pour rejoindre la cuisine. Massoud regarde autour de lui. Cette fois-ci, il ne cherche pas un indice de meurtre ni un sac ouvert niché quelque part. Il espère voir apparaître une petite créature osseuse, toute en brindilles articulées. Où peut-elle bien se cacher ? Il s'attendait à la trouver là, comme la dernière fois, recroquevillée sur la banquette de Lalla Zoubida, enlaçant ses genoux et chassant des yeux les démons.

Lalla Zoubida revient avec une tasse de café. Comment sait-elle qu'il préfère le café au thé ? Elle lui tend le breuvage et attend qu'il surmonte son malaise. Il s'éclaircit la gorge avant de pouvoir enfin demander :

–Et… et Hanane ?

Lalla Zoubida lui darde un regard de ceux qu'on ne dupe pas. Elle lui assène :

–Hanane n'est plus chez moi.

Le cœur du commissaire chute dans son estomac. Il s'écrie :

–Elle est où ?

–Ne vous inquiétez pas, elle n'est pas loin. C'est la sage-femme qui la recueille à présent. Enfin, c'est temporaire. La vieille dame est mourante, Saïda est enceinte de jumeaux, toutes les nuits, elle a des envies subites de poulet aux citrons et le médecin, malgré toute sa compassion, ne peut pas à lui seul s'occuper de trois éclopées !

–Mais pourquoi n'est-elle plus chez vous ?

–L'imam de la mosquée a retourné la tête à mon mari. Il lui a assuré que si Hanane demeurait sous le même toit qu'Ossmane, nous allions finir avec un enfant du péché sur les bras.

Massoud s'exclame :

–C'est absurde !

–La cervelle de mon mari est comme une jarre creuse. N'importe qui peut la remplir de ses propres âneries.

–Mais elle travaille toujours pour vous ?

–Ah ça, oui, quand elle n'est pas fatiguée. Ce n'est pas avec son absence de gras qu'elle va pouvoir se trouver un poste de servante dans une maison !

Massoud secoue la tête : Grâce à Dieu, ce sort va lui être épargné ! Il va enfin pouvoir révéler à Lalla Zoubida la raison pour laquelle il est venu :

–Rassurez-vous ! Hanane n'a pas besoin de devenir boniche pour avoir un toit sur la tête. Elle va pouvoir retourner dans sa loge.

Lalla Zoubida écarquille les yeux, peinant à le croire.

–Comment est-ce possible ?

–El Pacha est en garde à vue.

–En garde à vue ? Vous voulez dire qu'il est en prison ?

–Oui, pendant tout le temps que durera l'enquête. Mes officiers sont sur le terrain, ils perquisitionnent ses résidences et interrogent tous les notables qui ont couvert ses crimes.

Le commissaire replonge dans le souvenir des salles d'interrogatoire sordides. Il repense au choc de ces notables respectables qui ont figuré à leur insu dans les vidéos, à leur regard catastrophé devant le spectacle de leur propre débauche. Massoud a réussi à tous les identifier. Il ajoute à l'intention de Lalla Zoubida, comme pour se rassurer lui-même :

–Il n'a pas encore été écroué, mais ça ne va pas tarder.

–Vraiment ? Qu'avez-vous trouvé dans cette cave ?

–Des vidéos où sont consignés tous ses crimes.

–Alors, là, bravo, *alik* ! Vous me laissez bouche bée.

–Il me reste encore un détail à vérifier. Vous pouvez m'aider.

–Allez-y, demandez.

–Avez-vous une photo d'Essabâr ?

–Je vais descendre voir Hanane chez la sage-femme. Elle a peut-être gardé des photos de sa famille.

Lalla Zoubida se lève. Elle se dirige vers la porte. Avant d'ouvrir, elle se tourne vers le commissaire :

– Voulez-vous venir ?

Pris de court, Massoud balbutie, puis, malgré lui, dit non.

Lalla Zoubida lui lance un sourire vaincu, puis disparaît derrière la porte.

Massoud se maudit. Pourquoi a-t-il dit non ? Pourquoi a-t-il laissé passer une occasion de revoir Hanane ? Il doit l'admettre, il se sent handicapé par son propre émoi. Et s'il ne trouvait rien à lui dire ? Et s'il se montrait maladroit ? La nervosité le paralyse. Elle lui fait préférer le confort de la solitude et du renoncement.

Or, il aurait dû être fier de lui. Un autre que lui aurait poussé la porte de Hanane, les pectoraux en avant, pour se vanter d'avoir emprisonné l'homme qui la terrorisait. Il se serait pavané sous ses yeux comme un paon. Oui, car le fait qu'il soit parvenu à mettre la main sur le Pacha est un miracle. Il n'arrive pas lui-même à retracer les chemins qui l'ont mené à son arrestation.

La seule pièce qui manque au tableau, c'est le meurtrier. Le chauffard. Se pourrait-il que le coupable fût l'un des gardiens de la rue ? Quelqu'un dont on ne remarque ni la présence ni l'absence ?

Les habitants des quartiers prospères ne retiennent jamais les visages de ceux qui les servent. Ils ne voient que leurs mains crasseuses qui lavent leur pare-brise, les guident quand ils entrent dans un stationnement, en sortent ou s'ouvrent à leurs fenêtres pour recevoir une pièce.

Lalla Zoubida remonte avec une photo. Elle la brandit en rentrant dans son appartement :

–Par chance, Hanane en a gardé une.

Massoud s'empare de la photo. Avant de s'intéresser à Essabâr, il est captivé par la jeune fille à ses côtés. Elle doit avoir quinze ans. Il comprend pourquoi elle a fait tourner la tête au Pacha. Il ne l'avait jamais imaginée pleine de ses rondeurs d'antan. Hanane irradiait de santé, avec ses joues aux contours parfaits et ses lèvres gorgées de vie. Ses yeux reflétaient les flammes quand elle soufflait ses bougies d'anniversaire. À ses côtés, un homme qu'il reconnaît comme étant Essabâr. Le commissaire sort l'Ipad de la pochette. Il compare la photo du serviteur qui accompagnait la file de jeunes filles aux orgies du Pacha, avec celle du père de famille innocent qui fête l'anniversaire de sa fille. Massoud, qui a l'habitude d'analyser les photos des criminels et de dresser un portrait-robot, repère les traits du jeune chauffard noyés dans les chairs d'Essabâr qui se sont épaissies avec l'âge.

Massoud est sûr et certain d'une chose :

Essabâr a tué la fille Bournouss.

L'histoire comme elle a dû se passer, se déroule sous ses yeux :

Après avoir planté la voiture du Pacha dans le fossé, le chauffard a dû appeler son patron pour l'informer du meurtre accidentel. Il semblait totalement paniqué et incapable de jugement. Craignant qu'il ne tombe entre les mains de la police, le Pacha lui a donné rendez-vous dans un lieu secret. Il ne fallait surtout pas que le tueur se fasse arrêter et le dénonce. Après avoir déclaré sa voiture volée, El Pacha a retrouvé son serviteur. Il l'a ensuite installé dans cet immeuble de Hay El Hassani qu'il venait de racheter. Pour plus de couverture, il lui a procuré de nouveaux papiers d'identité et l'a rebaptisé Essabâr. Il l'a marié avec cette femme qui faisait des ménages dans le quartier et dont il se disait amoureux. Celle-ci avait déjà une fille. Essabâr s'est retrouvé du jour au lendemain auréolé d'une aura de père de famille irréprochable. Non seulement il a fait table rase de son passé criminel, mais il s'est érigé en donneur de leçons et en gardien de la morale.

El Pacha et Essabâr étaient liés par le pacte du secret.

Massoud dirige son regard vers Lalla Zoubida. Doit-il partager avec elle toute la vérité ? Il n'en a pas besoin. Elle a deviné. Elle peut reposer sa conscience. Malgré elle, elle a rendu justice à une jeune fille dont la vie a été sacrifiée, il y a quinze ans.

Massoud se lève pour prendre congé. Il sort de sa poche une clef :

–La clef de la loge. Le juge a décrété qu'El Pacha n'avait pas le droit d'expulser une résidente de son immeuble sans raison et sans préavis.

Épilogue

Le commissaire Massoud, *lundi 9 juillet 2018*

On a frappé à la porte de mon bureau. Je n'ai pas daigné dire « entrez », car je savais que la personne derrière la porte allait entrer de toute manière. On entre dans mon bureau comme on entre dans un souk. Mais les coups timides ont continué. J'ai crié, irrité : *Chkoune* ? Qui est-ce ? La porte s'est ouverte dans un craquement et une tête familière est apparue.

Il avait les cheveux un peu plus courts que dans mon souvenir. Il portait une chemise blanche glissée dans un pantalon de costume noir. Des mocassins avaient remplacé ses éternelles baskets usées. Tout indiquait qu'il avait essayé de se donner de l'allure ou, du moins, un air sérieux. Autrement, Ossmane avait peu changé en réalité.

Surpris par cette visite, je me suis levé avec entrain et je lui ai serré la main, sincèrement heureux de le voir. Cela faisait huit mois que je n'avais pas eu de nouvelles des habitants de l'immeuble de Hay El Hassani. J'ai appelé un chaouch pour qu'il nous apporte un *berrad* de thé à la menthe, puis je lui ai indiqué la chaise en face de mon bureau.

Tout en prenant place, je lui ai demandé ce qu'étaient devenus les membres de sa famille ainsi que ses voisins. Rien n'avait changé, m'a-t-il assuré. Ah si ! Il y avait deux bonnes nouvelles et une mauvaise : Nabila s'est mariée, Saïda la simplette a accouché de deux jumelles et la sage-femme est partie chez Allah. Je me suis réjoui pour les deux premières nouvelles et me suis désolé pour la dernière.

En évoquant les voisins, j'espérais qu'Ossmane allait me parler de Hanane.

Un silence s'est installé. Un flux de questions s'est bousculé sur le bout de mes lèvres : S'était-elle mariée, avait-elle un fiancé, habitait-elle toujours dans sa loge, travaillait-elle toujours auprès de Lalla Zoubida ? Nous nous sommes regardés avec Ossmane, comme si les frivolités de nos retrouvailles s'étaient épuisées.

Je l'ai remercié intérieurement de ne pas avoir cherché à savoir ce que moi, j'étais devenu. S'il m'avait interrogé, je n'aurais rien eu à lui raconter. Depuis le jour où j'avais remis les clefs de la loge entre les mains de Lalla Zoubida, ma vie n'avait été que la répétition inlassable d'une seule et même journée. Les délits habituels, vols, bagarres, braquages, complots, violences conjugales. J'étais de nombreuses fois passé devant l'immeuble de Hay El Hassani. La chaise d'Essabâr était toujours vide. Voilà au moins une chose que je savais sur la vie des résidents. El Pacha n'avait pas remplacé Essabâr par un autre *essabâr*. Ils étaient libres à présent de leurs mouvements, sans craindre le regard d'un espion. Derrière les barreaux de sa prison, le Pacha était hors d'état de nuire. À chacun de mes passages, je me suis retenu de monter dans les étages. Sous quel prétexte allais-je sonner chez Lalla Zoubida ? Qu'aurais-je dit à Hanane si elle m'avait découvert devant la porte de sa loge. Comment justifier mon intrusion ?

Ma mère ne m'avait pas pardonné d'avoir dédaigné la fille de cette cousine par alliance. Je lui avais infligé un embarras dont elle ne s'était jamais remise. Pour me punir, elle avait cessé de m'adresser la parole. Moi qui ne supportais pas ses bavardages, j'avais trouvé ses silences encore plus éprouvants. Au bout d'un moment, je m'étais dit : pourquoi pas ? Cette fille de l'Atlas était peut-être la femme qu'il me fallait. Il est vrai que les citadines m'ont toujours paru superficielles. J'ai souvent eu le sentiment qu'elles jouaient un rôle. Certaines se donnent l'apparence de la vertu, le visage enroulé dans des foulards savamment épinglés, d'autres s'habillent en jeans déchirés selon une dictature ridicule de la mode. Les femmes à l'élégance naturelle sont hors de ma portée. Il n'existe aucune femme au monde qui me convienne. Afin de regagner l'affection de ma mère, je lui avais promis de me rendre dans l'Atlas afin de demander la main de cette jeune perle des montagnes.

Mon attention est revenue à Ossmane :

–Et toi ? Qu'est-ce qui t'amène aujourd'hui ?

Ossmane a contemplé ses mains posées sur ses genoux, puis en dirigeant son regard vers moi, il m'a annoncé :

–J'ai passé mon baccalauréat.

–*Mabrouk, mabrouk.*

Je me suis levé pour lui serrer la main et le féliciter avec ardeur. « *Ouallah*, c'est une bonne nouvelle ce que tu m'annonces là ! »

Il a poursuivi :

–C'est grâce à toi.

–À moi ? me suis-je exclamé, surpris.

–J'ai réfléchi à ta proposition. Tu m'avais suggéré de faire carrière dans la police. À l'époque, l'idée m'avait semblé saugrenue, mais aujourd'hui, elle me paraît évidente. Je voudrais passer le concours pour entrer dans la gendarmerie. Peux-tu m'aider ?

J'ai mis un moment à assimiler sa requête, puis je me suis écrié : Mais bien sûr ! Sur ma tête et sur mes yeux, je t'apprendrai tout ce qu'il faut savoir pour réussir tes examens et ton concours In Chah Allah.

Pendant que je sortais d'un tiroir les formulaires qu'il devait remplir, il m'a scruté d'un regard curieux. Il a hésité. Lorsqu'enfin je lui ai remis les documents, il a balbutié :

–Dans quelques jours, on commémore le décès d'Essabâr. Nous allons faire venir des *toulbas* et prier pour son âme. Veux-tu te joindre à nous ?

Je suis resté muet. Pour une telle cérémonie, on n'invite en général que les amis et la famille. Peut-être me voient-ils à présent comme un ami ? Leur méfiance à mon égard s'est enlisée dans la fosse commune du passé ! Mes pensées me précédaient. J'ai dit à Ossmane : « Les habitants de l'immeuble sont-ils au courant de cette invitation ? »

–Oui, bien sûr, la cérémonie a lieu dans la loge de Hanane. C'est ma mère qui m'a suggéré de venir te voir.

Lalla Zoubida a donc émis le souhait de me voir ! J'étais à la fois honoré et ravi de participer à un événement aussi intime. En même temps, j'étais envahi par la nervosité. Je n'avais pas revu les habitants de l'immeuble depuis huit mois. Qu'allais-je bien pouvoir leur raconter ? Allions-nous trouver des mots à échanger ? N'étions-nous pas devenus des étrangers les uns pour les autres ? Et surtout, surtout, j'allais revoir Hanane. Cette perspective m'emplissait d'une joie incontrôlable, en même temps qu'elle me terrifiait.

Le commissaire Massoud, ***dimanche 15 juillet 2018***

Le cœur battant, j'ai sonné à la porte de la loge. De l'autre côté, j'entendais le bruissement de conversations entremêlées. Une jeune femme m'a ouvert. J'ai mis quelques secondes à la reconnaître. Elle était toujours très maigre, mais sa maigreur n'avait plus rien de maladif. Ses pommettes s'étaient arrondies et colorées. Ses yeux avaient éclos à la surface de son visage. Elle avait la peau lisse comme si elle était passée sous le gant de crin d'une frotteuse de hammam. Sa djellaba au tissu fluide soulignait sa silhouette longiligne. Paralysés, nous nous sommes tenus l'un en face de l'autre, incapables de prononcer le premier mot. C'est Lalla Zoubida qui nous a sauvés. Elle a avancé vers la porte en s'écriant :

–Ah Essi le commissaire ! Soyez le bienvenu !

Puis elle a houspillé Hanane :

–Qu'est-ce qui te prend de laisser le commissaire devant la porte comme s'il était un étranger !

Hanane a regretté confusément, m'a tendu une main timide, que j'ai serrée en oubliant de balayer ses excuses.

J'ai suivi les deux femmes à l'intérieur. Lalla Zoubida portait sa lumineuse djellaba verte qui lui va si bien. Elle semblait avoir pris un peu de poids, mais son visage n'avait rien perdu de son charme d'avant. Elle s'est retournée. Nos yeux se sont croisés. Nous avions l'un pour l'autre ce regard que seuls peuvent s'échanger deux personnes qui partagent un secret.

Pendant que Hanane s'éclipsait vers la cuisine, Lalla Zoubida m'a accompagné devant le salon à banquettes où se trouvaient déjà Essi Brahim, le docteur Sahraoui, Ossmane, ainsi qu'un homme d'apparence occidentale que je n'avais encore jamais rencontré. J'ai serré la main à la ronde, puis, quand je suis arrivé à hauteur de l'étranger, Ossmane me l'a présenté comme étant Philippe, son beau-frère.

Essi Brahim et le docteur Sahraoui ont demandé de mes nouvelles et des nouvelles de ma mère. Ils se sont assurés qu'El Pacha était toujours derrière les barreaux. Je ne leur ai pas dit que ses avocats grassement payés se battaient comme des diables pour le libérer et que personne ne pouvait prédire l'issue du jugement, mais laissons à Dieu les soucis de demain.

Nabila est apparue à son tour. Comme à son habitude, elle était vêtue comme une Européenne, avec son jean moulant et ses sandales à talons. Ses cheveux étaient ramenés sur le côté et ses yeux abondamment fardés. Je n'étais pas étonné que l'Européen soit tombé amoureux de son regard de charbon. Elle m'a salué avec chaleur, puis elle a pris place à côté de son mari. Elle ne semblait pas concernée par la cuisine où s'affairaient les autres femmes. Saïda est entrée dans le salon, un nourrisson dans chaque bras. Sa poitrine était devenue volumineuse et ses hanches s'étaient élargies. Déguisées en poupées avec leurs robes blanches à froufrous, les jumelles avaient la peau brune et les cheveux bouclés avec des reflets dorés. Elles étaient aussi jolies que des cacahuètes caramélisées. Saïda s'est arrêtée à ma hauteur, m'a tendu la main, puis elle a articulé les mots *sâam aykoum* pour dire *Salam Alaykoum*. Elle est même allée jusqu'à dire : *âa bass ?* Comment ça va ? Sa parole était encore trébuchante, mais on sentait que le docteur Sahraoui lui avait fait prendre des cours de diction.

À l'exception de Lalla Zoubida et de Hanane qui étaient occupées en cuisine, tous les habitants de l'immeuble étaient réunis dans le petit salon et les conversations fusaient, s'entrecroisaient et sautaient de sujet en sujet. C'est ainsi que j'ai appris que le mari de Nabila était un cadre belge chez Danone. Lalla Zoubida travaillait désormais dans le confort de sa petite cuisine. Elle était devenue son propre patron. Sa renommée était tellement étendue qu'elle n'a pas eu besoin de voler les clients d'Essi Jawad, m'a assuré son mari, non sans fierté. Essi Brahim quant à lui, avait acheté une petite camionnette à crédit. Il effectuait ses livraisons, chargeait et déchargeait la nourriture chez les clients et gérait la comptabilité. Le docteur Sahraoui m'a également informé de sa nouvelle activité. Il avait cessé de travailler pour cette clinique huppée où il se sentait toujours jugé. Il avait ouvert son propre cabinet dans le quartier de Hay El Hassani. Ceux qui avaient les moyens, le rémunéraient et ceux qui n'en avaient pas, lui offraient un œuf ou une botte de menthe fraîche en guise de remerciement.

La sonnette de la porte a retenti. Hanane est allée ouvrir. Le brouhaha a cessé avec l'arrivée des *toulbas*, les chanteurs de Coran.

Deux hommes en djellaba blanche se sont installés sur la banquette. Ils ont ouvert leurs paumes vers le ciel et entamé un chant de prière. Ils ont prié abondamment pour l'âme d'Essabâr, que les portes du Ciel lui soient ouvertes, que les anges l'accompagnent, que ses péchés soient lavés, qu'il soit réuni avec son épouse, ainsi que ses ancêtres.

Les convives écoutaient les chants avec sérieux et concentration. De temps à autre, je lançais un œil à Lalla Zoubida ou à Hanane. Lalla Zoubida gardait les yeux résolument baissés, comme si elle évitait soigneusement de croiser mon regard. Une toute petite larme a perlé au coin de son œil. Elle est tombée comme une goutte de cristal sur sa joue. Je ne saurais dire si c'était une larme de remord ou de tristesse. Quant à Hanane, elle pleurait sans retenue. Son visage ruisselait et ses yeux luisaient comme deux pierres polies par les flots. J'aurais voulu lui prendre la main, poser un bras autour de son épaule, mais tout ce que j'étais autorisé à faire, c'était l'observer de loin, à la dérobée.

Les *toulbas* priaient à présent pour les vivants. Ils sollicitaient Allah pour qu'Il accorde la santé à Hanane, la fille du défunt, que Dieu lui apporte la paix et la consolation, qu'Il la compense pour ce qu'Il lui a pris, que son avenir soit meilleur que son passé, qu'Allah lui accorde ce que son cœur désire…

À ces mots, les cils de Hanane se sont levés comme un rideau de théâtre et ses yeux mouillés sont tombés dans les miens. Nos regards sont demeurés suspendus l'un à l'autre un moment hors du temps, un moment qui aurait pu durer une fraction de seconde ou une éternité. Ce regard a fait couler dans mon cœur une confiance que je n'avais encore jamais ressentie. Une certitude.

J'avais toujours eu le pressentiment que le fil de ma vie était intrinsèquement lié à celui de l'enquête. Aucune raison ne pouvait valider ce sentiment. Souvent, il me semblait que c'était la folie qui me soufflait de telles pensées ; mon cerveau qui, à force d'ennui, brassait le vent et le néant. Mais maintenant, j'ai compris. Depuis le jour où j'ai croisé la dépouille d'Essabâr, toutes les flèches que le sort a mises sur mon chemin me sont apparues les unes après les autres. Elles m'ont lancé sur les traces d'Essabâr. Je n'avais fait que les suivre, tel un somnambule, sans savoir qu'au bout, j'allais exaucer le vœu d'une âme sacrifiée qui réclamait justice. J'ignorais aussi que ces traces allaient me mener encore plus loin que la simple découverte d'un vivier de crimes. Elles m'ont fait arriver à ma destination finale. Ce lieu qui n'est autre que cette loge, devant le regard luisant de Hanane.

Après les incantations, Lalla Zoubida a servi un couscous géant. Les *toulbas* se sont restaurés avec grand appétit. Lorsqu'ils ont fini leur repas, ils nous ont salués et ils sont partis.

C'était à notre tour de nous mettre autour de la table ronde. Tous les convives, y compris le Belge, ont plongé les mains directement dans le plat de semoule. Pendant ce temps-là, l'estomac agréablement noué, je levais de temps à autre les yeux pour croiser ceux de Hanane. Une esquisse de sourire s'est dessinée sur ses lèvres avant que son regard ne replonge à nouveau dans l'embarras.

Vers la fin de la soirée, Nabila et son mari belge se sont éclipsés, main dans la main. Saïda a pris ses deux fillettes chacune sur un bras. Elle a pointé un menton vers l'une, puis vers l'autre, fermé les yeux et penché la tête vers le côté, signifiant par là qu'elle allait les coucher. Essi Brahim, le docteur Sahraoui et Ossmane se sont réunis autour d'un jeu de cartes. Hanane s'est activée autour d'eux avec une balayette pour ramasser les graines qui parsemaient le sol. Les hommes m'ont proposé une partie de rami, mais j'ai décliné. J'avais autre chose en tête.

Discrètement, je me suis faufilé vers la cuisine où Lalla Zoubida faisait la vaisselle. Je me suis raclé la gorge afin d'annoncer ma présence. Elle s'est retournée sans paraître surprise. Elle a essuyé ses mains dégoulinantes d'eau savonneuse et m'a toisé :

–Vous, vous avez quelque chose à me demander.

J'ai souri :

–Qu'aurais-je donc à vous demander ?

–La main de Hanane par exemple.

–Pardon ?

–Vous croyez que je n'ai pas remarqué les regards que vous vous êtes lancés toute la soirée.

J'ai baissé la tête.

Lalla Zoubida a attendu que je daigne la regarder à nouveau. Les mains sur les hanches, elle a décrété :

–Si elle y consent, je vous la donne avec joie.

–Vous croyez qu'elle consentira ?

–Je n'en doute pas.

–Je peux demander sa main maintenant ?

–Il faut d'abord que vous lui en parliez, non ?

–Ah bon ? Lui parler ? Il faut que je lui parle ?

–Oui. C'est évident !

–Que lui dis-je ?

–Il n'y a que vous qui le sachiez ! Allez, courage, n'ayez aucune crainte !

Mes jambes refusaient de bouger. Ma gorge s'est bloquée.

–Qu'est-ce qui vous arrive encore ? m'a demandé Lalla Zoubida, impatiente.

–Et… et… si elle refuse ?

Je me tenais en face de Lalla Zoubida, le regard terrifié. Ses yeux se sont décrochés des miens, puis ont survolé mes épaules pour se fixer sur un point au loin. J'ai entendu :

« Je suis d'accord. »

Pourtant, ses lèvres n'avaient pas remué.

Les mots venaient de derrière mon dos.

Ils étaient soufflés par une autre voix qui sonnait à mes oreilles comme un lever de soleil.

Je me suis retourné.

Hanane se tenait à la porte de la cuisine, un sourire timide aux lèvres.

La Vie, comme elle va
Editions Henry
Parc d'activités de Campigneulles F 62180 Montreuil-sur-Mer
ISBN 978-2-36469-207-7 ISSN 1968-5874
Dépôt légal : octobre 2019
www.editionshenry.com

Achevé d'imprimer en novembre 2020
sur les presses de la Nouvelle Imprimerie Laballery – 58500 Clamecy
N° d'impression : 010550
Imprimé en France

La Nouvelle Imprimerie Laballery est titulaire de la marque Imprim'Vert®